GUARDA SILENCIO

LORENA GONZÁLEZ

GUARDA SILENCIO

PLAZA JANÉS

Papel certificado por el Forest Stewardship Council®

Primera edición: julio de 2024

© 2024, Lorena González
© 2024, Penguin Random House Grupo Editorial, S. A. U.
Travessera de Gràcia, 47-49. 08021 Barcelona

Penguin Random House Grupo Editorial apoya la protección de la propiedad intelectual. La propiedad intelectual estimula la creatividad, defiende la diversidad en el ámbito de las ideas y el conocimiento, promueve la libre expresión y favorece una cultura viva. Gracias por comprar una edición autorizada de este libro y por respetar las leyes de propiedad intelectual al no reproducir ni distribuir ninguna parte de esta obra por ningún medio sin permiso. Al hacerlo está respaldando a los autores y permitiendo que PRHGE continúe publicando libros para todos los lectores. De conformidad con lo dispuesto en el artículo 67.3 del Real Decreto Ley 24/2021, de 2 de noviembre, PRHGE se reserva expresamente los derechos de reproducción y de uso de esta obra y de todos sus elementos mediante medios de lectura mecánica y otros medios adecuados a tal fin. Diríjase a CEDRO (Centro Español de Derechos Reprográficos, http://www.cedro.org) si necesita reproducir algún fragmento de esta obra.

Printed in Spain – Impreso en España

ISBN: 978-84-01-03089-5
Depósito legal: B-9130-2024

Compuesto en Mirakel Studio, S. L. U.

Impreso en Liberdúplex,
Sant Llorenç d'Hortons (Barcelona)

L030895

A Luca y Julen

Como si se pudiera elegir en el amor, como si no fuera un rayo que te parte los huesos y te deja estaqueado en la mitad del patio.

JULIO CORTÁZAR

Prólogo

Defiéndeme la vida

Aquel lunes de enero, Madrid había amanecido todo nevado. Lo llevaban advirtiendo hacía varios días, pero parecía que nadie iba a tomar medidas. La alcaldesa, de hecho, tenía ese mediodía una entrega de premios en el salón de actos del ayuntamiento. Sin embargo, la ciudad estaba impracticable, apenas se podía circular, y se había recomendado a la población no salir de sus domicilios. Las clases se habían suspendido y la mayoría de los empleados iban a teletrabajar.

A la redacción de *En Juego* llegaron todos con retraso; eran los mínimos, sobre todo los más madrugadores que se habían adelantado al colapso. Reunidos alrededor de la máquina de café comentaban la odisea que habían tenido que pasar para poder llegar hasta el edificio de la avenida San Luis.

—Mi mujer me está llamando, se ha quedado tirada con el coche en la carrera de La Coruña. Mira que se lo dije —se quejaba el jefe de fútbol internacional.

—Marcos, coño, es que nos dijeron que no pasaría de los diez centímetros de nieve, y en La 1 ya están diciendo que superamos los treinta. A ver cómo salimos de aquí esta tarde —respondió Carlos, responsable de la información polideportiva en el periódico. Era el previsor, el más estructurado y ordenado de toda la redacción, y el más necesario cuando el caos los desbordaba.

Fueron sentándose sin prisa enfrente de sus ordenadores. Debían hacer ronda de llamadas a los distintos corresponsales de los equipos para saber sus planes. Los de Madrid seguro que deberían cambiarlos. El Real Madrid había ganado el día anterior en Sevilla, el Rayo también había vuelto a la capital el domingo a última hora de la tarde, mientras que el Racing y el Getafe habían jugado en casa el sábado y el domingo habían tenido descanso.

Al becario que más apuntaba maneras, Pablo, le había tocado el turno de noche y había decidido quedarse «lo que hiciera falta» para echar una mano al resto, ya que eran pocos. Casi como un zombi, se acercó al puesto de Marcos, que le pidió que le diera unos minutos para poder atenderle.

—Es urgente, de verdad, Marcos. Tienes que ver esto —le dijo con voz compungida.

Sujetaba su móvil y se podía ver cómo le temblaban las manos. Marcos se dio cuenta y se apresuró a cortar la llamada en la que estaba.

—Qué mal te sienta no dormir, tío. ¿Qué pasa?

Pablo le enseñó la pantalla de su móvil, la del último chat activo. Un mensaje se había quedado sin respuesta. El chico había sido incapaz de darla.

—No me jodas, Pablo, no me jodas. ¿El del Racing? ¿Quién te ha dicho esto? ¿No será una broma? —gritó Marcos descompuesto—. Carlos, Óscar, ¡venid aquí, por favor! ¡Mirad lo que trae el chaval!

—Marcos, mi fuente es fiable. Hay una carta —intentó explicarle Pablo con una serenidad inaudita.

—¿Cómo que hay una carta? —volvió a cuestionarle.

—Que ha dejado una carta.

1

Despertó por primera vez en su nueva casa. No había ni deshecho la maleta, pero tenía el neceser a mano para darse una ducha y salir hacia la Ciudad Deportiva. Tampoco disponía de coche, pero su agente se pasaría sobre las ocho y media para acercarlo. Aquel lugar era más frío que cualquier hotel, no había nada suyo, ni rastro de sus libros, apenas alguna ráfaga de su perfume de sándalo de siempre, nada de sus láminas, nada de Gabriel. Tal vez lo único que le recordaba quién era él era su pasaporte. Lo había dejado sobre la encimera de la cocina, una barra americana de aluminio donde se vio reflejado después de dos días sin mirarse en el espejo. Tan solo se había visto de refilón en el del aseo del avión de Aerolíneas Argentinas que lo trajo a Madrid, y evitó mirarse en su primera ducha en la capital, su nuevo hogar. Le gustaba su torso, seguramente era lo que más le agradaba, sobre todo ahora que estaba bronceado después de las últimas semanas en Sicilia, antes de haber tenido que regresar a Buenos Aires y firmar el contrato con el Racing de Madrid para los próximos cinco años.

No le había dado tiempo a despedirse de casi nadie, tan solo de su padre y de algunos amigos que se acercaron al aeropuerto de Ezeiza y lo abrazaron antes de embarcar.

—Hijo, este es tu sueño. Tu vieja estaría como loca por verte. La vas a romper, Gabi, la vas a romper. En unas semanas te voy a visitar. Dale con todo, hijo —le dijo Jorge, el padre de la criatura, mientras todos lloraban.

El único que no lo hacía era Gabriel.

En esa casa prestada por el club amanecía. El día era gris y desde la ventana intuyó que no haría más de cinco grados ahí fuera. Todavía no había asumido bajar de los treinta grados que dejó en Buenos Aires, a los que se les sumaba la humedad de la ciudad porteña y que contrastaba con el frío seco de Madrid. Le faltaba ropa de invierno, así que pensó que, en cuanto le dejaran un par de horas libres, se acercaría a algún centro comercial para hacerse con un buen plumas y alguna prenda térmica, de esas que solo había usado para ir a Bariloche y que siempre eran prestadas. El frío le hacía mal, le agarrotaba los huesos, le entumecía la mente y le hacía caer en un estado decadente donde únicamente le apetecía el silencio y la compañía de Lennon, su boyero de Berna de tres años, al que esperaba traer a España cuando volviese a viajar a Argentina.

Ese amanecer invernal de Madrid, Gabriel se quedó mirando, entre dormido y perdido, el mármol del aquel baño impoluto de su nuevo hogar, o al menos el que así lo sería durante el primer mes en España. Llevaba puestos los pantalones de Estudiantes de La Plata, su exequipo, y caminaba de buena mañana excitado, con todas las ganas de volver a empezar.

Alargó la ducha casi veinte minutos, mientras se iba acordando de que después del entrenamiento se había comprometido a atender al diario *Marca* y a un par de cadenas televisivas. Además, sobre las tres lo esperaba Sebas, su agente, para almorzar con tres periodistas, directores de los principales medios deportivos de España, y con Manuel, el jefe de prensa del club, al que ya había conocido al llegar a Barajas. De hecho, le había parecido un estúpido, y le había prohibido atender a los aficionados que lo estaban esperando, lo que le había ocasionado las primeras críticas en la prensa y en las redes sociales, que lo ponían de engreído y desconsiderado. Gabriel había intentado en el momento acercarse por lo menos a los niños, pero Manuel, que llevaba apenas cinco años dirigiendo la comunicación del club después de dos décadas ejerciendo de periodista, le hizo hasta daño al agarrarle del brazo y alejarlo de la gente. «Ni una palabra», le advirtió al llegar, pero pensó que se refería únicamente a la prensa, no a aquel centenar de personas que lo esperaban con casi la misma ilusión que Gabriel tenía por llegar.

Aquella mañana Sebas lo llevó a la Ciudad Deportiva del Racing, apenas se tardaba diez minutos desde la casa que le había facilitado el club y donde previamente habían vivido otros jugadores. Eran chalets idénticos de color marfil situados en la urbanización más cara y elitista de todo Madrid. Tenía cientos de metros cuadrados de jardín, tres plantas, cinco habitaciones, seis baños y un sinfín de lujos que Gabriel ni iba a usar. Nada más entrar ya pensó en lo pronto que se iría de allí, le pareció espantoso y recordó la frase de uno de sus cantantes favoritos, Indio Solari, cuando decía aquello de «el lujo es vulgaridad». Gabriel se había criado en una casa sencilla en el barrio bonaerense de Villa Urquiza. Tenía la fachada blanca, las ventanas verdosas y la típica cochera en la entrada. No faltaba un quincho donde hacer el asado de los domingos. En ella se crio con sus padres y sus tres hermanos: Micaela, Martín y Facundo. Él era el pequeño, aunque apenas se llevaba tres años con el que le seguía, Facu. Con ellos compartió habitación hasta que se marchó a vivir a La Plata.

Gabriel no necesitaba tantos metros de casa y prefería no estar tan alejado del centro. Había estado preguntando a un primo suyo que se mudó a Madrid cuando el corralito argentino de 2001. Le había recomendado el barrio de Malasaña, La Latina o la zona de Quevedo. Quería vivir en alguno de esos lugares donde callejear y perderse. Donde nadie lo mirara. Y nadie lo juzgase.

2

Aunque vivía a unos ochenta kilómetros de La Plata y, a veces, según el tráfico, a casi dos horas de Buenos Aires, siempre que tenía algún día libre Gabriel cogía su Chevrolet Captiva de ocasión y aprovechaba toda la jornada en la capital. Rara vez avisaba a nadie y se pasaba horas en solitario buceando por librerías y tiendas de segunda mano. Encontraba ediciones que jamás entendía cómo habían ido a parar a una caja rota y que pudiesen comprarse por apenas cincuenta pesos. Lo mismo le pasaba con los discos de vinilo, al menos dos veces al mes visitaba disquerías como la de Oíd Mortales o Jarana, la última abierta en el barrio de Palermo. Solía encontrar reliquias del rock de los sesenta, psicodélicos algunos de versiones de Soda Stereo, o bandas latinoamericanas setenteras que seguían siendo desconocidas para muchos, sobre todo para los amigos de su edad y, más aún, para sus compañeros de equipo. Pero él las consumía a diario.

Aquellos ratos y gustos culturales eran el secreto que mantenía consigo mismo, y se prometió jamás contarlo a sus compañeros. No quería escuchar preguntas sarcásticas, incrédulas o preocupadas ni ninguna mofa al respecto. Ya se había resignado a escuchar cumbia y reguetón en el vestuario de Estudiantes, a pasar las concentraciones solo leyendo a Cortázar, Hesse o Montalbán mientras sus compañeros devoraban el tiempo jugando a la Play o al truco, un juego de cartas al que a veces sí se animaba.

Mentir sobre las cartas que tenía y usar la picardía en sus señas no se le daba nada mal. Pero Gabriel seguía prefiriendo leer o ver documentales. Con apenas doce años quedó conmovido con *Shoah*, un largometraje sobre el holocausto, y no le importaba volver a verlo cada equis meses. Cuando Fede Pastrani, su habitual compañero de habitación, lo encontraba viendo alguno de aquellos documentales, siempre le soltaba la misma retahíla.

—¡No te puedo creer, Gaby! ¿Qué hacés mirando esta poronga? ¿Nos cambiás por esto? ¿Qué te importa a vos lo que haya pasado hace tantos años? ¡Ni habías nacido! Estás reloco, chabón.

Gabriel respondía con una sonrisa y una mezcla de compasión por Fede.

Todas aquellas inquietudes solo se atrevía a compartirlas con Graciana, su mejor amiga, una estudiante de Filosofía con la que solía visitar todas las exposiciones habidas y por haber que encontraban en la ciudad porteña. Con ella también se escapaba cada verano a la costa de Cariló, y fue quien le enseñó a surfear, o al menos a intentarlo. Graciana le guardaba todos los sueños y miserias, era como un cajón de sastre que siempre lo recibía con el abrazo más cálido del mundo. Nadie sabía nada de sus gustos o de cómo pasaba el tiempo. Pero lo cierto era que Gabriel había heredado la pasión por la lectura y la música que le había inculcado su madre de bien chiquito. Podía pasarse tardes enteras en la librería El Ateneo de la avenida Santa Fe, para él, el lugar más hermoso del mundo. Le encantaba buscar reliquias literarias y ediciones antiguas por los puestos de la calle Corrientes o cerca de la plaza Francia; en San Telmo tenía su vinoteca favorita, El Túnel, donde arreglaba el mundo con Agustín y Diego, los dueños, hasta altas horas de la madrugada. A menudo terminaba escuchando tango, solo en la mesita de alguna esquina de cualquier antro cercano. Se sentía cómodo en esa aura añeja, como si fuera un viejo a pesar de sus veinticuatro años. Como si la vida le hubiera quitado de más.

3

Al entrar en las instalaciones del Cerro del Espino, el lugar habitual de entrenamiento del Racing de Madrid, el primero en recibirlo fue François Flaubert, el entrenador. Recordaba haberlo visto meter un gol en la final de la Champions entre el PSG y el Real Madrid, allá por 2008. Venían hablando mucho por teléfono en esas últimas semanas, sobre todo a través de mensajes. Meses antes, François ya había querido mostrarle su confianza e implicación absoluta en su fichaje.

—Gabriel, si quieres ser el mejor, tienes que venir. No me falles. Eres el único jugador que he pedido para esta temporada, y quiero que seas protagonista en mi equipo —le aseguró en la primera conversación.

—Le agradezco muchísimo la confianza, míster, pero necesito pensarlo. Deme unos días. No es que no me vea capacitado o no me ilusione, por supuesto. Pero me gustaría quedarme unos meses más aquí, renovar con mi club y así dejarles algo de guita con mi traspaso. Si me voy ahora, no les quedan ni tres millones de dólares por mí —le explicó Gabriel.

—Es tu momento, Gabriel, piensa en ti. En mi sistema el extremo izquierdo será el número uno, y ese puesto, si eres capaz de jugar como lo estás haciendo allí, será tuyo —sentenció el técnico, que colgó la llamada enseguida.

Gabriel no podía ni quería olvidarse de que el Pincha, como así se conocía al club Estudiantes, lo había acogido con doce años en la residencia de jóvenes, le había proporcionado buenos estudios y le había permitido jugar en la primera división argentina. Además, desde los catorce años no faltaba a las convocatorias de las categorías inferiores de Argentina. Aquello supuso dejar su casa de Buenos Aires, llorar casi todas las noches y marcharse a hora y media de allí, a unos cien kilómetros de Villa Urquiza. Años atrás habían pensado en mudarse, cuando falleció su madre, pero los recuerdos y los vecinos de toda la vida pesaron más. Ahora el desarraigo podría ser total.

Tras aquella primera llamada de François, en mayo de 2020, Gabriel insistió para que Sebas, su representante, negociara con su club la renovación hasta diciembre de 2020 y un aumento de cláusula. Así no se iría gratis, seguiría compitiendo en el campeonato argentino y Estudiantes podría ingresar veinte millones de dólares por su traspaso al Racing. En julio de aquel mismo año dejó firmado también su nuevo contrato con el club español, pero no se movería hasta enero de 2021, con el mercado invernal del fútbol europeo.

4

Gabriel entrenó aquella mañana con el grupo titular y, aunque notó las semanas de parón, tuvo muy buenas sensaciones; se sentía liviano, rápido, con esa chispa que pensó que el verano argentino y los asados navideños le podrían haber robado. Al finalizar la sesión, sus nuevos compañeros se acercaron a él con algo más de sosiego, e incluso tuvieron tiempo de gastarle ya las primeras bromas. Sobre todo, Andrea Signori, un italiano que llevaba una década en el Racing y que, a pesar de encontrarse ya en los últimos arreones de su carrera, seguía siendo insustituible en el vestuario.

Signori se encontraba en disputa con el club, que se mantenía firme en no renovar por más de una temporada a los futbolistas mayores de treinta años. El italiano tenía treinta y cuatro, pero llevaba casi dos años sin lesionarse y jugando más de la mitad de los partidos como titular, aunque lo habían llamado viejo en su cara. Fue en la última reunión con el director deportivo y el presidente. Contaba con el apoyo de la afición, pero ya no tanto de la prensa, después de que el club se hubiese encargado de filtrar que el jugador estaba pidiendo millonadas inaccesibles a la entidad.

—¡*Ciao*, argentino! Andrea, un placer. Bienvenido al equipo, aquí están todos locos, tú hazme caso a mí, que soy más loco. *Ma* lo importante, Gabriel, ¿cuándo nos prepararás un asado? —se presentó con una enorme sonrisa y agarrándole la espalda de forma tremendamente fraternal y cariñosa.

Al italiano tampoco lo ayudaba el haberse convertido en viral los últimos días, tras unas declaraciones hechas para *La Gazzetta dello Sport*. En la entrevista que había concedido le preguntaron cómo se sentiría si supiera de la homosexualidad de algún futbolista. «Todo bien, aunque no lo entiendo ni lo comparto. Que haga con su vida lo que quiera, pero no me sentiría cómodo compartiendo vestuario con él y, menos aún, habitación. Se tendrían que tomar medidas por la buena convivencia de todos. A mí también se me estaría faltando el respeto si se me obligara a ducharme en el mismo sitio que él o a dormir a un metro de distancia».

Sin embargo, Gabriel no sabía de aquella polémica y tampoco escuchó nada ese día en el vestuario. Lo que sí notó enseguida fue que Signori era el tipo al que debía acercarse y con el que sentía una conexión distinta a la que tenía con el resto. También percibió que el más distante había sido Álvaro de la Cruz, el capitán, el *alma mater* de aquel equipo y de la selección española. En Argentina era uno de los jugadores más conocidos, lo había ganado todo y era una de las grandes imágenes de Adidas y del fútbol europeo. También era un ídolo para las nuevas generaciones, que sobre todo seguían su vida a través de las redes sociales, donde contaba con más de treinta millones de seguidores. Poco más que lo que sumaba en su ficha.

5

Álvaro de la Cruz tenía treinta y dos años, había nacido en Pampaneira, uno de los pueblos más bonitos de la Alpujarra granadina. Sin embargo, por la orografía de la comarca, repleta de cortijadas y anejos y que impedía buenas conexiones por carretera, encontrar un campo de fútbol cercano era un imposible para la familia De la Cruz.

Terminaron llevando a Álvaro, con diez años, a vivir a Granada. Por entonces, el club nazarí no contaba con residencia para los chicos de las categorías inferiores, así que Álvaro vivió durante cinco años con un matrimonio sin hijos que acogía a esos niños en su piso, situado en la misma calle Oficios, que hacía casi esquina con la Gran Vía de Colón. La vivienda se hallaba cerquita de la catedral y de la Capilla Real, donde yacían los restos de los Reyes Católicos, algo que Álvaro desconocía o simplemente no le interesaba. Durante mucho tiempo, su nueva familia lo obligó a asistir una vez por semana a la misa que se celebraba en la iglesia del Sagrario, a dos minutos caminando desde la casa. Nunca protestó, prefería contentarlos y seguir fingiendo su catolicismo. Sobre el cabecero de su cama no faltaba un gran crucifijo de hierro forjado y bañado en oro. Carmela, la mujer que lo había acogido, lo había heredado de su madre, y esta, de su abuela. Su habitación era casi tan grande como la de matrimonio. Los muebles de madera maciza plagaban toda la casa y las lámparas bronceadas daban una luz tenue y amarillenta que Álvaro detestaba. En el salón, a un costado de la televisión, un busto de Franco hecho de mármol era el orgullo de Pedro, el marido de Carmela. Era lo único que mostraba a sus invitados, y se jactaba de decir, con una media carcajada fanfarrona, que la única tarea del hogar que hacía era encerar cada mes la marmórea escultura de su general.

«Paco, Paco, si tú o tu primo levantarais la cabeza», solía decir con un profundo suspiro cuando escuchaba las noticias.

Álvaro convivió varios meses con otros jugadores de las selecciones cadete e infantil del Granada, pero quien más tiempo pasó en la casa de los Vázquez fue él. «El tito Pedro y la tita Carmela» eran como sus segundos padres, a quienes solía visitar al menos una vez al año y llamaba con frecuencia, sobre todo antes y después de los partidos. Debutó con el Granada en 2005. Lo hizo con los Vázquez y sus padres en las gradas de Los Cármenes, tan orgullosos como cuando su niño hizo la comunión. Aquel día, de hecho, le habían adjudicado entre todos su primera novia. Tenía nueve años y era la hija del dueño del hotel Nueva Alcazaba, un complejo situado en lo alto de un barranco con vistas a la Alpujarra. Se veían de verano en verano y, en plena adolescencia, una tarde de agosto, ella decidió que era hora de perder su decencia. Fue en la casa de la abuela de ella, sobre una cama enorme que acabó manchando, dejando las huellas de su pecado en aquel edredón blanco de miles de hilos. Una suavidad que Álvaro no tuvo con ella. Después de tres besos secos y alguna áspera caricia, penetró a Lucía. Emitieron al unísono un alarido que no olvidaría jamás.

Repitieron media docena de veces más; él porque creía que estaba obligado, y ella porque debía complacerlo. Continuaron jugando a ser novios hasta poco después de que Álvaro dejara el Granada. Lucía empezó a estudiar Arquitectura en la

Universidad de Granada y viajaba a Madrid una vez al mes para estar con él, aunque ya no habría más roces ni gritos. Tras unos meses pensando en cómo se lo dirían a sus padres, ambos decidieron no volver a verse. Hasta que un día, algunos años después, se cruzaron en las fiestas de Pampaneira.

—Este es Javi, ¿te acuerdas de él? Hicimos los tres juntos la comunión —le recordó ella, mientras se tocaba compulsivamente su panza de embarazada.

Álvaro asintió, pero no se acordaba. Aquella fue la última vez que se vieron.

6

Álvaro llevaba casi media vida de rojiblanco, desde que el Racing de Madrid lo fichase en 2008, con la veintena recién cumplida, después de pagar a los andaluces unos treinta millones de euros.

En la actualidad, De la Cruz era igual de famoso por su faceta de futbolista que por ser personaje asiduo del papel cuché. Llevaba ocho años casado con Salma Villar, uno de los rostros más conocidos de la televisión española. Salma presentaba diariamente en *prime time* el programa *Como yo lo diga*, un magazín de actualidad al que acudían, entre otros, actores, cantantes y políticos para analizar la actualidad de una forma tan distendida que recibía feroces críticas por el exceso de frivolidad en las charlas que mantenían. Era una reunión de personajes donde se peleaban por hablar de todo sin saber de nada, un sinsentido de voces estridentes y atrevidas que vertían opiniones de una ignorancia contagiosa, y que acababan resultando hasta graciosas, capaces de sedar los sesos y las vergüenzas. Los colaboradores se devoraban en directo con la misma facilidad con la que se acostaban al acabar, lo que luego servía para cebar y alargar el contenido varios programas más.

Villar mostraba una cara bien distinta entre bambalinas. Mientras que parecía de lo más cercana frente a las cámaras, tras ellas era fría, complicada y soberbia. Espíritu de la contradicción y del ego atroz, era conocida en la profesión por ser completamente egocéntrica e insoportable. Rara era la semana en que no se metía en algún lío por alguna de sus publicaciones en redes sociales, banales y superficiales en la mayoría de los casos. Lo mismo le daba por publicitar alguno de sus tratamientos faciales como por opinar de las políticas públicas del país, con estadísticas tramposas y mentiras que cada día parecían más fehacientes para sus seguidores. Después renegaba, fingiendo sentirse ofendida. Y vuelta a empezar ese juego de necios.

Álvaro y Salma se habían conocido diez años atrás en una entrega de premios de la firma de perfumes a la que ambos prestaban su imagen. El primer día apenas cruzaron palabra, pero al *photocall* del remodelado hotel Ritz de Madrid entraron los dos deslumbrantes, con sus *outfits* impecables. Obedeciendo a sus asesores de comunicación, ella le agarraba sutilmente del brazo, como dejándose caer, y él la sostenía mientras caminaba tan erguido y convencido como cuando salía por el túnel de vestuarios antes de disputar un partido de los grandes. Radiaban seguridad, un glamour hecho más a base de talonarios que de gusto, y sonreían a las cámaras y a los periodistas como pocas veces lo hacían. Estaban hechos para aquello. Estaban hechos el uno para el otro. Pero ellos todavía no lo sabían.

Quizá se dieron cuenta cuando tres años después de aquel encuentro nació su hijo Mario. Fue más deseado que buscado, pero llegó como el mejor regalo de las Navidades después de una cesárea acordada entre el ginecólogo y Salma, quien aprovechó las horas en el quirófano para salir de allí incluso mejor que antes del embarazo. Posaron ante la prensa en la puerta del hospital Ruber de Pozuelo, donde daban a luz las mujeres más famosas de España. Aquel día no mostró el rostro de su bebé, resguardado para la exclusiva que harían unos días después en la revista *¡Hola!*

Mario era un clon de su padre, al que iba a ver a casi todos los partidos que el Racing jugaba en Madrid. Ya contaba con un par de clubes de fans en Instagram que se hacían eco de las fotos y vídeos que colgaba Salma de su hijo, promocionando en la mayoría de ellos alguna ropita infantil o planes que hacer con el pequeño. Mario odiaba que lo inmortalizaran, así que para conseguir una imagen que le valiese a su mamá podía estar una hora con el fotógrafo a cuestas, llegando el crío al hartazgo más absoluto. Por suerte para él, aprendió a quejarse a su padre, y este puso algo de mesura. «Déjalo, ¿no ves que no quiere?». De ese modo, Salma por lo menos le daba algún respiro.

Durante el primer año de guardería, Álvaro se encargó de llevarlo cada mañana y de recogerlo casi todos los días sobre las cuatro de la tarde, siempre y cuando estuviera en Madrid. Tenían varias personas ayudando en casa, y para los celos de su madre Mario adoraba a Leonor, una de sus cuidadoras, quien se comía a besos al pequeño y le provocaba carcajadas que resonaban por toda la casa. Salma soñaba con despedirla, pero Álvaro se negaba.

—Es vieja y gorda, todas las tardes saca tantos juguetes y enredos que casi no puedo ni caminar por mi propia casa —le decía sobre la cuidadora favorita de Mario.

Estaba a punto de cumplir los sesenta y había heredado las caderas de su madre, una señora curtida en la huerta murciana y que ahora yacía como un vegetal en una cama.

Cada vez que su mujer le pedía echarla, Álvaro le subía el sueldo a Leonor, que ya no sabía qué dulces preparar a su jefe o qué juegos infantiles inventar para agradecérselo.

7

Como cada vez que llegaban las vacaciones, Gabriel iba al revés del mundo o, por lo menos, de sus amigos. El campeonato argentino había terminado a mediados de noviembre, poco después de la llegada de la primavera, cuando Buenos Aires estaba más bonito que nunca. Los jardines de los Bosques de Palermo florecían, las rosaledas brotaban de forma abrumadora y le gustaba tirarse a leer frente a aquellos lagos cuando caía la tarde.

Llevaba meses intentando cuadrar alguna semana con amigos, pero sus calendarios no coincidían. Estaba acostumbrado y era algo que le daba paz. Le agitaba más el pensar tener que viajar en multitud, adaptarse a los horarios y las manías del resto. Para los otros esos días suponían una coartada para acostarse con todas las mujeres con las que las suyas se lo impedían el resto del año; no les interesaba más que tumbarse panza arriba en una playa y daban por hecho que Gabriel correría con todos los gastos. Además, sus inquietudes les impedían barajar otras opciones que no fueran Punta del Este, Ibiza o Miconos. Él decía que necesitaba soledad y silencio después de tantos meses de vorágine, tomar distancia y tirar unos cuantos cables a tierra. Parar. Así que prefería marcharse solo y no planificar demasiado el destino ni la ruta que seguir. No reservaba alojamiento hasta que no tenía claro que ese día dormiría en ese lugar, y en esa absoluta incertidumbre era donde él encontraba la estabilidad. Se había cansado de explicar que eso era lo que quería.

—Gaby, te va a hacer bien venirte con los chicos. No podés irte siempre solo, claramente algo te pasa que no nos querés contar nunca —le decía siempre Armando. Ni siquiera su amigo del colegio lograba entenderlo.

Pero no, Gabriel no estaba mal. Solo pretendía dejarse llevar durante unos días, los únicos del año, porque toda su vida parecía poder reflejarse en un *planning* repleto de horarios, dietas, entrenamientos, fisioterapeutas, gastos, partidos, viajes con el equipo, entrevistas… Eso era lo que realmente le ponía nervioso. Así que prefirió marcharse casi dos semanas a Cabo Polonio, un pueblecito de la costa uruguaya que se abastecía de energía solar, con poquitas calles asfaltadas y donde el tiempo lo marcaban el faro y su marea.

8

Habían pasado poco más de veinte días en España cuando Jorge quiso visitar a su hijo. Gabriel quedó en irlo a buscar a Barajas a su llegada un lunes casi a medianoche. Le había preparado una de las habitaciones de la primera planta para que no tuviera que subir ninguna escalera. Además de dos prótesis en las rodillas, Jorge llevaba un *stent* en el corazón desde hacía un par de años. Fue en la Navidad de 2018 en Mar del Plata, donde habían alquilado una casa con piscina para toda la familia. El 24 por la noche, durante los preparativos de la cena, Jorge comentó que estaba un poco mareado y le dolía la cabeza.

—Es que sos un boludo, Jorge. Estuviste tomando el sol veinte horas y a las cinco de la tarde jugaste con los chicos a fútbol. No sos un pendejo, y además mirá la panza que tenés —le recriminó su hija Micaela.

Antes de sentarse a la mesa, Jorge devolvió. En mitad de la sobremesa, cayó desplomado por un infarto al corazón.

Desde entonces, vivía con ese recordatorio de por vida. En los primeros meses posteriores al suceso cuidaba su alimentación y tres veces por semana se pasaba por el gimnasio de Villa Urquiza para ejercitarse con un grupo de mayores de sesenta y cinco, con los que luego organizaba alguna salida. Más si se animaba Cecilia, una viuda que le preparaba las mejores empanadas que jamás había probado y que lo cuidaba como nadie había hecho en demasiado tiempo. Desde que había muerto Laura, siete años atrás, la familia y la vida de Gabriel se habían roto en dos. Ver a su madre, para él la mujer más hermosa del mundo, pasar a ser aquel fantasma, ese saquito de huesos en que el cáncer la convirtió, provocó un miedo tan profundo y desgarrador que el niño de sus ojos no pudo soportar.

Tras su muerte, Gabriel encontró el refugio perdido en el fútbol. Los días pasaban lentos hasta el domingo, cuando el dolor se paliaba gracias a los goles que le dedicaba. «Para vos, vieja», asomaba en su camiseta tras cada tanto. Fue la mejor racha goleadora de Gabriel. Mientras tanto, en casa, Jorge deambulaba por los pasillos, no sabía ni dónde estaban guardadas sus camisas, aunque llevasen en el mismo sitio hacía décadas. No podía sostener el tiempo si no era a base de tragos de whisky y ron. Otra vez el alcohol lo acechaba, como cuando Gabriel apenas había echado a andar. Jorge se fue un jueves de abril del 99 y no volvió hasta casi diez años después. Durante todo ese tiempo, ni Laura ni los niños mencionaron su nombre.

9

Laura se fue sin que Jorge supiera si lo llegó a perdonar por tan larga ausencia, y no tardó en tener de nuevo una recaída, esta vez aún más grande, volvió a arruinarse, se llenó de deudas, se quedó sin amigos y comenzó a padecer una cirrosis que lo llevó al hospital un buen tiempo, aunque terminó solicitando la baja voluntaria y regresó a la calle y al alcohol. Durante dos años vivió en varios parques de la zona de La Paternal, cerquita de la cancha de la Asociación Argentinos Juniors, que se había convertido en un templo de Maradona después de que este jugara allí en sus inicios. En el barrio se hizo amigo de un quiosquero que le dejaba diarios cada tarde que Jorge pasaba a buscar religiosamente y que se le iban acumulando en la esquinita en la que colocaba sus cosas, entre ellas un viejo futón donde dormía. Una noche, cartón de vino en mano, abrió un diario *Olé* de hacía casi una semana y lo primero que leyó fue «Gabriel Baroli, media Europa detrás del goleador de Estudiantes». Usó un par de monedas que tenía para entrar en un locutorio y comprobar en internet lo que acababa de leer. Su hijo era pretendido por el Racing y el Real Madrid. Marcó el teléfono fijo de la que aún era su casa y le atendió la chica que ayudaba de vez en cuando a limpiar la vivienda y a cuidar las plantas de Laura. Le dijo que no había nadie, pero le dio el móvil de Gabriel.

Cuando lo llamó, quedaron en verse en Buenos Aires a la semana siguiente.

Jorge esperaba en una de las mesas arrinconadas del café La Biela, en el barrio Villa Devoto. Se sentía abochornado por la ropa que llevaba: aquella americana que había comprado esa mañana en una tienda de segunda mano, y a la que le faltaban varios botones, y unos vaqueros que intentaba que no se le cayeran con el cinturón. Aquella mañana también había ido a la barbería de un viejo amigo, que le había regalado el corte y el afeitado. De camino a la cafetería, entró en un centro comercial para perfumarse. Pero su mirada y su piel desgastada y amarillenta lo delataban.

Gabriel llegó nervioso, apenas había podido comer nada al mediodía y sentía hasta náuseas. Enseguida vio a su padre, como si supiera en qué mesa iba a estar. Jorge le sonrió de lejos y se levantó con la cabeza agachada. Alzó la vista cuando tuvo a su hijo a apenas un metro; no sabía si abrazarlo, darle un beso o simplemente la mano. Gabriel tomó la iniciativa.

—Hola, pa, ¿cómo andás? Perdón, que me costó estacionar. —Y le dio un ligero beso en la mejilla.

Jorge se tocaba las mangas de la americana nervioso, no le salían las palabras y tenía la mirada vidriosa. Le podía la vergüenza. ¿Cómo explicarle a su hijo que había sido un miserable y un borracho que volvió a abandonarlo cuando más lo necesitaba? ¿Que durante dos años quiso llamarlo cada día pero que su cobardía se lo impidió? ¿Cómo iba a entender que hasta compraba botellas de alcohol en la farmacia y se las bebía incluso en ayunas? Que todo aquello le había permitido vivir anestesiado y no llorar la muerte de su gran amor, Laura. Que no soportaba más su ausencia ni seguir viviendo.

Empezó por lo fácil, por preguntarle qué tal le iba en el club y si creía que había *chances* de terminar el campeonato entre los cuatro primeros.

—Dale, empezá a contarme, ¿cómo estás? ¿Dónde anduviste todo este tiempo? —le cortó Gabriel.

La charla duró casi tres horas, dos cafés, dos tés y un par de sándwiches para cada uno. Jorge le contó a su hijo que había estado viviendo con otros compañeros de la calle en Parque Chas, cerca de la cancha de la Asociación Argentinos Juniors. Que había bebido mucho, a todas horas, y que no había semana en que no fuera a ver a Laura al cementerio de Chacarita.

—Fue ella quien desde ahí me decía siempre que debía llamarte, que me ibas a entender. Pero después vi que te empezaba a ir bien en el fútbol y no quise molestarte. Veo todos tus partidos, me hice amigo de un tipo que maneja un quiosquito ahí cerca de donde duermo, y cada mañana me deja leer todos los periódicos para ver si encuentro alguna mención tuya. Guardo todos los recortes y las fotografías, pero todos, ¿eh? Si querés, un día te muestro.

A Gabriel se le quebró la voz al escuchar a su padre. Le dio ternura y rabia; quería abrazarlo y matarlo a la vez. No entendía, pero quería entender, así que quedaron en verse dos días después. Y así, un par de veces por semanas estuvieron encontrándose durante tres meses. Hasta que llegó la tarde en la que tocaba hablar de la propuesta que le hacía su hijo: acompañarlo a un centro de rehabilitación para curar su adicción al alcohol. Él se haría cargo de todos los costes del tratamiento. Jorge lloró como un niño asintiendo, lo iba a intentar.

—Gracias, Gabi, te juro que me voy a poner bien. A vos no te fallo más, te juro —le prometió.

Gabriel ya había adelantado la tramitación del ingreso y pudo entrar a la semana siguiente. Jorge permaneció allí durante un año.

Fue a verlo en varias ocasiones, pero siempre quiso dejarle el tiempo y el espacio que creía que ambos necesitaban en todo ese proceso. Mientras, acordó con un viejo amigo de su padre que tenía un taller, y del que ya no se podía ocupar, que cuando Jorge estuviese limpio trabajase allí. Antes de eso, el día que le dieron el alta, Gabriel fue a buscarlo y se lo llevó a su casa de La Plata una semana. Al día siguiente jugaban de locales, Estudiantes ganó, y él marcó y dio dos asistencias. Le dedicó el gol a su padre, que lloraba como un niño en la platea.

—Es mi hijo, es mi hijo, la puta madre —alcanzaba a decir un nuevo Jorge.

10

En los dos primeros partidos de liga en España, Gabriel había sido suplente, como era de esperar. El técnico ya lo había comentado con él. No iba a ser nada fácil llegar con la temporada empezada, en el mercado de invierno, viniendo del fútbol argentino y de su ritmo bien distinto y hacerse pronto con un puesto en el once titular. En su posición, de interior izquierdo, estaba jugando Gonzalo Ballesteros, un chico de la cantera al que habían recurrido para suplir la lesión de Luka Šarić, un croata que había sido nominado al Balón de Oro ese año y que acababa de pasar por quirófano para intervenir su ligamento cruzado, hecho añicos tras la entrada de un rival. Fin de la temporada y con la renovación en juego para Šarić.

Gabriel había llegado para intentar que no lo echasen demasiado de menos, pero necesitaba de un tiempo de adaptación, ese que la afición y la prensa no le iban a dar. El juego en España era mucho más rápido que en Argentina, en el Racing tocaba defender más, aunque jugaras de medio campo para arriba, así que enseguida se dio cuenta de que debía ponerse físicamente a tono para que François contara con él. Por las tardes ya había empezado a entrenar de forma individual con un preparador que lo recibía en la planta baja de su casa, donde había montado un pequeño centro de entrenamiento personal. En apenas dos semanas ya se notaba la mejoría, pero coger el ritmo en el campo era otro tema.

En el segundo encuentro, ante el Villarreal en el estadio Metropolitano, le dieron los últimos veinte minutos que coincidieron con el gol y la remontada de su equipo. Era la primera vez en toda la temporada que superaban en clasificación al líder, el Real Madrid. El entrenador les dio libre el día siguiente y había que celebrarlo.

—Eh, chaval, qué suerte has tenido, justo entras y marcamos. Vamos a ir a cenar a un sitio nuevo, vente con nosotros, que te vamos a espabilar —le dijo Signori.

Quedaron a las diez de la noche en la calle Juan Bravo, la zona de los restaurantes de moda de Madrid.

A la cena fue Šarić, todavía ayudado de una muleta, De la Cruz, Dani Blanco y el resto de los capitanes. La noche prometía. Los habían ubicado en un reservado donde cada cinco minutos entraba alguien a saludar: agentes, algún periodista que cenaba por allí y se hacía el encontradizo, personal del restaurante y algunas de las chicas más guapas que Gabriel había visto desde que llegó a Madrid. De la Cruz conocía a todas y a varias les propuso que luego se pasaran por Florida Park, la discoteca reabierta en el parque del Retiro que frecuentaban futbolistas, artistas y distinto famoseo. «Gente guapa, chicas *incredibiles*», como decía Signori.

La sobremesa se alargó hasta pasadas las dos de la madrugada. Habían caído diez botellas de vino rioja Castillo Gran Reserva 2010, casi una por cabeza, varios litros de cerveza, y habían decidido tomar la primera copa allí mismo. La euforia aumentaba con cada whisky y ginebra, jactándose de lo que los esperaba al llegar a la discoteca. La voz cantante la llevaba De la Cruz, que además había repetido varias veces que no tenía hora de vuelta, ya que su mujer estaba de viaje en Londres promocionando una de sus marcas. Era el único con el que Gabriel no se había dirigido la palabra en toda la noche, ni siquiera al acabar el partido, cuando el vestuario ya había sido una fiesta. Al argentino le llamaba la atención lo distante que le había resultado hasta entonces Álvaro, más siendo el capitán y uno de los veteranos. Se limitaba a saludar y a comentarle algunas cuestiones futbolísticas, pero era el único que todavía ni le había preguntado por algo relacionado con su llegada a Madrid o por cómo estaba yendo su adaptación a España, y no le había curioseado acerca de Argentina, aunque fuera por quedar bien. No esperaba que fuese su cicerón, pero sí al menos que le ofreciera algo más de calidez y de ayuda. De hecho, desde todos los estamentos del club le habían dicho que sería De la Cruz la persona que más lo podría ayudar en su integración al equipo y al país, porque además así era siempre con los más jóvenes o los recién llegados. El peso que el capitán tenía en la institución iba más allá de lo deportivo.

Al llegar al Florida, todo estaba preparado. Los estaban esperando varias botellas de Möet & Chandon en la zona VIP y algunos camareros dispuestos solo para atenderles. Enseguida vio por allí a las chicas que habían estado previamente en el restaurante, no hablaban demasiado con ellas, más bien el diálogo brillaba por su ausencia. Las cinco chicas no debían de superar los veinticinco años y no bajaban del metro setenta. Entre ellas, una parecía la más tímida. Se le había antojado la más guapa, aunque no era tan despampanante como sus amigas, que tampoco le hacían mucho caso. Se movía discretamente, observaba todo con cierta sorpresa y esbozó una leve sonrisa cuando se cruzó con la mirada de Gabriel.

—Hola, soy Gabriel, ¿cómo estás? No sé si nos presentaron antes en el restaurante. ¿Sos de acá? —le preguntó casi por compasión.

—Hola, Gabriel, soy Marina, encantada. No, mis amigas sí entraron a saludaros, pero yo me quedé fuera fumando. En realidad, solo conozco a Bea, es esa chica rubia alta. Somos amigas desde el colegio, de Barbastro, un pueblo de Huesca.

Me vine aquí a estudiar en octubre y no nos habíamos visto mucho en estos meses —respondió con una naturalidad y una sencillez que despertaron mucha ternura en Gabriel.

—Un gusto, Marina. Entonces me atrevo a decir que estás tan desubicada en este lugar como yo. Es la primera vez que salgo por Madrid.

—Yo he salido por aquí alguna vez, pero por antros de Malasaña, la verdad. Por mí me iría ya, pero no quiero dejar aquí a mi amiga. Los futbolistas no tenéis muy buena fama, menos aún con lo que pasó el otro día con el Dani Alves ese, lo sabes, ¿verdad? Aunque tú pareces muy normal —atizó Marina mientras lo miraba de arriba abajo.

—Ja, ja, ja, me hacés reír. No todos somos Dani Alves, sin duda. Y claro que soy normal. Juego al fútbol, no más. Siendo sincero, vos parecés también bastante más normal que tus amigas. Al menos fuiste la única que me miró a los ojos. Aunque ahora estés buscando si llevo anillo. No, Marina, no estoy casado ni tampoco en pareja. Llegué a Madrid hace unas semanas, todavía no conozco a nadie. De hecho, creo que sos la primera chica con la que hablo en España.

—Oh, qué honor, chico observador. Aunque pensándolo bien, y viendo que mi amiga está bastante entretenida con el famoso Álvaro de la Cruz, que es al único que conozco, voy a hacer bomba de humo en cualquier momento y me iré a mi casa.

—¿Me dejas hacerla contigo? —contestó Gabriel, confiaba en Marina.

—¡Ey, qué atrevido! Pero antes, préstame tu móvil, por si nos perdemos en la salida. —Gabriel se lo pasó y ella anotó su número—. Escríbeme cuando quieras, no estoy intentando ligar contigo, pero me has caído bien y estás muy solo. Casi como yo. Así que cualquier día podemos dar un paseo y contarnos batallitas —le dijo justo antes de echar andar hacia la salida.

El martes, tras la jornada de descanso, volvieron los entrenamientos. Mientras se cambiaban en el vestuario, comentaban la noche del domingo.

—Y tú, el boludo, pero fuiste el primero en irte acompañado, cabrón —le soltó De la Cruz en tono jocoso.

Gabriel no respondió, solo sonrió mirando las botas que se iba calzando.

Por lo que pudo entender entre gritos y carcajadas, salieron casi a las siete de la mañana del Florida y varios acabaron en casa del portero, Germán Cocca, un uruguayo que llevaba media vida en España y que tenía a la familia pasando unas semanas en Montevideo. Lo único que quedó claro fue que De la Cruz había terminado su noche con Bea, la amiga de Marina.

11

Aquella semana se enfrentaban al Espanyol y el viernes a última hora viajarían a Barcelona. Era su cuarto viaje en AVE y lo prefería antes que el avión. El tren siempre le daba paz, llegaba a imaginar que, durante esa travesía, en silencio y en eterna línea recta, se alejaba de no sabía dónde y no volvía nunca más. Se regocijaba en esa melancolía pensando cómo había sido aquella la última vez que había visto a ciertas personas, quién lo extrañaría más, si se iría con cuentas pendientes. En otras, fantaseaba con que se había marchado sin despedirse de nadie, sin revelar destino y sin que hubiera forma de localizarlo. ¿Cómo sería empezar realmente de cero, sin nadie? Al fin y al cabo, desde que aterrizó en Madrid no lo habían dejado solo y le empezaba a ahogar tener a tanta gente pendiente de él. Dónde estaba, a qué hora le pasaban a buscar, con quién tenía reunión, quién quería conocerlo.

Las dos horas y media de trayecto a Barcelona fueron su fantasía. Hasta que llegó a la estación de Sants, donde los esperaban centenares de aficionados, lo mismo que en la puerta del hotel de concentración.

Durante las primeras semanas le había tocado compartir habitación con uno de los jóvenes fichados en verano, Alberto, un chico muy callado al que solo escuchaba discutir con su padre por teléfono. Gabriel no le había preguntado nada, pero sí sabía que se enfrentaba a su viejo porque lo intentaba convencer para que hablase con el entrenador, que apenas contaba con él.

—¿Para qué carajo te fichó, Alberto? —le había escuchado alguna vez gritarle a su hijo.

A Alberto le cambiaba la cara, se mantenía cabizbajo y callaba, no perdía la calma jamás y nada conseguía provocarle. Tal vez por eso no lo sacaban. Gabriel sí intuía que, al día siguiente, jugaría su primer partido como titular. La prensa llevaba comentándolo toda la semana, y en los entrenamientos había participado menos con los habituales suplentes.

Después de cenar, De la Cruz organizó la partida de mus en su habitación: la 711. Obsesivamente supersticioso, siempre intentaba quedarse en alguna con esa numeración o combinada. Era capaz de suplicar en la recepción o de negociar con sus compañeros para que se la cambiaran. Lo llevaba haciendo hacía una década, tanto con el Racing como cuando lo concentraban con la selección española o iba de vacaciones a cualquier hotel.

A Gabriel no lo invitó a pasarse por la habitación porque no sabía jugar al mus. Tampoco ponía demasiado interés en aprender y tenía un libro a estrenar: *Sobre héroes y tumbas*, de Ernesto Sábato. O al menos no recordaba haberlo leído antes, que es lo mismo que no haberlo hecho. Cuando Graciana se enteró, no se lo podía creer y se lo regaló pocos días antes de viajar a España. Él prefería jugar a eso, a retarse con su íntima amiga para ver si se sorprendían con libros que no habían leído todavía, e ir en búsqueda de algún ejemplar ese mismo día para regalárselo. Ese ritual lo repetían, al menos, dos veces al mes.

A la mañana siguiente, Gabriel despertó con el libro de Sábato encima, se había quedado dormido leyendo. Bajó a desayunar y salió a dar un paseo por el centro de la ciudad. El hotel estaba cerca del barrio del Born, y aunque ya había pensado en ir con más tiempo para conocer el gótico de sus calles, no pudo evitar ponerse algo de miel en los labios caminando bajo el Pont del Bisbe. Todo aquello le volaba la cabeza, les decía a sus compañeros. Cada vez que le escuchaba ese tipo de comentarios, De la Cruz le clavaba una mirada esquiva y, a su vez, le atraía sentirse tan lejos de aquellos ojos con los que Gabriel podía mirar. Él también quería llegar hasta ahí, pero no podía, o creía no poder.

Antes del almuerzo, François dio la charla técnica a sus jugadores. Escribió en una pizarra el once del partido, y ahí estaba su nombre. El primero en felicitarlo fue, sorprendentemente, De la Cruz. El Racing remontó un 2-0 con dos tantos del número once, el de Gabriel.

12

Jorge aterrizaba en Barajas a primera hora de la mañana. Tras ganar en Barcelona, les habían dado dos días libres, así que ese lunes ya había reservado para comer en un restaurante donde le habían asegurado que se comía el mejor marisco de Madrid. Jorge adoraba el pescado, pero en Buenos Aires no conseguía encontrar demasiados lugares para comerlo.

—Nada más llegue, te pido por favor llévame a comer una buena dorada y langostas. Te juro que no necesito más, hijo. Eso y estar con vos, es lo más grande que hay para mí —le había comentado ya días antes.

Se le saltaron las lágrimas nada más verlo. Hacía poco menos de un mes que se habían despedido, pero se le mezcló esa emoción de padre orgulloso al que su hijo lo espera en suelo europeo. Él soñó con poder hacer eso alguna vez, pero le tocaba ser recibido.

—Pa, te estás haciendo viejo, llorás mucho —le dijo Gabriel.

También tenía ganas de llorar, porque en ese mismo instante se dio cuenta justamente de eso: su padre estaba cada vez más viejo y cada vez más lejos.

Jorge agotó a preguntas a su hijo mientras devoraba las langostas, los percebes que no había ni visto antes y los mejillones y las almejas que les pusieron de entrante. La lubina y la dorada vinieron después. Seguía emocionado, hablaba eufórico y se ponía torpe y nervioso cuando alguien se acercaba a la mesa para pedirle una foto a Gabriel.

No recordaban haber pasado antes unos días juntos repletos de tanta felicidad. Tampoco podían remontarse a la infancia, porque, aunque Gabriel no había sido del todo un niño desdichado, la presencia de su padre había brillado por su ausencia.

Fueron a ver la obra *Escenas de la vida conyugal*, aprovechando que el actor protagonista, el argentino Ricardo Darín, estaba de gira por España y que, a través del mánager, los quiso invitar a una de las funciones en los Teatros del Canal. Los esperaba en su camerino al terminar, pero Gabriel no quiso arriesgarse a ser uno más de sus compromisos, así que se disculpó con su gente, hablarían en otro momento y le haría llegar un par de entradas para el partido de ese fin de semana en el Bernabéu. Era el derbi madrileño y seguro que querría ir.

Jorge no se aquejó de dolencia alguna en toda la semana. Se despertaba antes que su hijo y le cebaba los mates tal y como recordaba que le gustaban. Se duchaba bien temprano, aunque también lo hiciera antes de acostarse, y usaba los perfumes de Gabriel.

Alguna noche, incluso se habían quedado dormidos en el sofá y, sin saberlo, uno arropaba al otro en mitad de la madrugada.

Se sentía el mejor padre del mundo. Se veía capaz de adaptarse a su vida, de poder mantener conversaciones durante horas como si de dos amigos se tratara. Al menos eso era lo que él creía, pero para Gabriel parecía bien distinto. Era él quien cuidaba de su padre, y no se le daba nada mal para ser su primera vez. Hasta entonces lo había hecho sobre todo en lo económico, poco más se había dejado. Pero esa semana, se lo dijeron todo. Jorge quiso explicarle por qué los abandonó siendo unos niños, si es que había un porqué. No pretendía excusarse, solo intentar que su hijo pudiese, aunque fuese durante un segundo, comprenderlo. Pero no lo consiguió.

Hasta divagaron largo y tendido sobre el amor. Jorge le decía que solo hay algo más poderoso que el amor: el miedo. Eso le había hecho perderlo todo.

—¿Sabés? El miedo te sitúa donde al final nunca terminás yendo, te limita por lo que después nunca pasa y te paraliza mientras todo lo demás, todo lo que de verdad importa, te adelanta por los costados y ya no podés más alcanzar. Entre el amor y el miedo, hijo, siempre al amor. Ahí no te equivocás —le filosofaba mientras servía algo más de soda.

Caminaron por el Retiro más de una vez en esos días. Se lo llevó una tarde a ver el atardecer desde los jardines de Sabatini, con esa luz que ilumina Madrid cuando parece que caen el sol y el cielo enteros.

El sábado a primera hora, Gabriel debía presentarse en la Ciudad Deportiva para el partido de la noche. Ese día Jorge aprovechó para ir a comprar deportivas al *outlet*, comió y se echó la siesta antes de que Sebas, el mánager, fuese a buscarlo para ir al estadio. La camiseta del número once en el equipo titular era de nuevo para su hijo. En el himno empezó a llorar y no paró hasta casi el descanso. Después lloró otra vez, cuando Gabriel marcó el tercer gol del Racing y el Metropolitano coreaba su nombre. La noche no podía salir mejor.

Lo esperó junto con Sebas en el aparcamiento del estadio, salió el último porque aquel día todos los periodistas querían hablar con él. Se fundieron en un abrazo al verse. Gabriel estaba tranquilo, se había quitado toneladas de encima que pesaban tanto como lo que habían pagado por él. Demostrar que valía esa cantidad de dinero le estaba quitando el sueño desde hacía meses. Ese día iba a dormir tranquilo y, además, era la última noche de Jorge en España, al día siguiente tenía el vuelo de regreso a Argentina.

El vuelo 6845 de Iberia, directo a Buenos Aires, partía a las 12.25 del mediodía; habían madrugado para tomarse unos mates con tiempo y charlar sobre el partido de la noche anterior. Jorge seguía excitado, mucho más que su hijo, al que le interesaba más saber qué revisiones médicas tenía su padre cuando llegara a Argentina.

—Gracias, hijo, estos fueron de los mejores días de mi vida —le dijo en el último abrazo antes de pasar el control del aeropuerto.

—De nada, viejo querido, te voy a extrañar. Acordate de todo lo que te dije, andá tranquilo, está todo bien. En abril te volvés de vuelta, y lo que hablamos, te quedás conmigo un tiempo, por lo menos. Cuidate mucho.

Intercambiaron varios «te amo», que en Argentina son casi más comunes que un «te quiero» entre familiares; una de esas costumbres que debería adoptarse en todo el mundo, como el besarse en cada saludo, entre hombres y entre desconocidos.

Gabriel volvió a casa, y tuvo una sensación como nunca antes. Sentía la ausencia de su padre de una forma muy distinta a las otras veces en las que se había marchado después de pasar unos días juntos. Entrar a su habitación fue como un puñetazo en el estómago. Bajar las escaleras y no verlo sentado en la esquina del sofá le dio vértigo. Recorrió cada estancia y el jardín con un nudo en la garganta que le impedía llorar. Hasta que entró a la cocina, donde seguía el mate que habían tomado al despertar. Bajo sus pies había una nota:

Maldigo cada día que mi cobardía me alejó de vos. Solo me consuela ver el hombre en el que te has convertido, por suerte no te parecés a mí y no puedo sentirme más orgulloso.

Tenés los ojos y el corazón de mamá, ella era de fierro, pero amaba de la forma más dulce del mundo. Vos sos igual. Ojalá nada te cambie eso, y que nos volvamos a ver pronto. Te extraño siempre, hijo.

Gabriel salió a la terraza para que le diera el aire, que le faltaba desde que leyó la segunda línea. Recordó cuando su madre se lamentó durante años de que ni siquiera hubiese aparecido con algún escrito, ya que sabía que no se atrevería a levantar un teléfono. «Una carta, aunque sea una carta». Pero nunca llegó. Quince años después, Gabriel tenía en las manos lo que su madre y él tanto esperaron. Lloró por fin. De alegría, compasión, tristeza y de miedo. Mucho miedo.

13

El lunes se retomaba el entrenamiento tras el domingo de descanso. Mientras hacía deporte o tenía un balón cerca, Gabriel era capaz de entrar en un universo paralelo donde no existía absolutamente nada más. Era algo así como una anestesia general a base de dopamina, donde los movimientos, los giros, el posible regate o chutar a portería eran las ventanas abiertas y lo único perceptible para él, lo demás quedaba en una neblina difusa que ni alcanzaba a ver. Desconexión transitoria, lo llamaba él.

Pasó la tarde durmiendo bastante y al anochecer se preparó algo de cena mientras escuchaba y tarareaba a La Vela Puerca, una banda de rock uruguaya que había intentado poner alguna vez en el vestuario aunque no le habían dejado terminar ni una canción. Después buscó una película que ver, descartaba siempre las de terror y las comedias. Encontró la versión original de la película francesa *El odio*.

Ya era casi la medianoche cuando se acordó de que su padre no le había dado señales de vida en todo el día. Le había enseñado a hacer videollamadas y por WhatsApp se manejaba cada vez mejor. De hecho, lo primero que hacía al despertar era mandarle un mensaje a Gabriel: «Buen día, hijo». Cada día, sobre las siete de la mañana hora argentina, lo leía justo al terminar el entrenamiento.

Aquella noche no hubo llamada, y al día siguiente tampoco los buenos días de su Jorge. «Qué colgado que es mi viejo, no cambia más», se dijo. Pasó el martes sin comunicarse con él, así que decidió que lo llamaría el miércoles al mediodía de España antes del almuerzo que tenía con Marina, la chica que había conocido aquella noche en el Florida Park y que tan bien le había caído. Habían estado charlando sobre adónde ir, y al final iba a ser ella la que llevase la iniciativa. Irían a comer al restaurante Decadente, por lo visto, su favorito. Estaba al lado de la plaza de Santa Ana, y llevaba días con ganas de conocer ese lugar. Llegaría sobre las dos y media y tardaría lo que le costase aparcar.

Gabriel entrenó aquel miércoles con tremenda intensidad, era el día fuerte de esa semana, y el sábado tenían partido en Villarreal. Seguían disputándose el liderato con el Real Madrid y en la capital era uno de los temas favoritos esos días.

No las tenía todas consigo, así que antes de montarse en el coche y conducir hasta el centro, llamó a su padre. No atendió la llamada. Probó una segunda vez, y una tercera. Llamó también al teléfono fijo de casa. Nada. Era de los primeros en ducharse y vestirse, pero ese día lo alargó. Su intuición le hacía quedarse más rato entre aquellas cuatro paredes, a modo de refugio, mientras escuchaba que sus compañeros iban saliendo. Se secó y, con la toalla atada en la cintura, se sentó en la esquina del banco, donde estaba su taquilla. Por allí solo quedaban Álvaro de la Cruz, Silvio Díaz y uno de los porteros. Álvaro comentaba que tenía un evento en la embajada, un *cocktail* al que asistía incluso el presidente del Gobierno, aunque no sabía de qué se trataba. Gabriel permanecía sentado, tardó en coger el teléfono. Seguía sin haber respuesta.

Llegó a Decadente unos minutos antes que Marina, a la que vio acercarse por el ventanal. Recordó lo bonita que era y lo mucho que le habían llamado la atención su melena y sus rasgos. Cuando Gabriel se refería a la belleza de la mujer española, imaginaba exactamente la de Marina, con aquellos ojos oscuros y rasgados y la piel aceitunada que la delataban. Abrazó a Gaby como si lo conociera de toda la vida, y se rieron cuando casi se besan en la boca por esa confusión provocada por el saludo argentino con un solo beso que él seguía manteniendo, frente a los dos de ella.

Gabi le dijo que eligiera lo que quería que comiesen, compartirían todo. «Haceme probar todo, solo te digo que pidás bastante cantidad porque vine hambriento». Charlaron durante dos horas sin pausa, únicamente dejaban de hablar cuando las carcajadas se lo impedían. Marina le hizo decenas de preguntas, pero nunca llegó a molestar a Gabriel. Le hacían gracia sus ocurrencias y su forma de cuestionar, tan inocente y ansiosa. Quería saber cómo había sido su infancia, de dónde venía, sus gustos, todo lo que le inquietaba, cuáles eran sus sueños. Ni una pregunta sobre fútbol.

—Veámonos más, Marina. Gracias por este ratito —le dijo al despedirse tras el café en una de las terrazas de la plaza de Santa Ana.

Había dejado el coche en el aparcamiento subterráneo de la misma plaza y se ofreció a llevarla adonde necesitara, aunque esta prefirió dar un paseo. Gabriel no tenía nada que hacer, pero quería llegar a casa cuanto antes para llamar a Micaela, que siguió sin atender, lo mismo que sus dos hermanos.

Al día siguiente amaneció cansado, apenas había podido dormir más de media hora seguida. Había algo que le quitaba el sueño y no sabía qué era. Trataría de averiguarlo al acabar el entrenamiento llamando de nuevo a Argentina. Se ejercitó un tanto disperso aquella mañana, y fue la primera vez que Álvaro se le acercó para preguntarle «¿Estás bien?». Gabriel asintió y llegó antes que el resto al vestuario para ducharse.

De la Cruz no le quitaba la mirada de encima. Ya en la taquilla, notó la vibración de su móvil y se apresuró a responder.

—Hola, por fin, ¿todo bien? ¿Qué hacés llamándome tan temprano?

—Gabi, ¿en qué andás?

—Recién terminé de entrenar. Decime. No hay forma de que me atienda papá. ¿Vos hablaste con él desde que volvió a Buenos Aires, Micaela?

—Gabi, mi amor, papá no está bien. Se descompuso y estamos acá en el hospital esperando.

—¿Cómo que se descompuso? ¿Cuándo? ¿Y a qué estás esperando exactamente?

Micaela se quebró. Era la primera vez que Gabriel la sentía así. Su hermana era la que siempre arreglaba todo, tenía una capacidad de resolución asombrosa, sabía imponer tal frialdad en los momentos más difíciles que a Gabriel hasta le daba cierto temor.

—Micaela, ¿qué pasa? Por favor, calmate y contame qué pasa. ¿Está bien papá?

—Se murió, Gabi, se murió…

Se quedó en silencio durante casi un minuto, al otro lado solo escuchaba a su hermana llorar y maldecir. Gabriel estaba muy confuso, y no acertaba a decir nada.

—¡Ey! ¿Va todo bien? Vamos, mírame, Gabriel. ¿Estás bien? Túmbate, tranquilo, estoy aquí contigo —le dijo Álvaro mientras lo sostenía y lo ayudaba a tumbarse con las piernas en alto. Gabriel no recordó nada más.

14

Jorge había sufrido un paro cardiaco mientras dormía la siesta el martes 2 de febrero, mientras Gabriel veía *El odio*. No se encontraba bien y se acostó después de comer, algo que nunca hacía. Se notaba cansado y pensó que sería del viaje y del *jet lag*, pero no volvió a despertar. Micaela fue a despertarlo cerca de las ocho y media de la tarde pensando que, si seguía durmiendo, el cambio horario le iba a afectar de más. No le respondía y enseguida, siendo enfermera de profesión, se dio cuenta de que aquello pintaba muy mal. Intentaron reanimarlo de camino al hospital, pero sus frecuencias cardiacas yacían en aquella ambulancia. Lograron estabilizarlo cuando lo daban por perdido, y durante todo el martes estuvo ingresado en cuidados intensivos, aunque ya con muerte cerebral.

Gabriel se había mareado al recibir la noticia y Álvaro seguía a su lado tembloroso. Se incorporó, ya más recuperado del vahído, aunque había perdido la noción del tiempo y no entendía qué hacía allí. De la Cruz le preguntaba qué había ocurrido...

—Al, mi viejo. Falleció mi viejo. —Y se rompió en mil pedazos en los brazos de Álvaro.

Empezaron a pegársele miembros del personal de utilería y algunos compañeros que parecía que hacía rato que se habían marchado, pero a Gabriel le sobraban todos y pidió espacio. Solo le dijo a Álvaro si se podía quedar.

—Joder, Gabriel, claro. Voy a traerte más agua, vuelvo y no me muevo de aquí.

Micaela había vuelto a llamarlo y, con algo más de serenidad, le había contado cómo había sido todo. Él cargó todo su enfado contra ella por no habérselo dicho antes. En realidad, estaba enfadado con su padre, consigo mismo y con la vida, que no podía ser más cabrona. «Con lo bien que estaba ahora. El domingo lo dejé en el aeropuerto lo más bien». No se lo creía y Álvaro escuchaba callado, apoyando su mano sobre el muslo como si así pudiera contener un pedazo de su dolor.

—Álvaro, te pido por favor que esto no salga de acá. Quiero jugar el sábado, es lo que querría él, además, vamos a ganar este campeonato, vas a ver.

Y el español le dio su palabra.

Lo llevó a casa y Gabriel dejó su coche en la Ciudad Deportiva. Esa misma tarde o cuando pudiese Álvaro se lo llevaría, pero le prohibió conducir por el momento. Por el camino hizo varias llamadas a Argentina, iba sentado en el asiento del copiloto, con la mirada perdida. Lo tenían todo organizado, de hecho, lo incineraban esa misma tarde.

Álvaro llamó a Salma para decirle que no lo esperase, le contó lo sucedido y avisó de que no sabía a qué hora regresaría a casa.

—Pero, Álvaro, ¿tan amigo es? Yo creo que ese chico necesita estar con sus más allegados, no contigo.

—No tiene a nadie en España, ningún amigo, justo estaba con él cuando se ha enterado, así que no lo voy a dejar solo.

—La verdad es que no te entiendo.

—No hay nada que tengas que entender, Salma. —Y le colgó.

Al llegar a su casa, Gabriel se tumbó en el sofá bocarriba, sujetándose con las manos la nuca. Se pasó la primera hora mirando el techo, sin moverse, sin hablar. Álvaro se había encargado de pedir algo de comida, sin quitarle ojo, hasta que se sentó en la butaca de enfrente. No sabía qué decirle, pero Gabriel tampoco quería escuchar nada. A él, que siempre prefería estar solo, le bastaba con estar juntos.

—¿Te puedo pedir un favor? ¿Podrías poner algo de música? Alguna *playlist* de Springsteen, si puede ser. —Álvaro se levantó enseguida para complacerlo, Bruce era el favorito de su padre.

La comida llegó, y Gabriel no probó bocado. Fue a darse otra ducha. Necesitaba estar solo y tal vez llorar. Apretaba incluso los párpados para ver si así podía desahogarse, pero no lo conseguía, se notaba completamente rígido, y cuando pisaba, parecía que levitaba un par de centímetros sobre el suelo.

Buscó por la segunda planta, por la que había sido la habitación de Jorge en los últimos días por si se hubiera olvidado algo. Entró al baño y encontró su cepillo de dientes, medio escondido. «¿Por qué no se lo llevó el bobo?», se preguntaba. Encima de una de las mesas había varios papeles, la mayoría resguardos de los sitios a los que habían ido juntos. Se acercó a la ventana, entraba muchísima luz y, no muy lejos, se veía un parque. Se imaginó a su padre caminando por allí, de regreso a casa, como soñaba de pequeño. Estaba confuso, no quería mezclar la rabia con la angustia. Le dolía la garganta, deseaba gritar, llorar, dormir. ¿Por qué se había levantado aquella mañana? Quizá si se volvía a la cama, despertaría y empezaría de nuevo aquel miércoles, como si nada hubiera pasado. Pero justo le llamó Álvaro desde el hueco de la escalera.

—Gabi, acabo de hacer café, te he preparado uno, creo que te sentará bien algo caliente.

Lo único que quería era un abrazo. Así que bajó y, al llegar al penúltimo escalón, se encontró a Álvaro de frente. Lo sostuvo, porque sentía que se iba a caer, a derrumbar más bien. Y lloró, por fin. Solo atinaba a darle las gracias por estar allí, y le dijo que podía irse a casa cuando quisiera, que ya había hecho suficiente. Álvaro se negó en rotundo.

—Lo siento, pero no pienso irme hasta que me eches. Si te parece bien paso la noche aquí y mañana vamos en mi coche a entrenar.

Gabriel asintió sin dejar de abrazarlo. Allí se sentía en casa, en los brazos de aquel compañero que en poco más de tres horas parecía que se había convertido en su mejor amigo. Al fin y al cabo, compartir con alguien el momento de máxima debilidad une para los restos, así que aquella amistad ya podría ser inquebrantable. Cuando Gabriel fuera a recordar a su padre y esos días, los más tristes de su vida, también se toparía con Álvaro. Y jamás olvidaría aquel abrazo, ninguno de los dos lo haría.

Gabriel estuvo hablando con varios familiares hasta tarde, cuando cayó derrotado en el sofá. No dejaba de sorprenderle la implicación que estaba teniendo su compañero, que había pasado de apenas hablarle a dormir a su vera como un perro fiel. Se despertó un par de veces de madrugada, pero pudo volver a cerrar los ojos con algo más de calma al ver a Álvaro allí.

El jueves y el viernes, Gabriel entrenó junto a sus compañeros. Álvaro le había guardado el secreto de lo sucedido, aunque no estaba de acuerdo en que no dijera nada sobre lo que estaba pasando. También era consciente de que lo que mejor le venía al argentino era estar allí con sus compañeros, practicando el balón parado como casi todos los jueves, y viajando con el equipo el viernes por la tarde para quedar concentrado en el hotel en lugar de solo en casa.

Durante esos tres días, Álvaro no se separó de él. Sin ni siquiera haberlo comentado, se había establecido de forma natural el entrar y salir juntos de la Ciudad Deportiva. Comían juntos, devoraron un par de series y se acompañaron durante las tres noches en vela previas al partido. Ambos fueron titulares, y los dos hicieron uno de los peores partidos de la temporada. El público pitó varias veces a Gabriel tras haber perdido balones impropios de él. Tal vez fueron los mismos que hasta pidieron la retirada de Álvaro.

«¡De la Cruz, borracho hijo de puta, vete con tu mujer al *Sálvame*!», escuchó en un par de ocasiones.

De Salma se acordaban siempre que fallaba, como tampoco olvidaban sus treinta y dos años. Resultaba curioso pensar que quienes le gritaban eran mayores que él. ¿Cómo se sentiría alguien rozando los sesenta y cinco si fueran en bandada desde la competencia a voz en grito con lo de «viejo», «sinvergüenza», «inútil», «jubílate ya, que estás *acabao*»? ¿Cómo sería?

A pesar de que el Racing ganó y ya era más líder, salían del campo abrazados y cabizbajos. Aquella imagen sería portada al día siguiente en varios periódicos: «Un líder sin entusiasmo», «Racing, un líder de capa caída», «Este Atleti solo cumple», «El argentino, irreconocible, fue el peor del partido», «El Atleti gana a pesar de los errores de De la Cruz», etcétera.

Aquella noche también habían dormido en casa de Gabriel. Fue algo improvisado, se dio por hecho y, sin hablar en el vestuario, los dos se metieron juntos en el coche de Álvaro. Pidieron unas empanadas de las favoritas del argentino, y se quedaron hasta tarde viendo la película de Clint Eastwood *Gran Torino*. No quisieron irse cada uno a su cuarto, aunque advirtieran la gran cantidad de cabezadas que iban dando.

Tenían espacio más que suficiente para no tocarse en toda la noche, y así fue, aunque en ese insomnio intermitente de Gabriel, creía que se habían rozado las manos más de una vez.

En realidad, estaba seguro. Pero se lo cuestionó cuando recordó lo que de adolescente había leído de Freud. Si lo sueñas, es porque alguna vez lo has deseado y se queda pululando en los distintos niveles del subconsciente. Gabriel no sabía si lo había soñado, pensado o cumplido. Solo que no quería olvidarlo.

No logró dormir profundamente hasta casi el amanecer, no se había puesto alarma, tenían el domingo libre y no pensaba salir de casa. Se despertaría cuando el cuerpo se lo pidiera, por fin, aunque cualquier desvelo lo devolvía a la realidad y se convertía en pesadilla. Le calmaba la mera presencia Álvaro.

Eran ya las once de la mañana, el sol pegaba fuerte y sentía la cabeza ardiendo. Se levantó sin apenas poder abrir los ojos y se acercó a la cocina, esperando que su nuevo mejor amigo estuviera ahí, silencioso para no despertarlo, tomando otro café. Pero no. Lo buscó por toda la casa, pero no lo encontró. El coche tampoco estaba donde lo había dejado. Le sorprendió que no lo hubiera avisado de ninguna manera, tampoco le había comentado nada la noche anterior. Se fue y parecía que nunca hubiese estado allí.

15

«¿Qué es esto, Al?», leyó en el WhatsApp sobre las nueve de la mañana. Gabriel dormía a su lado. Era Salma, tenía varias llamadas de ella desde hacía un par de horas. Le adjuntaba varios pantallazos de Instagram y Twitter donde se veía a su marido besándose con el argentino, o eso parecía. Eran imágenes tomadas en el coche de Álvaro con Gabriel de copiloto, detenidos en uno de los semáforos de la Castellana. Los habían fotografiado justo cuando Gabi había colgado el teléfono a su hermana, ella lloraba al otro lado de la línea mientras él se contenía. Pero no pudo evitar romperse al terminar. Álvaro lo había abrazado en ese instante al tiempo que alguien les sacaba las fotos y decidía difundirlas en las redes sociales.

No le contestó, cogió sus cosas sigilosamente y se marchó a su casa. Sabía que Salma lo esperaba furiosa. Ella además estaba en plena promoción de su última serie, y las dos semanas pasadas había aparecido en casi todos los medios. En la mayoría de las entrevistas concedidas, hablaba de su relación con Álvaro. «Estamos mejor que nunca, eso de que el tiempo mata la pasión en nuestro caso no se cumple», era una de las confesiones con las que el *¡Hola!* había titulado un número. A él le hizo gracia, a pesar de que hacía meses que ni se acostaban y de que no recordaba la última vez que habían cenado en casa juntos a solas, sin un séquito de amigos y otros tantos personajes de la farándula.

Gabriel se dio una ducha, se sentó en la terraza para tomarse el café y descubrió la cantidad de notificaciones que tenía en WhatsApp. Y entonces vio la foto del beso. Del supuesto beso. Empezó a temblar y a caminar nervioso por el jardín. Cuanto más miraba, peor. Hasta que vomitó y gritó de rabia, sin importarle el orden en el que lo hacía.

16

—Lo has hecho a propósito, ¿verdad? Querías joderme, ahora, justo ahora —le gritó Salma en cuanto Álvaro traspasó la puerta de casa.

No le importó que estuviera delante el personal de servicio, ni la maquilladora que esa mañana tenía que dejarla perfecta para ir a uno de los actos promocionales.

—Cálmate. No sé qué quieres que haga. Voy a llamar ahora a Ale a ver cómo puedo solucionarlo —le respondió compungido el futbolista.

Marcó el número de Alejandro, el director de la agencia que le gestionaba la comunicación desde hacía un par de años. Le sorprendía que no lo hubiera llamado él antes. No atendió la llamada. Decidió que era mejor no decir nada públicamente, a pesar de las insistencias de Salma, que pasó de pedirle que publicara algún post con ella a amenazarlo con echarlo de casa si no lo hacía. No quiso ni mirar el chat grupal del equipo, donde todavía no habían incluido a Gabriel. Cuando lo hizo descubrió que se divertían compartiendo memes y comentarios sobre «la pillada» a sus compañeros. «No sabíamos que te gustaba la carne argentina, queremos saber a qué punto te la comes» o «Sabemos que tú de maricón nada, hermano» eran algunos de los mensajes que intercambiaban.

Gabriel seguía sentado en el suelo, rodeado de un silencio de domingo al que no estaba acostumbrado. En su barrio argentino a esas horas jugaban todos a la pelota, esperaban a que el tío o mamá los avisaran para que se acercaran a comer algún pedazo de carne del asado. Era el mejor día de la semana. Las risas, las charlas, las brasas y las discusiones políticas en la sobremesa habían desaparecido. Ya no se peleaban tampoco por cómo organizarse en los coches para ir a la cancha. No tardaban horas en despedirse en la vereda. No se empezaba el lunes desayunando las sobras del día anterior. Ahora solo había silencio y Gabriel no quería más que saltar la verja de su nueva casa y salir corriendo calle abajo. Quería decirle al mundo que no se había besado con su compañero. Pero sobre todo necesitaba decir, en un aullido desgarrado, que extrañaba a papá y que quería irse con él. A la cancha, a tomar mate, a ver a los abuelos. Donde fuera, a la mierda, ahí arriba, ¿adónde se había ido?

17

Después de varios días, ese lunes Álvaro y Gabriel llegaron a la Ciudad Deportiva por separado, y así se mantuvieron durante toda la mañana, porque De la Cruz evitó cruzar cualquier mirada con él. El entrenamiento había sido a puerta cerrada, pero se dieron cuenta de que había más periodistas que de costumbre en los quince minutos en los que tienen acceso. Reconocieron a los de siempre, pero había más prensa rosa que deportiva. Durante el rondo de turno, el italiano les tiraba besos cada vez que tenía cerca a alguno de los dos. Varios se sumaron al mismo tipo de bromas, a las que ellos respondían con una sonrisa, hasta que De la Cruz aprovechó el segundo en el que Signori tenía el pie de apoyo en el aire para entrarle con fuerza y los tacos arriba.

—Ey, ey, ¿qué te pasa, *cazzo di merda*? Que no te gusta que te llamen maricón, ¿no? Conmigo no te equivoques, eh. Yo no soy el argentino —le recriminó a menos de dos centímetros de su cara. Casi podía tocar su nariz, pero, antes de eso, algunos compañeros los separaron.

Se calmaron las aguas hasta que, al poco de empezar el partidillo, Gabriel dio su primera entrada a destiempo al croata. Así hasta tres veces con distintos nombres, no reparaba en saber a quiénes dirigía su rabia, porque de su tristeza nadie sabía. Sí se podían esperar esa reacción de Álvaro, pero del niño recién llegado, al que le gusta leer más que salir de noche, no. El técnico se dio cuenta de que, si lo mantenía en el césped, aquello iba a terminar a golpes.

—Gabriel, haga el favor de marcharse a la ducha. Ya hablaremos —le indicó.

Obedeció y se marchó hacía el vestuario con los ojos en llamas, no veía nada, no pensaba en nada. Caminaba pisando fuerte la hierba, queriendo levantar las raíces, y ojalá poder hacer un agujero donde meterse. Al menos los fotógrafos ya no estaban allí para inmortalizar el momento.

Salió rápido, y como la prensa que esperaba en la salida no contaba con que un jugador se marchara tan pronto, la mayoría reaccionó tarde y otros ni siquiera lo reconocieron. Con Charly García a todo volumen y sin bajar de los ciento setenta kilómetros por hora llegó en tiempo récord a su casa. Volvió a ducharse, y se alegró cuando calculó que en Argentina aún sería demasiado temprano para llamar. No quería hablar con nadie. Dejó el teléfono en la mesa del salón y se dejó caer a lo largo en el sofá. En ese momento se imaginó como cuando de niño se encerraba en su habitación después de un día de insultos en el colegio.

—Sos un puto cagón, Baroli. Vení a pelear, dale —le retaban los compañeritos cuando decidía no entrar en sus historias. Prefería las suyas, que estaban repletas de arte, delicadeza y utopías.

Álvaro llamó varias veces al timbre de la puerta de afuera y de la del porche. Nadie respondía, pero sabía que Gabriel estaba allí, además tenía el coche aparcado junto al jardín. Convencido de que no le iba a abrir, usó la copia de llaves que le había prestado aquellos días. Cuando lo vio ahí de pie frente al sofá, Gabriel ni se inmutó, seguramente porque ya sabía que en algún momento aparecería.

—¿Qué querés? —le preguntó inmóvil.

—Nada, ver si estabas bien —le respondió Álvaro mientras seguía ahí delante como un pasmarote—. Supongo que estarás cabreado conmigo por haberme ido así....

—No, Álvaro, todo bien. Ya hiciste bastante estos días, vos tenés a tu familia, y no quiero causarte ningún quilombo. Andá con tu mujer, en serio. Tenés un Mundial en cinco meses, mirá si todo esto te deja afuera.

Gabriel se sorprendió al ver la tranquilidad con la que le estaba hablando, mientras abría una primera botella de vino que se bebieron en un santiamén.

—Eso son gilipolleces, soy el capitán de la Selección, vengo jugando todo, voy a ir seguro. Y te digo algo, no tengo ganas de irme a casa. Si vuelvo es por mi hijo, pero si no me quedaría aquí contigo toda la semana. Hasta que estés mejor o hasta que me eches —le aclaró, ya con un tono cada vez más cálido. Ambos bebían muy apresurados.

Álvaro ya no estaba allí de pie, se había sentado al lado de Gabriel, que se había puesto una almohada en el cabecero del sofá para poder mirarlo con mejor perspectiva. Iban ya por la mitad de la tercera botella. El argentino lo escuchaba, y, con la misma serenidad con la que lo hacía, quería darle un abrazo. No lo hizo, porque Álvaro se adelantó. Le abrazó fuerte y sin ruido, con las manos duras y el corazón detenido, todo él. Un abrazo en la retaguardia, hasta que Gabriel consiguió aflojarse.

Solo tuvo que contenerlo, hacer que él simplemente se dejara caer, aunque fuera a un precipicio. Los abrazos suelen tener ruido, incluso música, pero este no sonaba a nada.

Se besaron, todavía sin decirse palabra. Álvaro empezó a temblar. Se acercaba y se alejaba, estaban a apenas dos centímetros. De repente el jugador más deseado y viril de España estaba allí, muerto de miedo, sin atreverse siquiera a abrir los ojos. Pensó que, si los mantenía cerrados, aquello no estaría ocurriendo de verdad, o que Gabriel no lo registraría, y entonces, nunca habría sucedido. No tendría la imagen de sus ojos clavados en su debilidad. «Si no me ve, no sabrá que soy maricón. Porque no lo soy», se dijo. Gabriel le sostuvo la mandíbula mientras seguía besándole y tragándose su respiración. Y en cuanto pasó a ser un leve jadeo, Álvaro lo apartó.

—Tío, ¿qué haces? No me jodas.

—¡Ey! ¿Qué te pasa?

—Te has confundido, Gabriel, conmigo te has equivocado.

—¿Ah, sí? —le contestó con sarcasmo molesto.

—Perdón que sea así de brusco, pero a mí me gustan las tías. Y estoy bien con mi mujer; de hecho, ahora mismo estoy deseando irme de aquí y verla.

Recogió su chaqueta de cuero negra, dejó las llaves prestadas encima de la mesa de la cocina y se marchó.

18

Salma llevaba el batín que se había traído del viaje a Bali hacía un par de veranos. Le llegaba hasta los tobillos y, al andar, se le movía vaporoso como si todavía pasearan por aquellas playas. Durante aquella semana los persiguieron los paparazis, algunos habían sido avisados por la misma agencia de representación de ella, pero Álvaro nunca lo supo. Salma no quería que la inmortalizaran en biquini, así que se pasó los días con aquel batín, el mismo que vio Álvaro al entrar en casa. Quiso colarse por debajo de él y volver a esa playa. Le metió la mano por debajo, y Salma se acomodó en ella. Llevaban dos meses sin apenas olerse y en media docena de ocasiones él la había rechazado.

No le preguntó de dónde venía, por si acaso le decía lo que ella ya sabía. La penetró enseguida, sin mediar palabra ni caricia. Salma sintió la frialdad atravesándola por dentro como un cuchillo. Después dejó de sentir. Estaba rota, y aquello solo la terminaba de partir. Ni siquiera podía imaginarse en otro lugar o con otra persona. Estaba condenada a permanecer allí, invadida, sometida, vencida. ¿Y él dónde estaba?

Cenaron por separado, una en la cocina; y el otro, en el sofá. Margarita, la interina peruana que tenían en casa, les había dejado la cena y la comida del día siguiente preparada, aunque Álvaro almorzaba muchos días en la Ciudad Deportiva. Se quedó casi dormido mientras ella le hablaba sobre el último post que su *community manager* le iba a publicar. Ya estaban retocadas las fotos que le habían hecho en el acto del lunes, cuando presentó su serie en el evento organizado por la revista *GQ* al que Álvaro no había podía podido acompañarla. Él permanecía absorto en el sofá, viendo el partido del fin de semana. No se reconocía, se vio lento, descentrado, y se echó las manos en la cabeza cuando vio su error de marca que provocó el segundo gol en contra.

Gabriel no durmió en toda la noche. Deambuló por la casa hasta casi el amanecer, atracó la nevera varias veces, se puso a deshacer una de las maletas que aún quedaban arrinconadas, y escuchó el disco de *Caustic Love*, de Paolo Nutini, a todo trapo. Mantuvo en bucle la de «Iron Sky».

> *To rise over love*
> *And over hate...*
> *Through this iron sky*
> *that's fast becoming our minds*
> *Over fear and into freedom.*
>
> *Oh, that's life*
> *That's dripping down the walls*
> *Of a dream that cannot breathe*
> *in this harsh reality*
> *Mass confusion spoon fed to the blind*
> *Serves now to define our cold society*

Durante aquella semana de entrenamientos, Álvaro se había estado mostrando distante con Gabriel. Evitaba coincidir a su lado y a la comida de equipo que había prevista ese jueves en la casa de Dani Gris, quien siempre estaba dispuesto a juntar al grupo y a ejercer de anfitrión, avisó a última hora de que no podría asistir por una grabación con una ONG. Mintió. No quería encontrarse con el argentino, sobre todo con su mirada. Las ganas de esquivarla eran equiparables con las de volver a estar a solas con él. Le incomodaba aquella contradicción. Tenía dos voces chocando en su interior; la una gritaba a la otra, esta la callaba.

Gabriel parecía hecho a esos vaivenes, había convivido con ellos desde adolescente, cuando todo parecía confuso a su alrededor, y sabía que era cuestión de tiempo que Álvaro volviera a su cauce.

19

El sábado el Racing volvía a jugarse el primer puesto, esta vez ante el Valencia en el estadio de Mestalla. La semana había terminado más tranquila de lo esperado, los medios deportivos apenas se habían hecho eco de la estampa en la que aparecían De la Cruz y Baroli en el coche, aparentemente besándose. Las críticas giraban más en torno a la imagen que daba el equipo en las últimas semanas, y su presidente había hecho ronda de llamadas a algunos de sus amigos periodistas para pedir y recomendar que no hablasen de la dichosa fotografía. En las redes sociales era bien distinto. Era la primera vez que surgía un episodio así en el club, así que nadie, ni siquiera la prensa, sabía bien qué hacer con ello. Al final todos querían lo mismo: que el tiempo pasara.

—No los dejamos salir, ¿eh? Desde el principio, que se acojonen —eso fue prácticamente lo único que Álvaro le dijo a Gabriel en todo el fin de semana de concentración. Era la petición que le hacía en el túnel de vestuarios segundos antes de saltar al campo.

La demanda de Álvaro salió justo al revés. En el minuto cinco, un mal pase atrás de Gabriel acabó siendo el 1-0 para el Valencia. Entre sus compañeros reinaba el silencio, y volvieron al centro del campo cabizbajos. Solo se escuchó al portero.

—¡Vamos, hostia! ¡Que parecemos gilipollas! —gritaba sobre todo a su defensa, donde se encontraba Álvaro.

Se habían desplazado casi cinco mil aficionados racinguistas hasta Valencia, que no tardaron en recriminarle a Gabriel el error a base de silbidos. En apenas los quince segundos que se tardaron entre que los valencianistas celebraban el gol y se reiniciaba el juego, tuvo tiempo para imaginarse jugando en los campos de barro mientras vestía la camiseta de Argentinos Juniors, con apenas ocho o nueve años. Allá donde iban los recibían de la peor manera, sobre todo por ser los niños bonitos del juego. «Ahí vienen los pibes, esos que se creen que solo ellos saben jugar a la pelota». Pero a Gabriel eso le gustaba, de hecho, era cuando mejor jugaba. Se imaginaba que su padre estaba en las gradas mirándolo, y que simplemente no le había avisado de que iría a verlo. Le costaba reconocer que lo buscaba varias veces en cada partido, y nunca estaba. En Mestalla también buscó su mirada orgullosa y, esta vez, tampoco la encontró.

La primera parte fue horrible, sobre todo para De la Cruz, que se fue al descanso tras protestar con los árbitros desencajado, llegando a encararse con uno de los asistentes a medio centímetro de su nariz. Le sacaron la amarilla, así que en el segundo tiempo estaría condicionado en cada acción si quería acabar el partido.

—¿Qué te pasa, Álvaro? ¿Estás tonto? Llegas tarde a todo, ese tío no puede ganarte acción, es muy malo, joder. Le has regalado un gol, mal siempre. Y ahora la tarjeta, ¿quieres que te cambie o qué? —le recriminó el entrenador en el vestuario.

—Tranquilo, míster. —Apretó los dientes, pegó dos gritos a modo de arenga y saltó al césped el primero, con los ojos ensangrentados.

Además, Álvaro sabía que el seleccionador español estaba en las gradas y que en un par de semanas debía dar la lista de elegidos. Apenas quedaba una convocatoria antes de irse a la Eurocopa en junio. Pero otra vez el delantero del Valencia, el malo, le puso las cosas difíciles. De la Cruz se resbaló y se quedó solo ante el portero. El marcador pasó a 2-0 y los jugadores del Racing discutían entre ellos sin entenderse. De pronto, llegó un cántico desde la zona donde se encontraban los aficionados rojiblancos.

—¡De la Cruz, vete con tu novio! ¡De la Cruz, vete con tu novio! —se escuchó alto y claro.

Algunos aficionados del Valencia se sumaron a la fiesta. Maricón, recuerdos a su mujer, a la madre que lo parió, y de nuevo maricón eran algunos de los comentarios. Ya no eran unos pocos, sino demasiados. Con Baroli también se animaron, más en cuanto tuvo dos oportunidades de gol clarísimas, de esas que él no solía fallar. El resto de los compañeros hizo oídos sordos, pero sus caras reflejaban las ganas de llegar al minuto noventa. Se los veía más incómodos que nunca. «Que termine, nada más», ese parecía el lema que llevaban a fuego en la frente todos sus compañeros. Su entrenador quiso sustituir a Álvaro al menos en tres ocasiones, pero pensó que los gritos que se llevaría el jugador cuando lo cambiara serían aún más duros que el ver a su capitán caminando como un zombi por el césped. Lo imaginaba con gestos y expresión de futbolista recién retirado, de ese instante en el que, al colgar las botas, las dudas atormentan cada despertar con preguntas como «¿Y ahora qué? ¿Para qué sirvo?».

Llegó el final del partido, por fin, y fueron entrando al túnel de vestuarios. Era la primera vez que Gabriel y Álvaro se encontraban. El primero sí levantó la vista, quiso darle una palmada en la espalda, pero rectificó en el último segundo. Sabía que todas las cámaras querían esa imagen. Tampoco hizo falta ningún gesto, porque ellos ya sabían todo. Todo.

Aún tenían que pasar por la zona mixta, ese lugar que todos querían evitar cuando perdían. De la Cruz era de los que no se escondía jamás, y aunque el jefe de prensa, para evitar problemas, sobre todo suyos, prohibía a los futbolistas que atendieran a los medios, prefería dar la cara.

—Aquí no salimos solo cuando ganamos o marcamos golito. Por aquí tenemos que pasar todos, Manuel —se plantó Álvaro, dejando al jefe de prensa descolocado.

Justo antes este se había acercado a los periodistas que aguardaban allí apretados y a otros tantos que aguantaban la cámara o los pesados aparatos inalámbricos desde hacía horas. «No sale nadie, no podemos, nos sale el chárter en una hora». Era mentira, y aún peor, los periodistas, excompañeros de profesión de Manuel no hacía tanto, ya lo sabían. Le cambió la cara cuando vio a De la Cruz situarse en medio de los micrófonos para dar un canutazo. Le hicieron la primera pregunta, la segunda, la tercera. Ninguna sobre lo que se había escuchado durante casi toda la segunda parte.

—Como no sé si me lo vais a preguntar, ya os lo digo yo. Lo que se ha cantado esta noche en el partido es inadmisible. Llevamos semanas condenando los cánticos racistas que hemos oído en algunos estadios, nos hemos rasgado todas las vestiduras, y hoy aquí nadie dice ni mu. Como si la homofobia no estuviera a la altura del racismo. Vale ya, esto es cosa de todos, ¿eh? Y vosotros podéis ayudarnos mucho a que esto se fulmine de una vez en el fútbol. Yo estoy jodido por la derrota de hoy, no nos ha salido nada, hemos estado mal y yo el peor. Pero no quiero que esto suene a excusa. Aquí todos tenemos familias, y la mía lleva muchos días sufriendo. Os pido por favor que todos pongamos nuestro granito de arena, los insultos duelen siempre. Parece que no hemos aprendido nada, que hemos normalizado todo esto porque nos va en el sueldo. Ya está bien, ya está bien… —Sin pausa, sin interrupciones, Álvaro habló incluso desde la serenidad. No dejó opción a réplica, dio las gracias y se fue rápidamente hacia el autobús del equipo. Ningún compañero le dirigió la palabra, excepto el croata.

—Tranquilo, hermano, esto lo arreglamos —le prometió Šarić.

20

Esa noche se sucedieron discusiones y acusaciones varias en Twitter. El presidente de la Liga, de la Federación Española, deportistas, periodistas... Nadie quiso faltar a la fiesta de la hipocresía mediática. Los diarios amanecieron con el mismo asunto en sus portadas. «Explotó el capitán», «A la homofobia también se le dice "No"»... Fue el tema de conversación favorito en las urbanizaciones de vecinos y en los bares de barrio. El equipo tenía previsto un breve entrenamiento de recuperación, pactado para las nueve y media de la mañana y que los liberaría antes de las once. Mientras se ejercitaban en el gimnasio, donde les tocaba estar a los que habían sido titulares el día de antes en Valencia, Álvaro se acercó medio minuto a Gabriel con la excusa de ayudarlo con una de las barras olímpicas.

—Te espero a las once y media en la zona del parque Colón de aquí al lado. Y de ahí sígueme, luego te cuento bien.

Álvaro tenía todo organizado para pasar el día en La Cabrera, un pueblecito de la sierra de Madrid donde uno de sus mejores amigos tenía una finca. Se la había ofrecido en varias ocasiones por si se quería ir «con alguna de tus amiguitas», pero nunca hasta ahora se había acercado por allí. No le dijo iría con Gabriel, y ya había gestionado para que, al llegar, tuviese todos los accesos abiertos. Su idea era hacer noche allí, aprovechando que el martes tenían libre y, sobre todo, que Salma estaba en Málaga de promoción y el niño se quedaba con una de las niñeras que lo cuidaban desde que nació.

Gabriel no le había respondido nada. Pero se reunió con él en el parque que le había indicado. No mediaron palabra, tan solo lo siguió hasta La Cabrera, tras una hora de camino en la que se le pasó la vida ante los ojos. Sin embargo, delante de él, había alguien que se limitaba a seguir el GPS sin pensar en que aquel sería un viaje sin retorno.

La casa tenía dos plantas, y un jardín lleno de malas hierbas que dejaba en evidencia que hacía semanas, tal vez meses, que nadie pasaba por allí. El caminito desde la valla hasta la puerta de entrada había desaparecido entre tantas espigas. Sin embargo, a ellos les parecía un sendero con olor a tierra mojada y florecida. Solo se escuchaban sus pisadas y el silencio del principio no ayudaba demasiado, o tal vez no había mucho que decir.

Álvaro le mostraba el baño, dónde podía acomodarse, las ventanas que costaban abrir y una cava llena de vinos españoles.

—Coge el que quieras —le dijo a Gabriel, que ya había empezado a diferenciar un ribera de un rioja.

—No, no, agarrá uno vos que yo no tengo idea.

—Todos son buenos, venga, ábrete uno.

Gabriel abrió un Vega Sicilia al azar; había encontrado algunas copas empolvadas en una encimera y le sirvió algo de vino a Álvaro, que se había apoyado en una de las esquinas de la cocina y lo miraba fijamente. Quedaron uno enfrente del otro, y sonrieron.

—¿Te gusta? —le preguntó Álvaro señalando la copa.

—Muy rico. Tienen buenos vinos acá.

—La verdad es que sí. —El español sonrió tímido y bajó la vista, jugueteando con sus propios pies.

Gabriel aprovechó para acercarse medio metro. Brindaron, recortaron varios centímetros y se encontraron inhalando el aliento del otro. Álvaro dejó su boca entreabierta y se dejó besar.

—Nunca he hecho esto, Gabriel.

—Lo sé, tranquilo, dejame a mí —le dijo dulce el argentino.

Fueron desnudándose despacio, sin adelantarse uno al otro, como si estuviera pactada cada prenda que debía caer al suelo. Gabriel se arrodilló y Álvaro se estremeció. Creía estar delirando. Luego se agachó él hasta que le pidió que parara o iba a «acabar ya». Se besaban con fuerza mientras se tocaban cada vez con más ritmo. No supieron quién terminó primero, porque la eyaculación de uno llegó al ver la del otro, así que ambos tenían en las manos empapadas.

Aquel juego lo repitieron hasta cinco veces durante aquella tarde y noche. También les había dado tiempo a cenar algo del embutido ibérico que llevaba Álvaro en el maletero y a beberse tres botellas de tinto. Reprodujeron un par de películas que ninguno de los dos fue capaz de ver y así siguieron, desnudos y excitados, hasta el lunes al amanecer, cuando cada uno se dirigió en su coche hacia la Ciudad Deportiva.

Entrenaron juntos en el césped y en el gimnasio, después había una firma de autógrafos a un grupo de niños de un colegio congoleño con el que el Racing colaboraba. De la Cruz lideraba siempre ese tipo de encuentros, pero esa vez no lo avisaron, así que, al terminar de ducharse, se marchó con un mero «hasta mañana, chicos» a sus compañeros, entre ellos al que había sido su gran amante en las últimas horas.

21

Al llegar a casa, Gabriel cayó casi desplomado en la cama. Durmió sin desvelo alguno hasta que sonó el despertador a las ocho. Desayunó en la Ciudad Deportiva en la misma mesa que Álvaro, aunque apenas charlaron. Le llamaba la atención la intensidad de Signori de buena mañana, quien gritaba y bromeaba con compañeros que todavía hacían esfuerzo por abrir los ojos. Tras el entrenamiento, fue a tratarse a la zona de fisios, donde coincidió con Álvaro, al que le daban un masaje en la camilla de al lado. En un momento de la sesión, ambos se encontraron boca abajo y de frente. Se miraron tal vez como nunca antes. O quizá como siempre, pero ahora no había telón de por medio. Tan solo detrás, así que nadie podía verlos. Y volvieron a desearse.

Aquella tarde el sol era casi primaveral y servía de estreno de sandalias y manga corta por la capital. Gabriel había decidido salir a pasear por el centro y dejarse el móvil en casa. Era imposible recordar cuándo había sido la última vez que había hecho aquello sin que fuese por un olvido. Caminó desde la plaza de España hasta La Latina, escondido tras unas gafas de sol y la gorra que le había regalado Graciana en un cumpleaños adolescente. Picó algo sin apetito y se sentó en el parque de Atenas. Se había quedado con el cuerpo helado después de pasar por el puente de Segovia. Estaba todo acordonado. Pocos minutos antes, una joven se acababa de quitar la vida saltando desde sus infalibles veintitrés metros de altura. Al parecer, el mismo número que años tenía ella.

Escuchando a los transeúntes y hablando con alguno de ellos se enteró de que un bombero había intentado durante tres horas que la chica no tomase la fatal decisión. La había escuchado, se había sentado con ella, aunque manteniendo la distancia pertinente para no invadir su espacio y que pudiera sentirse amenazada. Intentó que no diese un paso mortal y le había estado preguntando acerca de su vida para así tratar de entender cuál había sido el detonante.

Todo aquello le había estado contando un señor de unos setenta años, bombero jubilado y especializado en la actuación de prevención del suicidio. Que ahora ya se podía hablar de ello en la prensa, que la gente ya sabía que miles de adolescentes al año tomaban el peor de los caminos y que, a pesar de que había dejado de ser un tema tabú, no había una reducción de casos. Se le humedecieron los ojos, fijó la mirada hacia las vistas de aquel puente. Dirección oeste, hacia la Casa de Campo.

—Valle-Inclán y Galdós dedicaron algunos versos al puente de Segovia. Tal vez quedó algo de romanticismo en el último suspiro de esa pobre chica —le dijo el tipo.

Gabriel no supo ni qué responder.

En ese mismo momento, cinco horas menos en Argentina, se convertía en viral una fotografía de Gabriel paseando de la mano con un hombre. Se podía apreciar que era en verano y que tenía, al menos, varios meses. Había sido tomada de noche, en una callejuela sin gente. De no ser así, no se hubiese expuesto de esa manera con nadie, y menos con un hombre.

Mientras tanto, él seguía en el parque ignorando que, desde ese mismo instante, su vida ya no volvería a ser la misma.

—¿A qué juegas, Gabriel? —Era Álvaro, que lo estaba esperando en un recoveco de la entrada a su casa.

—¿Qué hacés acá?

—Llevo toda la tarde llamándote. Pasa, hablemos dentro.

Gabriel entró primero y fue directo al móvil que había dejado en la encimera de la cocina. Apenas le quedaba batería, y tenía más de sesenta llamadas perdidas y un sinfín de notificaciones. Le empezaron a temblar las manos. Álvaro se le acercó y le retiró el teléfono, pero le había dado tiempo a ver una foto en el chat de su hermana.

—Creo que no me has contado algo que debería saber. Has jugado conmigo, con mi imagen, tú no eres consciente de lo que esto me está causando. Sin contar el cabreo de mi mujer desde hace días.

En cuanto vio la foto, reconoció a Cristian, su idilio rosarino. Supo enseguida que se trataba de la amenaza cumplida que le hizo el día que Gabriel por fin se pudo marchar de su casa. Nunca más se vieron, pero recordaba su última frase: «Te vas a arrepentir por esto, yo te cago la carrera, te juro que lo hago».

22

No fue la única vez, pero sí la última. Ese día Cristian se había vuelto a pasar con la cocaína. Además, solía mezclarla con whisky y relamía algo de ketamina, aunque nunca lo reconociera. Gabriel lo sabía porque lo había visto hacerlo alguna noche. Luego llegaba la bronca porque se sentía perseguido por su propia pareja.

—¿Qué sos vos, policía? —le repetía a menudo.

De todas formas, a Cristian no le hacía demasiada falta consumir para perder el control. Esa última vez fue tras el cumpleaños de uno de sus amigos de Buenos Aires, al que Gabriel lo acompañó. Después de ignorarlo prácticamente toda la noche, le pidió explicaciones por estar hablando con el dueño de la casa y un par de chicas. Se habían acercado a él al ver que llevaba casi una hora a solas en una de las esquinas. De vez en cuando algún invitado se le acercaba para ofrecerle una cerveza o preguntarle por el fútbol, si era verdad que se marchaba a Europa o si aceptaría la oferta de River Plate. Gabriel prefería responder con una media sonrisa y un brindis. Su mirada era cada vez más triste.

—Agarrá la campera que nos vamos.

Gabriel se despidió de Gastón, el cumpleañero, cogió su chaqueta y se marchó obedeciendo a Cristian. Al llegar al coche aparcado, llegó el primer bofetón y varios insultos. Intentó coger un taxi que pasaba, y se llevó el segundo, que le resonó en la sien. Gabriel cayó al suelo casi noqueado. El tiempo se detuvo y ya no había dolor, tan solo tristeza y culpa por haber llegado hasta ahí. Cómo había confiado en aquel miserable, y cómo se había querido tan poco. Cuando consiguió subirse a un taxi y no dejar que Cristian entrara también en él, este le gritó desde el medio de la carretera.

—¡Te cago la carrera, te juro que te cago la carrera, putito!

Fue lo último que le escuchó decir, junto con varias amenazas incluidas que en ese momento no pensó que se harían realidad. Nunca más se volvieron a ver.

Durmió en su casa de Devoto, vacía en esos días, y a la mañana siguiente tenía una de las reuniones más importantes con su agente. De hecho, podía ser la definitiva para cerrar su fichaje por el Racing de Madrid. Había quedado con Sebas en el vestíbulo de uno de los hoteles más lujosos de la zona de Puerto Madero, hablarían media hora a solas y luego se uniría el director deportivo de Estudiantes y uno de los intermediarios del club español, Nico Berti, un argentino que se movía como pez en el agua por esos lares. Nada más verlo llegar, todavía a varios metros, Sebas se dio cuenta del moretón que tenía Gabriel en el perfil.

—Uuuh, se te complicó la noche parece.

Por supuesto que no le contó nada de lo sucedido, y ni siquiera sabía de la existencia de Cristian. Pero Sebas, padre de tres varones y representante de Gabriel desde los dieciséis años, lo conocía casi más que a sus propios hijos, y sabía que algo no iba bien. Sin embargo, no le había preguntado nada hasta ahora y no se iba a arriesgar a hacerlo ahora, cuando tenía una de las operaciones más importantes de su vida a punto de caramelo.

Gabriel le contó que había salido la noche anterior y que unos chicos habían estado provocándolo durante horas, recriminándole el marcharse de Estudiantes. Sebas no le creyó, y tampoco replicó.

Parecía que estaba todo en orden, por fin podía ver plasmado por escrito lo hablado durante los últimos meses. Cuando aparecieron Berti y Verona, terminaron de matizar algunos flecos sueltos y se estrecharon la mano. Por fin el acuerdo era total. Gabriel Baroli sería jugador del Racing de Madrid durante los próximos cinco años, con una cláusula de rescisión de cien millones de euros, por si algún club iba a por él.

23

Le explicó todo lo que Álvaro necesitaba saber. Su relación con Cristian, las palizas sufridas, su atracción por los hombres, siempre clandestina y con varios deslices con chicas hermosas que le sirvieron siempre de tapadera.

Le contó que llevaba años yendo a terapia y que aquello lo había ayudado a aceptarse sin culpa por ser quien era. Le habló de la depresión que lo acompañó desde que, con diecisiete años, se enamoró de un compañero de equipo. Uno de sus secretos mejor guardados, salvo tanto para su psicólogo como para Graciana, cómo no. Gabriel creía que ellos eran las únicas personas en la faz de la tierra que jamás lo juzgarían ni traicionarían. Solo ellos supieron también del intento de quitarse de en medio que tuvo en aquellos primeros tiempos, en los que se sentía un fracaso y una mentira. No quería sufrir más. No podía sufrir más. La cantidad de ansiolíticos que tomó aquella mañana no fueron suficientes. Después de varios días ingresado, y con su amiga sin soltarle la mano más para ir al baño o para salir a buscar algo de comer, regresó a su casa y la llenó de un silencio ensordecedor.

En el club nadie se enteró de la verdad, aunque siempre sospechó que Verona lo sabía. Las casi tres semanas que permaneció de baja se debieron a «sobrecargas musculares», y entre uno de los médicos de Estudiantes, el preparador físico y el psicólogo de Gabriel arreglaron todo lo demás.

Álvaro no se atrevía a interrumpirlo. Se mantenía con la cabeza entre las manos, con la mirada fija en el suelo.

Le habló de su infancia, del padre adicto y ausente. Del tiempo lejos de casa, en la residencia en La Plata, y la soledad que lo acompaño durante esos años. De sus dudas sexuales que se convirtieron en existenciales. Del miedo. Pronunció esa palabra en varias ocasiones. A decepcionar, a equivocarse, a pensar, a sentir y a ser. Miedo a vivir, como le decía a Francesco, su psicólogo y gran apoyo.

Recordó el maldito día en el que conoció a Cristian, justo cuando creía que podía ser libre, y no hubo mayor cárcel que la que vivió esos meses a su lado. Lo que vino después pasó demasiado deprisa. Al día siguiente estaba sellando la decisión más importante de su vida y todo lo demás fue un tupido velo que se destapó cuando le dieron la noticia de la muerte de su padre. Le alivió pensar que el viejo se había ido sin preocuparse por si a su hijo le insultaban por ser maricón. La ignorancia a menudo es fiel compañera de la felicidad. Pero entonces apareció Álvaro, y el miedo volvió a abordarlo en aquel abrazo que, en pleno ciclón, fue lo único que lo calmó.

—¿Qué sientes por mí, Gabriel? ¿Por qué yo? —lo interrumpió por fin.

24

Rodrigo Martos era el director deportivo del Racing. Hasta ahora había resultado ser una de las personas más cándidas y atentas que Gabriel había conocido desde que llegó a Madrid. Llevaba toda la vida en el club y mantenía una relación muy cercana con los periodistas deportivos de más renombre. Atendía siempre el teléfono y a menudo filtraba informaciones que interesaban a la institución. Los medios lo sabían y jugaban a lo mismo. Lo único seguro era que Rodrigo Martos nunca salía perdiendo. Cada tanto, llamaba a algún periodista, le soltaba una exclusiva y se aseguraba de que al menos, durante unos meses, su medio cuidara al club, sobre todo a sus dirigentes. O más bien que no hubiera críticas a la gestión deportiva ni a ninguno de los fichajes que Martos podía haber liderado.

Esa vez no llamaría a sus voceros hasta que no hablase en persona con Gabriel. Su voz fue lo primero que escuchó aquella mañana.

—Hola, Gabi, ¿cómo estás? Como imaginarás, ya sabes para qué te llamo. Por lo pronto, hemos pensado que es mejor que hoy no vayas a entrenar, así estamos todos más tranquilos viendo qué hacemos. Pero sobre las seis te espero en mi casa, estará también el vicepresidente. Dile a tu agente que venga también, por favor.

—Buen día, Rodrigo, buen día. En realidad, yo me quedo más tranquilo si voy a entrenar. Igual, a las seis estaré en tu casa. Ahora aviso a Sebas —respondió Gabriel con la misma frialdad con la que habló Martos.

Esconderse no parecía la mejor idea, pero era consciente de que así el club tendría más tiempo y margen de maniobra, nadie estaba pensando en él. Además, se hallaba convencido de que todo iba adquirir rápidamente una mayor magnitud, y que la prensa se agolparía en su casa en cuanto se dieran cuenta de que no asistía al entrenamiento. No se equivocó. A las diez estaba prevista la sesión y media hora después ya tenía a más de una veintena de periodistas y cámaras en su portal. Tampoco tardó en llegar Sebas, y no quiso declarar ante los periodistas, que se pegaron a la ventanilla de su coche. Gabriel le abrió el portón y aparcó dentro.

—¿Cómo estás? —le dijo mientras lo saludaba con un beso en la mejilla. No recordaba la última vez que alguien le hacía esa pregunta.

—Estoy tranquilo, Sebas. ¿Querés un mate?

—Estos hijos de puta quieren que hagas un comunicado negándolo todo. Yo también creo que sería lo mejor. Tenés los partidos más importantes ahora y la Copa América muy cerca. ¿Vos qué has pensado?

—Nada, Sebas, no pensé en nada todavía. Pero quizá sea el momento de ser sinceros.

—¿A qué te referís con eso de la sinceridad?

En España ningún futbolista hasta entonces había reconocido públicamente su homosexualidad. ¿Acaso no existían? Gabriel reflexionaba sobre ello, aunque el ruido de fondo le seguía perturbando. Pensaba en cómo se lo tomarían los compañeros, si afectaría al grupo y si, con todo lo que tenían por delante, podría desestabilizar demasiado al club.

Pero ¿por qué De la Cruz y otros tantos futbolistas podían aparecer en las portadas de la prensa rosa con titulares acerca de la maravillosa relación con sus mujeres? Contaban con millones de seguidores por todos los rincones del mundo, muchos todavía donde la homosexualidad estaba perseguida, cuestionada e incluso penada. ¿Y si aprovechaba su repercusión para normalizarlo? Tal vez así podría ayudar a esos niños y niñas, mujeres y hombres, que vivían en una cárcel de mentira, con prejuicios afilados y miedo a ser repudiados. Como si se tratase de una moda, frívola y extravagante. Esos deportistas mostraban coches, casas de lujo, marcas de ropa o viajes remotos. Pero ¿y la verdad? ¿Dónde quedaba? ¿Cuál sería su precio? Llevaba toda la tarde pensando sobre ello. Y tenía todas las respuestas.

—Que quizá sea momento de abrir puertas, Sebastián.

—No, nunca lo es para cerrárselas.

A las seis llegaron al domicilio del director deportivo. Allí los esperaba también el vicepresidente, uno de los abogados del club y el director de comunicación, Manuel. Los delató una sonrisa cínica y nerviosa. Uno de los trabajadores del servicio de la casa les ofreció algo de bebida y trajo una bandeja de dulces que nadie probó. El vicepresidente, Ramón, tomó la palabra. Entre contradicciones e incongruencias fingió la preocupación del club por las consecuencias del revuelo, como así lo llamaron, que podría sufrir Gabriel. Le contaron la estrategia mediática que habían preparado para aplacarlo. Le propusieron tomar medidas legales contra la persona que había difundido las imágenes, es decir, Cristian.

Por ahora, intentaba mitigar todo lo que estaba sucediendo, y obviamente quería que investigaran la implicación de Cristian, aunque él ya lo tenía claro. Lo que no iba a hacer era emitir un comunicado o anunciar a través de sus redes que era falsa su homosexualidad. Propuso exactamente lo contrario, y a los allí presentes les cambió la cara. Alguno hiperventilaba.

—Sé que tal vez no es el mejor momento para asumirlo, pero si me apoyan, estoy seguro de que podemos convertir esto en algo constructivo para los chicos. Para todo el mundo. Úsenme. Si no, ¿cuál sería para ustedes el momento idóneo? —planteó retóricamente el jugador. Sabía además la respuesta; nada, silencio.

—Gabi, no sabes lo que se nos vendría encima y no creemos que estés preparado. Esto nos puede hacer mucho daño, tenemos la eliminatoria de Champions en diez días y estamos a punto de firmar con el nuevo *sponsor* para los próximos seis años.

Durante casi dos horas intentaron convencerlo, o más bien coaccionarlo. El tono de voz con el que hablaban subía a cada segundo. La persuasión llevaba implícita la desaprobación del club, que terminó siendo, explícitamente, la prohibición. Gabriel se levantó de la mesa con firmeza.

—Son todos iguales —dijo, y se marchó.

Sebas le disculpó y salió tras él. Le gritó dos veces, pero Gabriel no se detuvo.

25

Al llegar a casa, Gabi llamó a Graciana. Ella no le había pedido explicaciones, se había limitado a mandarle un mensaje. «Estoy». No hacía falta decirle nada más, y era la única persona con la que tenía ganas de hablar.

—Hola, amiga, ¿estás ocupada? —le preguntó en cuanto descolgó, cuando no había dado ni dos tonos. Graciana estaba esperando su llamada.

—Para vos nunca estoy ocupada. Contame, ¿cómo estás? Estuve leyendo algo de la prensa española, acá también está siendo muy comentado. Pero quiero saber lo que te está pasando a vos.

—Cristian me vendió, pero yo estoy tranquilo. Lo que más bronca me da es el club. Recién vengo de reunirme con ellos, les dije que quería aprovechar este momento para hablar abiertamente de que soy gay. Ya sé que a nadie le debería importar con quién me acuesto, pero parece que le importa a demasiada gente. Hace semanas que vienen insultándonos a Álvaro y a mí. Chicos jóvenes, ¿sabés? —Graciana asentía al otro lado del teléfono—. Y nadie hace nada. Solo tapar y tapar, como si fuéramos una vergüenza para el club, para el fútbol.

—Entiendo. Ojo que acá sería igual o peor. ¿Y si te juntás con tu *sponsor* para ver qué te dice? Capaz que les puede salir rentable sumarse a tu causa.

—El tema es que es el mismo que patrocina al Racing. Ya me hablaron de eso esta tarde, que van de la mano en todo esto. Les dije que podía esperar a que pasara la próxima eliminatoria de Champions que tenemos, ¿viste?

—Si querés, hablá con mi papá. Ahora está en el bufete, además, me escribió hace un ratito para decirme que le podías llamar.

—Estaría bien, sí. Tengo su número de la otra vez, ahí le marco.

Gabriel colgó y llamó inmediatamente al despacho de Pablo Vecino, pertenecía a Marcal O'Farrel Mairal, el estudio jurídico más grande de Argentina, y tenía toda su confianza.

Pablo atendió el teléfono fijo enseguida, intuyendo que sería Gabriel, y no falló.

—¿Cómo estás, Baroli, querido? Lindo escucharte. Me alegra tu llamado. Llevo unas horitas viendo un poco todo, ¿cómo va por ahí?

—Gracias, Pablo, de verdad. Como le dije ahora a tu hija, estoy bien, pero con ganas de dar una respuesta sincera a todo esto. La gente del club, de mi agencia y demás quieren que saque un comunicado negando todo en unos días, cuando juguemos contra la Juventus el miércoles.

—Me imagino. Pasame cuando puedas el contrato que tenés con ellos, con tu representante y con la marca. Quedate tranquilo, y hablamos mañana si te parece.

—Perfecto. En un rato te mando todo. Lo tengo bastante a mano porque son recientes, además. Hasta mañana.

Gabriel no quiso demorarse y reunió enseguida la documentación que le pedía Pablo. Suponía que, sobre todo, miraría minuciosamente todas las cláusulas que pudiesen derivar en sanciones de empleo y sueldo. En poco más de una hora, se la hizo llegar. No le iba a comentar nada, por ahora, a su representante.

«Gracias. Me pongo a ello. No hablés ni hagás nada, en breve te digo algo», le contestó Pablo en el e-mail de vuelta.

En cuanto colgó la llamada, Gabriel tomó una hoja de papel y trató de responder lo que le había dejado pendiente a Álvaro.

Si me lo hubieras preguntado antes, no lo hubiese sabido. Lo supe justo ahí. Ahora lo escribo y lo meto en este cajón para que mis miedos no salgan de él. Que se queden encerrados para siempre, porque si un día salen ahí afuera, fulminarán todo esto. No crece nada donde hay miedo, es infalible, lo convierte en zona estéril. Y te noto asustado cada vez que me acerco a ti en busca de tu fertilidad. A mí también me pasa, aunque el temblor lo tengo tan adentro que no te das cuenta. Este mundo se ensañará con nosotros, y temo, cada vez más, que no te pueda sostener. A veces uno sabe lo peor y se engaña esperando lo mejor.

Me preguntas qué siento por mí y esto debe ser lo más parecido.

26

A la mañana siguiente, Gabriel fue de los primeros en llegar a la Ciudad Deportiva. Quería pasarse por el gimnasio para hacer algo de cardio antes de pasar al césped principal. Necesitaba sudar. A solas. Lo acompañó durante los primeros minutos uno de los preparadores físicos del club, considerado uno de los mejores de España, pero del que algunos futbolistas veteranos, la mayoría ya retirados, se habían distanciado. Nunca se supo el motivo real, pero se hablaba de unos comentarios en redes sociales que circularon durante un tiempo, unos cuatro años atrás, en los que aseguraban que era homosexual y que mantenía una relación sentimental con el entrenador de entonces. Pusieron distancia de por medio. El susodicho se marchó a dirigir a Inglaterra y Raúl, el preparador, que hasta ese momento pertenecía al *staff* técnico, se quedó en tierra. Nunca más volvieron a trabajar juntos.

A Raúl era imposible verlo serio. Siempre se mostraba sonriente, aun siendo el más madrugador y de los últimos en marcharse. Pero a Gabriel siempre le había parecido que tenía una sonrisa triste, de esas que nunca se olvidan. Y no se equivocaba. Cortés, atento y amante de su trabajo, Raúl no había vuelto a ser el mismo de antes. Sin embargo, su prestigio profesional no dejaba de crecer y no era de extrañar. Desde hacía dos años también era uno de los preparadores físicos de la selección española, a pesar de haber existido numerosas reticencias internas que el presidente de la Federación había acabado rechazando «para quedar bien con los progres», decían muchos.

Raúl sabía que Gabriel necesitaba estar solo y se marchó enseguida. No quiso hacerlo sin antes cruzar una mirada con él. Esta vez no era decaída ni nostálgica, sino firme y compasiva. Antes de que se marchara, Gabriel lo llamó.

—Ey, Raúl. ¿Tú qué harías?

—Ser tú. Ahí no fallas.

Gabriel sonrió, lo había entendido todo.

El argentino se quedó media hora más a solas en el recinto, y se unió al resto del grupo en la senda que los llevaba al campo de entrenamiento principal, a unos doscientos metros del gimnasio caminando. La prensa no podía entrar, las únicas dos cámaras que los siguieron ya en ese sendero pertenecían al club. Cada mañana se producía el mismo ritual: caras todavía de sueño mientras desfilaban en silencio hasta el campo 1. Solo se escuchaba el sonido de los tacos en el asfalto, y los buenos días que se intercambiaban con los cámaras y un par de periodistas en prácticas que tenía el club para manejar las redes y la web oficial. Ese día Gabriel y Álvaro fueron los únicos a los que no enfocaron. Órdenes de arriba. Así evitarían comentarios al subir las imágenes.

Gabriel realizó uno de los mejores entrenamientos de las últimas semanas. En el partido amistoso que habían disputado, con el peto de los suplentes, anotó los tres goles y ganaron a los teóricos titulares para ese fin de semana. El sábado recibían al Betis.

De vuelta en el vestuario, las conversaciones eran más escuetas que de costumbre. Quizá era la sensación de Álvaro, que intentaba romper el hielo metiéndose con alguno de los jóvenes, con Šarić y con Roberto, del que se decía que tenía nueva novia.

—Niñato cabrón, con las que te comes en la portería y no se te pasa una ahí fuera, ¿eh? —le bromeó Álvaro.

La protagonista en cuestión era una incipiente periodista deportiva que había estado presente en algunos entrenamientos y en zonas mixtas después de los partidos. Su belleza no había pasado inadvertida para casi ninguno del equipo.

Gabriel pasó por la camilla de uno de los fisios. Le estuvieron dando un masaje y descargándolo durante una hora. Junto a Raúl, sentado en uno de los bancos de la sala, charlaron de las buenas sensaciones que tenía el jugador. Hacía mucho tiempo que no se sentía tan bien físicamente y dieron por hecho que el fin de semana sería de la partida contra el equipo sevillano.

—Estás como un toro, tío —le dijo Jaime, el fisioterapeuta que solía tratarle casi cada día.

Gabriel asintió y se marchó a casa. A la salida de la Ciudad Deportiva lo esperaban numerosos periodistas y aficionados, pero esa vez no detuvo el coche. Le supo mal por varios críos que se habían acercado, a los que saludó con la palma de la mano sin bajar la ventanilla. Más bien les pidió disculpas.

De camino a su domicilio, Pablo lo llamó.

—Hola, querido, ¿cómo estás? Quería contarte que estuve leyendo tu contrato, y como ya sabía, tenés todo a tu favor. Si te comentan algo, que me contacten a mí y les explico lo que es el derecho a la intimidad. No pueden prohibirte nada.

—Está bien. Gracias, Pablo, creo que voy a dejar pasar esta semana y arreglamos para hacer el comunicado el lunes. O vemos cómo lo hago, tal vez puedo grabarme en vídeo.

—¿Y si organizamos una rueda de prensa? —le respondió.

Gabriel tardó unos segundos en responder.

—Eso sería perfecto. Voy a hablarlo con Sebas, igual ya sé lo que me va a decir, no me importa. Lo vamos a hacer.

Gabriel lo tenía claro, solo quería elegir el mejor momento. Quería «romperla» el fin de semana en el partido, y el lunes, ante los medios. Sabía que aquello iba a cambiarlo todo, incluso su vida. Pero ya lo tenía decidido.

Al día siguiente, tras la sesión de entrenamiento de la mañana, François haría pública la lista de convocados para enfrentarse al Betis. Antes, se le acercó para decirle que quería hablar a solas con él al terminar, en su despacho.

—Gabriel, siento lo que te voy a decir. Hemos decidido que este fin de semana mejor descanses. Sabemos que está siendo una semana difícil para ti, y que no estás al cien por cien. Quédate tranquilo en casa, hemos pensado que es lo mejor para ti —le informó sin dar rodeos.

—¿Quiénes? ¿Quiénes han decidido que eso es lo mejor para mí? Lo mejor para mí es jugar.

—Bueno, hay momentos en que hay que cuidarse. Tu cabeza tiene que estar tranquila.

—Y lo está, François. No estoy al cien por cien, estoy al doscientos. Deciden por mí, está bien, pero esto no va a quedar así —zanjó Gabriel con una voz templada y firme.

Se dio la vuelta y salió de aquel lugar como si pesara varios kilos más que apenas unos minutos antes. Le pesaban la decepción y la bronca contenida.

—Pablo, me dejaron afuera estos hijos de puta. Entrené mejor que nunca y me dejaron afuera.

Llamó a su abogado desde el coche y se desahogó. Pablo lo tranquilizó y quedaron en hablar por la tarde para organizar la rueda de prensa.

27

En el verano en que Álvaro cumplió diecinueve años, sus padres invitaron a sus tíos y primos a pasar unos días en la casa que tenían en la costa de Granada, entre La Herradura y Almuñécar. Con ellos vino un matrimonio holandés con el que su tía se había criado, y uno de sus hijos, un par de años mayor que Álvaro. Ambos compartirían una de las habitaciones con dos camas que se les quedaban pequeñas. Lievin, así se llamaba el adolescente holandés, había alcanzado el uno noventa a sus diecisiete años y no parecía que ese ritmo fuese a detenerse pronto. No cumplía los cánones neerlandeses en lo que a físico se refería. Tenía el pelo negro azabache y los ojos color aceituna. El primer día de playa los superó en bronceado a todos. Hablaba un español bastante aceptable, y reía todo el tiempo. Su risa contagiosa resonó en casa aquellos días. Y lo que iba a ser una semana se convirtió casi en tres. Lievin también jugaba al fútbol en Utrecht, pero prefería hacerlo en las calles más que en el club.

Después de desayunar, se bajaban todos a la playa y se quedaban hasta pasada la tarde. Las noches solían pasarlas en el jardín, el lugar más concurrido de la casa. Allí cenaban y charlaban hasta bien entrada la madrugada. En aquel patio también dormían las siestas y correteaban los dos pastores alemanes que tenía la familia De la Cruz. Varios años después uno murió envenenado y el otro acompañó a Álvaro desde que era un bebé hasta cumplir la mayoría de edad.

La humedad daba aún más olor al jazmín que brotaba de todas las esquinas. A su padre le gustaba dedicar varias horas al día a cuidar las plantas y ocuparse del limonero, el almendro y el níspero, que duraban ya más de lo pensado. Crecían magnolias que, junto con los jazmines, cubrían gran parte del jardín de blanco. Muchas veces, cuando Álvaro necesitaba relajarse, recordaba aquel lugar, el aroma y la certeza de que allí nada malo podía suceder. Aquella, sin duda, había sido la época más feliz de su vida.

Pasada la segunda semana desde la llegada de Leivin y su familia, los adultos organizaron una fiesta sorpresa de cumpleaños a uno de los amigos de la urbanización. Los chicos decidieron no ir, estuvieron hasta última hora de la tarde jugando al fútbol playa y regresaron a casa para ducharse y, tal vez, ver alguna película. En la habitación tenían un televisor y hacía un par de noches que habían optado por juntar las camas y arrinconar la mesilla de noche que las separaba. Desde entonces, se habían quedado charlando cada día hasta casi el amanecer y se tapaban con la almohada el uno al otro cuando les entraba la risa. Nunca antes Álvaro había sentido tanta complicidad con alguien, o al menos no lo recordaba. Hablaban el mismo idioma, compartían sueños y pasaban horas de confesiones hasta que uno de los dos se quedaba dormido escuchando al otro. Los últimos días habían sido los últimos en despertarse y se habían llevado las reprimendas de los adultos al verlos aparecer en el jardín con el desayuno ya terminado.

Aquella noche de cumpleaños, calentaron unas pizzas y Leivin se fumó varios cigarros en la azotea. Álvaro probó unas caladas que terminó tosiendo y escupiendo.

—Ja, ja, ja, Alvarito, cuánto tienes que aprender de este holandés. Cuando vengas a mi ciudad, te llevaré a Ámsterdam.

Allí te daré a probar otros cigarros, pero no vale toser así —le dijo Leivin mientras Álvaro se recuperaba.

Se metieron pronto en la habitación, deseosos de volver a estar juntos en ese mundo que solo era de ellos dos y al que creían que nadie, jamás, podría entrar. Estuvieron comentando cómo eran sus compañeros de equipo y sus entrenadores. Comparaban cómo eran las cosas en el país del otro, hasta que se daban cuenta de que apenas había diferencia. Leivin era mucho más rebelde que Álvaro, y tenía el curioso récord de tarjetas rojas recibidas en la liga que disputaba. Se jactaba de ello y reían juntos.

Al español le llamaban la atención el descaro y la rebeldía de su nuevo amigo. Al holandés, el tener cada vez más ganas de llevar por el mal camino a Álvaro, mucho más serio, estructurado y servil de las tradiciones que le iba inculcando su entorno. Las dos últimas carcajadas habían terminado con un silencio de esos que se comparan al paso de los ángeles. Les siguió una mirada sorprendida. Allí estaban, uno al lado del otro, panza arriba, apoyados de costado sobre el brazo, con sus muslos en contacto. Les ardía la piel, por el calor del verano y por la excitación. Leivin apoyó torpe su mano encima de la pierna de Álvaro, que se quedó inmóvil. Voltearon sus cabezas y se clavaron las miradas. El silencio se interrumpía por el pulso acelerado de ambos, sobre todo del joven español, porque cualquiera diría que Leivin se encontraba más cómodo en esa situación, como si tal vez no fuera la primera vez.

No se decían nada, hablaban con la boca y el holandés se relamía los labios. Álvaro cerró los ojos y se besaron. Leivin recostó medio cuerpo suyo contra el de él, y tomó las riendas. Siguió besándolo suave, con bocanadas de aire caliente y apretones con las manos por todo el cuerpo. De repente, ya estaba encima. Fue bajando con su lengua hasta los oblicuos, que se retorcían. Leivin llenó su boca con el placer de Álvaro, que seguía sin abrir los ojos. Leivin le abrió las piernas con suavidad, por fin vio las pupilas de su amigo, que le daban permiso para continuar. Con las lenguas entrelazadas, penetraron otros rincones.

Acabaron juntos, apretados y empapados en sudor. Los jadeos no pararon durante varios minutos, como leones descansando tras una dura jornada. No hablaron, se limpiaron con una toalla y en realidad no volvieron a decirse nunca más nada. Al día siguiente los padres de Leivin tuvieron que marcharse a Utrecht por el fallecimiento de una tía abuela, y durante dos años mantuvieron el contacto a través de cartas que no solo ellos leyeron. Pero nunca nadie comentó nada. Eso sí, de la simpática familia holandesa no se habló nunca más.

28

Pablo le devolvió la llamada y estuvieron hablando de si debían sacar un comunicado o convocar una rueda de prensa. Gabriel prefería lo segundo, sabía que de su voz todo iba a trascender más. Era mejor llevarla a cabo el lunes, para no verse atropellado por los partidos del fin de semana. Citarían a los medios por la tarde en un hotel de Madrid que el abogado conocía, en una de las salas que pondrían a su disposición. Hasta entonces, debían mantenerlo en secreto.

El sábado por la noche el Racing de Madrid recibía al Betis y Gabriel estaba obligado a ir a ver a sus compañeros. Algunos empleados le recomendaron no asistir para evitar griterío en la grada o «quitar protagonismo a lo que ocurría en el campo». Hizo oídos sordos, en ningún momento dudó de que iba a estar donde debía, sobre todo donde creía que debía estar. Fue junto a Sebas, se sentaron en la tribuna preferente cuando faltaban apenas tres minutos para el arranque del partido. Así evitarían que las cámaras le enfocaran durante esos instantes previos. Pero cuando algunos aficionados del Betis que se habían desplazado hasta allí se percataron de la presencia de Gabriel Baroli, empezó un runrún que se mezcló con el primer acercamiento de los racinguistas al área contraria. «Baroli maricón, Baroli maricón», se escuchó desde aquel sector. Algunos pitidos trataron de solaparlo, pero arrancaron de nuevo. «Baroli maricón, Baroli maricón». Se sumaron otros aficionados que no eran del equipo visitante. Gabriel no se inmutó, algunos se dieron la vuelta para observar su reacción, pero solo vieron a un joven sentado con las piernas cruzadas, sosteniéndose la barbilla con el puño y apoyando el codo en una de sus rodillas. No movió ni un centímetro de su rostro, tan solo sus pupilas seguían el balón. «Baroli, tu novia tiene rabo», «culo roto»… Gabriel apretaba la mandíbula y sentía sus dientes chirriar. Un silbido fuerte y estridente calló aquel repugnante ruido de fondo.

Después se desvió la saña hacia el número nueve del conjunto sevillano, Renoir, quien había salido máximo goleador la temporada pasada y era la estrella de la selección francesa. De origen camerunés, en un Sevilla-Betis había sido el foco de los insultos racistas de unos cuantos. El árbitro detuvo el partido, megafonía avisó de que, si no cesaban aquellos cánticos, se suspendería el partido. Siguieron y retiraron a los futbolistas del terreno de juego. El francés lo hizo con lágrimas en los ojos, rodeado de sus compañeros, mientras la mayoría de los jugadores sevillistas recriminaba a la grada los insultos, que habían empezado en una de las esquinas del fondo sur y se habían expandido más de lo pensado. Finalmente, el partido acabó suspendiéndose y fue portada de medios nacionales e internacionales, no solo deportivos. En Francia, el tema fue cuestión de Estado y derivó en un conflicto nacional con España. No hubo político que no se manifestara, de un lado y del otro, y algunos no dejaron pasar la oportunidad para abanderar una causa que los beneficiaría en las elecciones del mes siguiente.

El estadio sevillano se cerró durante siete partidos, con una multa millonaria, y la Fiscalía pidió dos años de cárcel para una treintena de aficionados por insultos racistas. El caso seguía abierto, pero la sociedad y el fútbol se volcaron con el camerunés, y tanto en España como en varios países europeos no se habían vuelto a escuchar ese tipo de insultos.

«Gabriel Baroli, sudaca, putero y maricón» fue el grito que se escuchó tras el primer gol del Racing de Madrid. La asquerosa represalia al preludio de la derrota. El partido no se detuvo.

De la Cruz falló en la siguiente jugada, no supo ver a su espalda al delantero camerunés, que quedó completamente libre y a solas con el portero para meterla, mientras Álvaro todavía trataba de localizar por dónde le venía el peligro. Empate a uno y la afición del Racing culpó a su jugador. Era justo el descanso y, de camino al túnel de vestuarios, Álvaro oyó todo lo que Gabriel había estado recibiendo durante esa primera parte. Pero ahora iba para él. Ninguno de sus compañeros se acercó a contenerlo, aún se estaban compadeciendo de su error, excepto el capitán bético, al que le unía una gran amistad. Le echó el brazo por encima y se lo llevó lo más rápido posible de allí.

29

Gabriel decidió tomarse el domingo para preparar la comparecencia ante los medios del día siguiente. No quiso leer nada durante ese día, no quería saber qué se decía en la prensa y en redes sobre lo ocurrido el día anterior en su propio estadio. Tampoco nadie del club lo llamó y, aunque lo hubieran hecho, no iba a atender la llamada. Solo se comunicó con Pablo y escribió un mensaje a Álvaro.

> ¿Cómo estás?

> Estoy, Gabriel. Pero eso debería preguntártelo yo a ti. Siento todo esto, pero ya va a pasar. Quiero verte.

> No te preocupés por mí, cuidate vos. Yo también te quiero ver. Pero antes tengo que contarte algo. ¿Te puedo llamar?

Álvaro se adelantó y Gabriel le respondió enseguida. Le contó sus planes para el lunes por la tarde. Hubo un suspiro al otro lado de la línea.

—No sé qué decirte, pero la verdad es que ignoro qué puedes ganar haciendo eso. Me parece muy arriesgado y las consecuencias van a ser jodidas, no sé si has tenido suficiente tiempo para pensar en ello en apenas unos días, y si estás preparado para lo que te puede venir, Gabriel —le contestó Álvaro lleno de miedo.

—Llevo años pensando en esto, en qué haría si se diera esta situación. Tranquilo, que te voy a proteger. ¿Cómo van tus cosas?

—Ahí van. Mi mujer sigue sin volver a casa, está con el niño y hace días que no me responde. Me llamó su representante para decirme que estaban bien, nada más.

—Lo siento, Álvaro. Te prometo que en unos días todo va a estar mejor.

Sollozó, y le agradeció a Gabriel la entereza y la valentía que él no tenía. «Hasta mañana», se dijeron.

Y llegó el lunes, el día en el que el argentino iba a contar al mundo entero que era homosexual.

Pablo se había encargado de preparar prácticamente todo, incluido mandar la convocatoria de los medios de comunicación para asistir a la rueda de prensa de Gabriel Baroli, en el hotel La Luz, a las seis de la tarde.

Cerca de treinta cámaras aguardaban la llegada del jugador, acompañado de Sebas, con el que apenas había hablado y que asistía aún con la esperanza de que Gabriel cambiara de opinión. Pero lo conocía desde hacía casi diez años y sabía que nada lo iba a parar.

El directo de comunicación del club le saludó con frialdad y se sentó en una de las sillas más apartadas. Ni rastro de sus compañeros, tan solo del joven Roberto.

Gabriel había elegido unos vaqueros gris oscuro, una camiseta blanca y unas zapatillas del mismo color. Tenía el gesto descansado y tranquilo, y fue saludando con una relajada sonrisa a todo el que lo saludaba. No se demoró con decoros, se sentó en el medio de la mesa, solo, sacó el papel que llevaba en el bolsillo y que había redactado la noche anterior.

—Buenas tardes a todos. Muchas gracias por venir.

»Después de estas últimas semanas, y de pensar en lo mejor para mis compañeros, para el club, para mí y para todos, he decidido estar hoy acá. Aunque muchos puedan pensar que todo esto perjudica al grupo y que es un acto egoísta, les puedo asegurar que trato de ponerme en el último lugar. Estoy pensando en mi familia, pero también en la de ustedes. En la familia del fútbol y en cualquiera que tengan a un Gabriel en su vida...

»La pasada semana alguien con la intención de hacerme daño difundió unas imágenes de carácter privado en las que se me puede ver con la que era mi pareja. Un hombre. Después de eso, he recibido miles de insultos por mi orientación sexual. Pero quiero agradecer a esa persona que ha intentado dañarme, porque gracias a él quizá a partir de ahora podamos ayudarnos y hacernos la vida más fácil entre todos.

»Soy homosexual. Futbolista homosexual. Y también soy hijo, hermano, amigo, compañero y un ser humano. Con sus obligaciones y libertades. Trato de vivir sin juzgar a nadie, aunque confieso que yo también lo hago. Intento jugar al fútbol lo mejor que puedo, tal y como me enseñaron mis entrenadores y mi padre, fallecido hace unos días. No sé si se estará sintiendo orgulloso de verme aquí, pero se lo debo. Le debo la sinceridad y demostrarle que yo también cometo muchos errores, pero que, desde la verdad y el amor, todo es posible.

»Ojalá nadie se avergüence nunca más por ser homosexual, como hice yo durante mucho tiempo. No pretendo ser abanderado de ninguna causa y tal vez todo esto no sirva para nada. Pero si alguna persona se siente aliviada al escucharme, si le da valor y paz para vivir su vida como realmente quiera, me doy por satisfecho.

»Juego al fútbol desde niño, y siempre me dijeron que este deporte es de hombres. Que hay que echarle huevos para ganar y no llorar jamás. Mostrar mis sentimientos, mis miedos, siempre fue un imposible, y sí, a menudo fue por propia imposición. Pero pensé que así sería más fácil. Me integraría antes, me insultarían menos, jugaría mejor al fútbol, podría defender la camiseta de mi país sin que nadie se avergonzara de mí y jugar en Europa, ganar títulos, hacerme un nombre en este mundo. Y un hombre. Eso incluía no poder tener la libertad para ser yo, Gabriel, un chico que se esfuerza, que se cae, se levanta, se enamora, sufre, llora, duda... Como imagino que todos los que estamos en esta sala.

»Hemos avanzado mucho en los últimos años y, por suerte, mi generación no ha tenido que convivir con una homofobia tan fuerte como la que ha rodeado al fútbol desde su existencia. Yo mismo creía que no existía más esa lacra, y que no haría falta que un deportista hablara públicamente de su homosexualidad. Pero por desgracia en estas semanas me he dado cuenta de que sí. Hoy más que nunca siento pesada esta mochila. Y eso que, al fin y al cabo, a mí me va bien. ¿Cómo estarán esas personas que viven con el miedo a ser rechazadas por sus familiares, amigos y compañeros? Aquellas que sufren acoso en el colegio, en la sociedad, en casa, y que pueden perder su trabajo.

»Yo no sé lo que va a pasar cuando termine esta declaración, pero no tengo miedo. Me sentiré más libre, eso seguro. Así que yo ya gané. Ahora asumo todas las consecuencias, aunque espero que sean las mínimas. Y para eso, creo que acá jugamos todos. Úsenme. Úsenme para decirle sobre todo a esos chicos y chicas que tienen miedo a mostrarse al mundo tal como son por las consecuencias que puedan recibir. Sí, no voy a ir a la cárcel en este país por ello, pero en otros sí sería esa mi condena, podrían darme una paliza, acosarme, insultarme... Y quizá este club me repudia por lo que estoy haciendo, o mis compañeros no quieran estar cerca de mí en el vestuario; tal vez se dejen de vender camisetas con mi nombre, o se retiren patrocinios, o al equipo le afecte todo esto y perdamos el próximo partido. Hasta la prensa puede tacharme de oportunista. No sé qué va a pasar. Pero sí sé lo que quiero que pase: que todos reflexionemos y pongamos de nuestra parte para que no se repita lo de este sábado en ningún lugar del mundo. Siempre decimos que el fútbol es un reflejo de la sociedad, y voy más allá: puede ser una enorme herramienta para mejorarla.

»En cierta manera, también deseo que no pase nada. Que no pase nada por ser uno mismo. Solo así podremos ser la mejor versión de cada uno. Yo espero serlo en este club y en este país que tan bien me ha acogido. Quiero ser Gabriel, el verdadero. Porque la verdad siempre nos hará libres.

»Muchas Gracias.

El aplauso, con todo el público de pie, duró más de un minuto. Todos querían figurar en aquella imagen que captaban las cámaras. Al día siguiente sería portada en los medios del mundo entero. Todos estaban con Gabriel.

No hubo turno de preguntas, a pesar de que el jugador había dado su conformidad. Fue el director de comunicación, a sus espaldas, quien avisó a los medios minutos antes para que se abstuvieran. El club quería que todo aquello acabase cuanto antes. Su presidente presenciaba la rueda de prensa desde su despacho, acompañado de varios directivos. Si los hubieran inmortalizado en ese momento, todos habrían aparecido con las manos en la cabeza. «Este tío es gilipollas», se escuchó. El resto asintió y sumó varios improperios más. «Se le va a caer el pelo. Fernando, hay que meterle un buen puro».

30

Gabriel le dijo a Sebas que no hacía falta que lo llevara a casa, que tan solo le pidiera un taxi que lo esperara para marcharse en cuanto saliera de allí. Varios periódicos usarían al día siguiente en sus portadas la fotografía del jugador yéndose solo. Lo que nadie sabía era lo que estaba pensando Gabriel mientras miraba por la ventana. El conductor no le dirigió la palabra hasta que se despidió.

—Cuídate, muchacho —le dijo antes de que este le pagara la carrera y se bajara del coche.

Estaba aturdido, no podía detenerse en un pensamiento sin que otro se solapara. Él también se preguntaba ¿y ahora qué?, y por primera vez en los últimos meses sintió miedo. La sensación de desamparo que tuvo aquella noche invadió toda su casa. Puso el móvil en modo descanso y solo atendió la llamada de su hermana.

—Hola, chiquito, solo te llamaba para decirte que estamos muy orgullosos de vos y te amamos mucho —le confesó con la voz temblorosa.

Al otro lado también había un Gabriel quebrado que únicamente pudo responder un:

—Yo también a ustedes.

No tenía instalada ninguna red social y fue de esos días en los que volvió a alegrarse por ello. Siempre estuvo convencido de que aquello no le sumaba nada, o al menos nada bueno. Lo que quisiera mostrar lo haría en el campo, ante los ojos juiciosos de la gente. Los abrazos prefería darlos, le gustaba subir a los niños aúpa y hacerse las fotos que le pidieran; las acciones solidarias que llevaba a cabo en su tiempo libre quedaban para él, y se limitaba a difundirlas en las entrevistas que daba y entre sus compañeros, aunque solo logró convencer a uno de ellos, a Ernesto, de Estudiantes, a hacer lo propio. De hecho, este seguía yendo cada semana a una de las villas más pobladas de La Plata a jugar en sus calles, llevarles material, comida y dar charlas preventivas a los jóvenes. Cada martes lo llamaba y le contaba a Gabriel cómo iba todo, como si fuera el elefante blanco de aquella comunidad donde el paco, la pobreza y la delincuencia eran el presente y, probablemente, el futuro de todos ellos. Gabriel solo se sentía cómodo bajo las luces de una cancha de fútbol. Se avergonzaba de ver los contenidos que publicaban algunos compañeros, así que prefería no saber de ello. Vivir en la ignorancia le hacía bien.

Le era imposible conciliar el sueño, a pesar del agotamiento que sentía. Se había descargado más de lo que creía, y le preocupaba especialmente cómo lo recibirían en el vestuario, si su día a día volvería a ser igual o si tendría consecuencias en la selección argentina, con la Copa América a la vuelta de la esquina. Sin embargo, estaba tranquilo. Lo inundaba esa calma absoluta de saber que había actuado según sus convicciones, más firmes que nunca. No podría haber sido de otra manera, y tan solo estaba seguro de algo: jamás se arrepentiría por ello.

¿Qué estaría haciendo Álvaro?

Seguía solo en casa, discutiendo por teléfono con Salma durante horas. Necesitaba ver a su hijo, como si esa vez el nido fuera el pequeño Mario. Acurrucarse en sus diminutos bracitos era su único pensamiento. No podía haber trinchera más impenetrable que aquella, cuando parecía que todo su mundo se derrumbaba. Qué iba a hacer sin él, sin Salma. Incluso sin Gabriel.

Se tomó otro ansiolítico y se durmió vestido en una de las camas de invitados que aún estaba por estrenar. «Para qué una casa tan grande» fue su último pensamiento antes de caer rendido.

Gabriel abrió el libro de Alejandro Dolina *Crónicas del Ángel Gris*. Leyó una página al azar: «No hay sueño más grande en la vida que el sueño del regreso. El mejor camino es el camino de vuelta, que es también el camino imposible».

Y se durmió, sabiendo que ya no volvería a ser aquel tipo que permanecía tumbado y que ese fragmento de Dolina no volvería a sonar igual.

31

Cuando Gabriel entró en el vestuario para vestirse de corto y salir a entrenar, se encontró a casi todo el grupo allí reunido. A falta de los canteranos, sus compañeros llevaban casi media hora hablando sobre él en una especie de gabinete de crisis. «Se ha equivocado», «No tendría que haberlo hecho sin consultarnos», «Qué cojones ganaba contándolo», «Tenemos que hacernos fuertes, lo de este tío no nos puede afectar»... Álvaro era uno de los que llevaba la voz cantante, hasta que entró el argentino. Se avisaron entre ellos, con la mirada y algún toquecito de rodilla, de que debían callar.

—Buen día, chicos. ¿Todo bien? —Pero no escuchó ningún saludo de vuelta.

Se cambió en un silencio lapidario. Aquel día parecía que muchos jugadores hacían ruido de más al apoyar sus botas y cerrar taquillas. Gabriel tragó saliva, salió solo del vestuario y llegó el primero al campo de entrenamiento, que habían decidido que sería a puerta cerrada desde el primer minuto de la sesión. Allí los aguardaba François con el resto del cuerpo técnico. Tras recibir un «Hola», inició la carrera continua.

Casi siempre daban las vueltas entre corrillos de tres o cuatro, y algunos rezagados se quedaban en pareja en la parte trasera del pelotón. Solía ser el momento para comentar banalidades de la noche anterior, sobre las ofertas de renovación que llegaban y las que no, el estado de forma de los que se quedaban atrás o la coronilla que aparecía en alguno de los de delante. Gabriel corrió durante veinte minutos sin compañía, en uno de los costados, mientras el resto no intercambiaba ni una palabra.

Al terminar, organizaron distintos rondos, en los que tampoco se oyeron las carcajadas acostumbradas cada vez que alguno fallaba y le tocaba ir al medio.

Completaron un entrenamiento más que competitivo y entraron fuerte a cada balón dividido. La paliza física fue considerable, pero no hubo queja alguna. El aire apestaba a testosterona. En uno de los choques, Šarić llegó pasado de vuelta y la entrada por detrás a Gabriel enfadó al argentino. También al ayudante de François, que decidió que el entrenamiento había terminado para el croata y se marchó clavándole una mirada que le perdonaba la vida al francés.

—¿A mí me echas, míster? Yo no soy el que se tiene que a ir a la ducha —entonó al dejarlo atrás.

Gabriel siguió la práctica aún mejor que antes del episodio con Šarić. Quería cerciorarse, si es que hacía falta, de que si el fin de semana volvía a ser suplente no fuera por motivos deportivos. Les tocaba viajar a Pamplona para enfrentarse al Osasuna, que se les había atragantado las últimas cinco veces, y se preveía un recibimiento cuando menos hostil.

Al salir de la Ciudad Deportiva, varios aficionados esperaban a Gabriel con pancartas de apoyo, y hasta un grupo de adolescentes aplaudieron al verlo aparecer. Varias cámaras grabaron la secuencia, que emitirían apenas una hora después, en los informativos del mediodía. Ese día no había distinción entre los deportivos y los generales.

Desde que finalizó la rueda de prensa la tarde anterior, había sido apertura en todas las televisiones, radios y periódicos físicos y digitales. El debate giraba en torno a si era necesario que el futbolista admitiese su homosexualidad públicamente.

La duda era la propia respuesta. Los medios afines a la derecha opinaban que Baroli había estado mal asesorado y que, en su afán de protagonismo, había caído en la trampa de la izquierda. Estos aprovechaban la confesión del jugador para enaltecer su política inclusiva de éxito y brindaban todo tipo de apoyo al futbolista. Incluso el ministro de Deportes había comentado ante los periodistas que lo esperaban a la salida del Congreso y que velarían por los derechos del argentino y por que se respetaran las condiciones contractuales firmadas hasta entonces. Aquella mañana ya se había convertido en el tema favorito de los españoles. No quedaba nadie por opinar.

El líder de AXE, el partido ultraderechista que llevaba un par de años en auge en el país, habló ante los medios y en su Twitter. Lamentaba que un referente para la sociedad hubiese sucumbido a las presiones de la izquierda, aunque entendía que «la gente joven se confundiera», y aprovechó para recordar que Gabriel Baroli era argentino y que no se había criado en España, quitándose la responsabilidad ante tal fracaso...

Le respondía enseguida la portavoz de UNAMOS, una abanderada del feminismo más activo, lesbiana y con grandes dotes comunicativas. «Gabriel Baroli está demostrando que mientras siga habiendo quien cuestione, insulte o agreda a una persona homosexual, necesitamos de su valentía. Nos queda mucho trabajo por hacer. Gracias, Gabriel, por venir desde Argentina a darnos una lección», escribía en sus redes sociales. El hashtag #baroliestamoscontigo era *trending topic* y las redes sociales explotaban.

Argentina había cerrado sus programas nocturnos con la rueda de prensa del jugador y ya había amanecido de la misma manera.

Gabriel quiso evadirse y al llegar a casa no encendió la televisión. Prefirió música, una lista de Sabina, Aute, Silvio Rodríguez, Serrat, Fito Páez, Mercedes Sosa y Gustavo Cerati. Comió lo que se había traído del comedor de la Ciudad Deportiva, aquel día tocaba arroz caldoso y lenguado al horno de segundo. Llamaron al telefonillo y, aunque dudó si atender o no dando por hecho que sería algún periodista, miró por la cámara del interfono y vio a Álvaro.

—Es una locura que estés acá. Te habrán grabado seguro.

No quiso contestarle. Nada más entrar por la puerta, agarró fuerte al argentino por la cintura y lo besó. Desvistieron sus torsos al unísono. Les brillaba la piel sana y tersa que ambos tenían. Eran jóvenes, deportistas, y estaban en su mejor momento. Esa vez Álvaro no se movía con dudas, incluso se atrevía a sostener las riendas. Fue el primero en desabrocharle el cinturón, las ansias lo trabaron y fue como abrir un mundo cuando el botón del pantalón de Gabriel lo dejó al descubierto. No dejaban de agarrarse los labios, apretarse los brazos y clavarse los dedos en las espaldas. Se acompañaron el uno al otro a tumbarse en el sofá, Gabriel encima y Álvaro debajo expectante. Se movían en perfecto vaivén, hasta que el argentino bajó hasta la virilidad del español. Se esmeró por cada rincón durante más de diez minutos que a Álvaro se le hicieron eternos. Deseaba volver a tenerlo arriba y pegado a él, había llegado el momento de dejarle entrar. Y así lo hizo Gabriel, que se sorprendió por la facilidad con la que pudo estrenarlo. Eyacularon casi a la vez.

Afuera había empezado una intensa tormenta y la observaban a través de los cristales empañados del salón. Yacían desnudos en el suelo, sobre la alfombra de lana que se les adhería a la piel y les daba calor. Olía a sexo y a humedad. Se sentían más vulnerables y cerca que nunca.

—¿Cuándo lo descubriste, Gabriel?

—Mirá, no tuve nada que descubrir, yo nací así, sentí así, quise así. Nunca hubo otra, nunca dos caminos, anduve siempre por el mismo. Pero sabía que, de haberse sabido, habría tenido problemas en la residencia de Estudiantes. No estaría acá.

—Imagino que tu familia sí lo sabía.

—Mi mamá murió cuando yo todavía ni me había estrenado. Pero recuerdo que, en esos días previos de agonía en el hospital, una tarde, mientras le daba la merienda, me dijo que yo más que nadie merecía ser feliz. Porque tenía algo adentro distinto, lo más lindo que tenía, a su vez lo que más me iba a hacer sufrir. Me repitió al menos tres veces que no tuviera miedo, que todo iba a estar bien. Y creo que ahora mismo eso es lo que me hace sentirme más tranquilo. ¿Y vos? ¿Cómo estás?

—Yo estoy acojonado. Mi mujer hace semanas que se ha ido con el niño, no me deja ni hablar con él. La conozco y sé que me va a joder. Yo no puedo hacer lo que tú has hecho.

—Ey, ey, es que no tenés que hacerlo. Ya lo hice yo, que no tengo nada que perder. Sé que los chicos me van a ver de forma diferente en el vestuario, sé que me voy a comer insultos cada fin de semana, que capaz me dejan afuera de la Copa América. Que la marca ya le ha dicho a mi agente que no van a renovarme en junio y me da que, a partir de ahora, no voy a jugar mucho, empezaré desde el banco en la mayoría de los partidos. Y con vos no sé, con vos me quiero quedar. —Álvaro giro la cara para encontrarse con su mirada.

—Estás loco… Yo ahora soy un saco de problemas y primero los tengo que resolver. Necesito ver a mi hijo, Gabriel. —Tras decir esto rompió a llorar ya sin medida.

Lo sostuvo, abrazándole la cabeza y llevándola al hueco entre su hombro y la mejilla.

—Me estoy volviendo loco, tío, parece que todo se va a pique. Me tienes que dejar ir, Gabriel, te voy a hacer daño —le suplicaba sollozando.

—Yo no puedo dejarte. Tarde para eso. Andate vos, si querés, yo no puedo.

Se comieron a besos media cara, brazos, oblicuos y entrepiernas. Álvaro llevaba la iniciativa. Gritaron de placer al uní-

sono y volvieron a descansar en silencio, con los cuerpos en-
roscados.

—¿Qué vamos a hacer ahora?

—Tiempo, Al, tenemos que calmarnos.

Había dejado de llover y asomaba el sol de media tarde.
Ninguno quería salir de allí, pero fueron incorporándose lentamente. Gabriel le prestó un pantalón corto y Álvaro se lo
agradeció con un beso suave en los labios.

—Debería irme, ¿no?

Gabriel le respondió con una media sonrisa y una pregunta.

—¿Por qué no te quedas a dormir?

Álvaro asintió.

32

«He aguantado lo que una mujer no debería aguantar nunca».

La revista *¡Hola!* publicaba en portada una entrevista a Salma. La habían hecho en una finca de la costa de Málaga, y entre las imágenes donde se la veía impecable con alguno de los vestidos de la firma que llevaba su nombre, aparecían fragmentos entrecomillados.

«Álvaro y yo hace meses que estamos separados. Hemos intentado que le afecte lo mínimo a nuestro hijo Mario, así que lo mejor ahora mismo es que sigamos en esta casa de Marbella. Me siento muy arropada por mi familia y mis amigos».

«Los jóvenes tienen de referente a alguien que de puertas para adentro es un monstruo. Álvaro necesita ayuda».

«Lo que yo he vivido no se lo deseo a nadie. Hay muchas cosas peores que el maltrato físico, me prometió que iba a cambiar. Pero me engañó».

El abogado de Álvaro le hizo llegar la entrevista en un archivo al móvil de su cliente, que acababa de amanecer en casa de Gabriel. Eran las ocho de la mañana y enseguida tenían que poner rumbo a la Ciudad Deportiva. Empezó a faltarle el aire, sentía que se ahogaba, el temblor en las piernas parecía resonar en la habitación. Se fue al baño y se apoyó en la pila pensando que se caería. No se vio en el espejo, estaba todo nublado. Náuseas, arcadas y devolvió como vaciándose por dentro.

—Al, ¿dónde estás? Dale, que vamos tarde —escuchó desde fuera, pero no podía responder.

Volvió a vomitar. También sonaban las llamadas del abogado, había dejado el teléfono tirado entre las sábanas.

Gabriel subió a la habitación a buscarlo, presentía que algo no iba bien y fue derecho a empujar la puerta del baño. Encontró a Álvaro arrodillado en el suelo, agarrado a la taza del váter como único pilar firme. Lo abarcó por detrás, a su misma altura y lo abrazó.

—No puedo respirar, no puedo respirar… —atinaba este a decirle.

Gabriel dejó correr el agua del grifo y con sus manos mojaba la frente y la espalda de Álvaro. Abrió la ventana, y le trajo la botella de agua de la mesita de noche.

—Tratá de beber, y respirá… Estoy acá con vos.

Pasaban dos, tres, cuatro segundos entre bocanada y bocanada de aire que Álvaro intentaba aspirar. Apoyó la espalda en el costado de la bañera, todavía en el suelo, con las piernas flexionadas y los codos sobre sus rodillas. Gabriel se colocó exactamente de la misma manera, mirando de frente hacia la salida del baño.

—Salió acusándome de malos tratos. Me quiere joder la vida.

—Respirá…

Poco a poco fue recuperando el aliento. Todavía le temblaban las manos y tenía espasmos en el pecho, donde sentía un puñal clavado partiéndolo en dos. Pensaba en Mario, le dolía Mario.

—Tú vete para el entrenamiento, Gabriel. En cuanto pueda, iré yo.

—Ni loco. No te voy a dejar solo. Estás teniendo una crisis de ansiedad. Tal vez deberías quedarte acá. —El argentino le habló con un tono que iba calmando a Álvaro, quien intentó ponerse en pie, pero volvieron a flojearle las piernas. Vomitó de nuevo y esta vez fue entre sus piernas.

—Tranquilo, mi amor. Ya se pasa. —Gabriel seguía sujetándole la nuca y trató de que Álvaro no le viese las lágrimas que estaba derramando. Se sentía culpable por haber causado todo aquello.

Ninguno de los dos asistió al entrenamiento de aquella mañana. El club emitió un comunicado sobre la una y media del mediodía aludiendo que tanto Álvaro de la Cruz como Gabriel Baroli y Tomás Beltrán, un chico del filial, sufrían una gastroenteritis. En realidad, Beltrán se encontraba bien, y ni siquiera le habían avisado de que ese día debía ejercitarse con el primer equipo. Pero así creían que sonaría menos dudoso.

Álvaro y Gabriel permanecieron juntos hasta la tarde. Sobre las diez había llegado un médico, avisado por el argentino. Recomendó trasladar a Álvaro al centro hospitalario con el que el Racing tenía convenio, pero este se negó. Tenía muchísimo sueño, solo quería dormir. Se había quedado absorto tras más de una hora descompuesto y sin aire. La toalla que usó Gabriel para secarle el sudor había quedado empapada. Las pulsaciones habían llegado a ciento veinte por minuto, pero allí mismo el doctor pudo tomarle la tensión y fue tranquilizándose, aunque este seguía insistiendo en trasladarlo a la clínica para realizarle un electrocardiograma. Álvaro volvió a rehusar, se quejaba de un enorme dolor de cabeza y pidió silencio. Se acostó en su cama con Gabriel al lado, de costado, y las miradas en la misma dirección. Entrelazaron sus dedos, juntaron las palmas de las manos y se dijeron que todo iba a estar bien. Álvaro cayó enseguida en un sueño muy profundo, mientras el médico seguía abajo, sentado en una butaca del salón, preparando el informe sobre la primera inspección al jugador.

Baroli se había encargado de hablar ya con el director deportivo y el jefe del departamento médico del club. Roberto también se había interesado, incluso llegó a preguntar por el estado de Álvaro, dando por hecho que estarían juntos. Nadie más del equipo le contactó, pero el teléfono del español no cesaba de anunciar notificaciones de la mayoría de los compañeros, decenas de periodistas y nombres de desconocidos que veía asomar en la pantalla. Por entonces, el *staff* técnico ya sabía lo ocurrido. Encendió el televisor y los tres únicos canales que llegó a sintonizar en menos de un minuto, titulaban la noticia más o menos a la par: «El futbolista De la Cruz, acusado de malos tratos por su mujer, la presentadora Salma Villar».

No dio oportunidad a escuchar o a leer si las informaciones que proseguían lo relacionaban con Álvaro, pero ya era un secreto a voces. Apagó la tele justo cuando lo escuchó bajar las escaleras. No recordaba haberlo visto nunca tan pálido, ni siquiera al final de un partido. Estaba demacrado, con los ojos hundidos, y no se movía, sino que se dejaba caer en sus piernas escalón tras escalón. Gabriel no le quitó los ojos de encima.

—¿Qué pasa? ¿Has visto un fantasma? ¿Qué haces aquí todavía? —le preguntó gruñón y con una media sonrisa.

—¿Cómo estás? Ya arreglé todo, no tenés que preocuparte de nada con el club. Pero tu abogado me llamó hasta a mí por si estaba con vos. Le dije que no, que te avisaba para que te comunicaras con él. Creo que antes deberías intentar comer algo, ahí dejé las milanesas y la verdura que preparé.

—Vale, no tengo hambre, pero hago el esfuerzo. Gracias, tío —respondió Álvaro, mientras le daba una palmada cariñosa en la espalda al argentino. El médico seguía allí, aunque recogiendo sus cosas.

—Chicos, me voy a marchar. Cualquier cosa, tenéis mi número. De todas formas, mañana a las diez te espera el doctor Paniagua —dijo al despedirse y dirigiéndose a Álvaro cuando avisaba de la cita del día siguiente. La cita concertada era con el psiquiatra más famoso de Madrid.

—No voy a ir —soltó en cuanto salió el médico por la puerta.

—Yo iría, al menos para que no digan nada. Pero creo que te vendría bien arrancar terapia.

—Gabriel, no voy a ir a ningún psicólogo ni psiquiatra ni nada. Voy a hablar con mi abogado.

Se sentó y se puso a ello. El licenciado ya había iniciado un borrador de demanda a Salma, por ahora, por injurias y calumnias. Se lo comentó a Álvaro, su cliente, que le dio luz verde. Lo que le preocupaba seguía siendo Mario y le pidió que averiguara dónde estaba.

—De acuerdo, te llamo en cuanto sepa algo. Yo me encargo, quédate tranquilo. Y ni se te ocurra comunicarte con ella.

Álvaro se comió media milanesa y, desde entonces, las llamadas de teléfono fueron continuas. Se iban intercalando con las cabezadas que daba, entre agotado y con una sobreexcitación que le hacía estar pasado de vuelta.

Ambos confirmaron que al día siguiente estarían entrenando en la Ciudad Deportiva con el resto de sus compañeros. A esa misma hora, el abogado de Álvaro emitiría un comunicado resaltando la presunción de inocencia de su cliente y anunciando que ya se habían emprendido acciones legales por las difamaciones de la señora Villar. Antes, había hablado con el departamento jurídico del club y habían acordado ir de la mano. El Racing de Madrid apoyaría a su jugador públicamente.

33

No se recordaba una expectación tan grande en un entrenamiento, ni siquiera el día después de ganar la Champions League al Real Madrid, siete años atrás.

Al término de la sesión, François detuvo a Álvaro a pocos metros de entrar en el vestuario. Le dijo que quería hablar a solas con él. Se lo llevó al despacho de la planta de arriba, donde también lo esperaba el psicólogo del club. Llevaba un par de años formando parte del *staff* técnico y, aunque tenía disponibles entrevistas diarias de forma individual con los jugadores, hasta ahora todas habían sido grupales. Algunos no lo veían necesario, otros creían que las charlas motivacionales que les daba en la previa de los partidos eran suficiente. Otros tantos no reconocían públicamente la reticencia y desconfianza que les generaba. «Si acudo a su consulta pensarán que estoy mal, y el míster se enterará. No me va a sacar»; «Lo que necesito para estar bien es jugar», «Cuando meta un par de goles, se me pasa todo», «Ese tío no me va a arreglar mis problemas, solo yo sé solucionar mi vida»; «No tengo ninguna depresión, yo no tengo que ir al psicólogo»; «Una vez fui a uno y no me hizo nada»…

Esta vez le tendía la mano a Álvaro, cuya vida se había convertido, en apenas unas semanas, en un acantilado. Así la imaginaba él mismo. Rodeado de montículos verdes que no llegaba a pisar, empujado a caminar sobre un sendero rocoso que lo llevaba hasta la nada. Desde ahí arriba contemplaba sus pies detenidos, mitad en tierra, mitad en el aire. A veces volaba, y en otras miraba atrás creyendo escuchar la voz de Mario.

—Hola, Miguel, gracias por venir, pero no quiero hacerte perder el tiempo —arrancó Álvaro.

—Tranquilo, estoy aquí porque creemos que podemos ayudarte entre todos.

—Gracias, pero no hace falta. ¿Sabes lo que me ayudaría de verdad? Que mi abogado me llame esta tarde y me diga que mi mujer se ha retractado de sus mentiras. Que vuelve a casa con mi hijo. —Hizo una pausa, cogió aire y subió el tono con los ojos en llamas y en lágrimas—. Que no llamen «maricón» a Gaby, y que dejéis de mirar todos para otro lado. Así no se puede jugar al fútbol, ¡ni vivir, joder!

—Intenta calmarte, por favor —le pidió Miguel.

—No me voy a calmar. Encima parece que necesitéis que reconozca que yo también soy maricón, así os quedaríais tranquilos, ¿no? Tengo a mis compañeros escudriñándome de lado en el vestuario, algunos ni siquiera me miran. A un entrenador que no me pone para que no me insulten… Os creéis que no me doy cuenta. Aquí el único cuerdo se llama Gabriel Baroli —dijo Álvaro mientras daba con el puño sobre la mesa antes de marcharse. François todavía no había dicho palabra.

Abrió la puerta bruscamente, retorciendo las bisagras, bajó a ducharse y tan solo encontró a Gabriel en la casilla de la esquina. El resto se había ido más pronto que de costumbre. Se miraron sin acercarse, cogieron sus champús y se ducharon cada uno en una punta. Lo único que se escuchaba era el agua caer y los suspiros de Álvaro. Se dieron la vuelta al unísono, y allí estaban, uno frente al otro, desnudos y asustados, sin decir nada. Permanecieron inertes cerca de un minuto en la misma posición, sintiéndose más solos que nunca.

—Tengo miedo —confesó primero el español.

—Yo también —respondió el argentino.

Álvaro se secó y se vistió rápido. Al salir, pasó por detrás de Gabriel, que estaba poniéndose su perfume de sándalo, el mismo que llevaba impregnado en su cama desde que Álvaro entró en su vida. Le acarició los dedos de la mano y salió primero, tenía cita con su abogado.

Gabriel regresó solo a casa. Al doblar la esquina, se extrañó al no encontrar gente en la entrada. En la fachada blanca del portón leyó un enorme MARICÓN.

34

Los abogados ya tenían la demanda lista para presentarse. Si Álvaro le daba el visto bueno y la firmaba, al día siguiente se presentaría en el juzgado. Mientras tanto, no podría hacer ningún tipo de declaración ni intentar ponerse en contacto directamente con Salma. Lo animaron comentándole que iba a retirarse la revista y que los abogados contrarios habían llamado para intentar parar la demanda impuesta por De la Cruz.

—No, no, vamos para adelante con todo —interrumpió Álvaro.

Uno de los letrados le informó de que habían hablado con los de ella sobre Mario, y que podría ver al pequeño ese mismo domingo. Se llevó, aliviado, las manos a la cabeza y se tapó el rostro. El sábado tenía partido en Madrid, así que le quedaría la jornada libre para estar con su hijo, al que no veía desde hacía tres semanas. Eso sí, le explicaron que debía irse de la casa familiar cuanto antes, además ella llegaría el viernes a Madrid. Ya era miércoles.

—Está bien, hoy mismo salgo de la casa.

Al acabar la reunión, llamó a su amigo Tomás, que regentaba un hotel cinco estrellas en Madrid. Siempre que había recurrido a él, de inmediato le había puesto a su disposición una suite, a menudo para alguno de sus encuentros extramaritales, aunque hacía casi un año que no pasaba por allí.

—No te preocupes, en una hora tienes disponible la habitación de siempre y la plaza 17 del aparcamiento. No pases por recepción.

Álvaro se apresuró y en poco más de media hora tenía hecha la maleta. El hotel sería su hogar, al menos los próximos días. Se llevó también ropa de Mario y alguno de sus juguetes. Quería irse de allí cuanto antes, tal vez en aquella habitación lujosa y fría podría sentirse a salvo. De camino al hotel fue pensando adónde lo llevaría el domingo. Tal vez podrían pasar el día en la nieve que aún quedaba en Guadarrama, quizá fuera una buena idea. Desvió el coche y pasó por un almacén deportivo del norte de Madrid. Ataviado con gafas de sol y gorra, que no se quitó en ningún momento, compró el trineo más grande que había en la tienda.

Subió directamente desde el garaje hasta la habitación, donde le habían preparado algo de cena y llenado el minibar, con su whisky favorito incluido. Sobre la cama, le dejaron una nota: «Está usted en casa».

Llamó a Gabriel para contarle su nuevo paradero. Este no quiso comentarle nada de la pintaba que había encontrado. Charlaron apenas cinco minutos, porque a veces, o casi siempre, los silencios lo son todo, y también Álvaro estuvo más escueto de la cuenta. No tenía ganas de hablar y cortó en seco. Durante la conversación, se tomó el ansiolítico más fuerte que tenía y a la media hora yacía dormido. Al otro lado, Gabriel lloraba y decidió que, ya que no podía conciliar el sueño, practicaría yoga a través de uno de los tutoriales que guardaba de YouTube. Consiguió relajarse y se acostó antes de la medianoche, necesitaba descansar y realizar un buen entrenamiento al día siguiente. No lo esperaba, pero antes de cerrar los ojos, buscó en su teléfono mensajes de algún compañero. No encontró ninguno.

35

Era jueves por la mañana. François había acudido el primero a la Ciudad Deportiva para reunirse con el equipo médico y de fisioterapeutas. Cuando llegase Gabriel, le harían saber lo acordado. No jugaría el fin de semana por lesión muscular.

—¿Cómo? No tengo ninguna molestia, estoy perfecto —respondió el jugador.

—Ya lo sabemos, pero es mejor para ti, están siendo días muy complicados y se vienen partidos importantes. Te queremos *à cent pour cent* —trató de convencerlo el francés. Gabriel no lo escuchaba, y se fue dejándolo con la palabra en la boca.

Lo que no querían era que en su estadio gritasen «maricón» a alguno de los suyos y saliese a relucir no solo lo más retrógrado y nauseabundo de una sociedad, sino la ineficacia e inoperancia del club. Todavía no habían decidido si hacer caso omiso a las críticas e insultos, o pasarlo por alto pensando que así se acabaría antes el tema.

Esa mañana Gabriel fue el protagonista del entrenamiento, iba a diez marchas más que el resto de sus compañeros, que no se atrevían a decir nada. Claramente era el que más en forma se hallaba de todo el equipo. Casi estaban en el mes abril, y no había momento más crucial en toda la temporada. Se jugaban pasar a las semifinales de la Champions con el Bayern de Múnich y ser campeones de la liga, aunque tan solo los separaban cinco puntos del segundo, el Real Madrid.

El argentino llevaba varios días en su exilio personal. Había soñado aquella noche con su padre y, desde entonces, no se lo había podido sacar de la cabeza en todo el día. Extrañaba su voz ronca, sus frases entrecortadas por la escasez pulmonar. Porque el viejo nunca había querido dejar los cigarrillos y los últimos años fumó a escondidas, aunque todos lo sabían. Pero les daba ternura ver cómo en las reuniones familiares regresaba de la calle con gesto infantil de disimulo, de boludo, y apestando a tabaco. Echaba de menos sus crónicas de domingo, su desazón vehemente hablando de los políticos argentinos; «Son todos chorros, hijo», le recordaba siempre. Pero, sobre todo, la última frase que entonaba antes de acabar cualquier conversación. Era como si guardara un secreto hasta el final, y lo desvelara como una caricia al alma, aunque a veces pegaba fuerte. En ese momento, cualquier duda se disipaba. Todo parecía simple y liviano cuando salía de su boca.

Tanto le pesaba su ausencia que le caía la culpa por no haberlo llorado lo que merecía. Cuando murió su madre fue distinto. Necesitaba dormir en su cama para oler a ella, se hacía un ovillo y despertaba en posición fetal esperando ser acunado. Esta vez no se achicaba, quería hacerse grande, tanto que venía jugando con el vértigo y le estaba gustando subirse encima de él.

Álvaro se quedó hasta el sábado en el hotel, cuando se cambió a otro para quedar concentrado con el equipo y jugar por la noche en el Metropolitano. Quedaban veintisiete puntos en juego, nueve finales en liga para salir campeones, y los últimos retoques en Europa. La siguiente semana tocaba la vuelta de los cuartos contra el Inter de Milán en feudo italiano. Antes, el domingo, tenía la cita que lo mantenía en vilo. No podía evitar tener miedo del recibimiento que le brindaría el pequeño Mario.

Gabriel llegó al palco de jugadores media hora antes de que empezara el encuentro. Allí se sentó al lado de los tres lesionados, dos descartes de última hora de François, y uno de los canteranos que había estado yendo con el primer equipo en los últimos partidos. Al parecer, al entrenador no le había gustado que, a la semana de debutar, el chaval hubiese aparecido con el Porsche Cayenne más nuevo del mercado, superior al suyo, y que en los dos últimos fines de semana hubiera concurrido con escasa discreción la noche madrileña. Ya habían circulado varias fotos del jovencito con el cubata en la mano, y su padre había solicitado una reunión urgente con la dirección deportiva para negociar la renovación de su hijo, con su consiguiente aumento de ficha y además pasar a ser del primer equipo. El afán de éxito del chico, y aún más de su familia, empezaba a escocer en las esferas del club.

Gabriel encontró a Mauro, así se llamaba la joven promesa, mirando varias veces Instagram y TikTok durante los primeros veinte minutos de partido. De hecho, se perdió el primer gol. Fue del rival, de cabeza, del delantero que debía cubrir Álvaro. Al silencio del estadio le siguieron algunos pitos e insultos desde un sector de la grada.

De la Cruz se quedó detenido mientras el Betis celebraba, con los brazos en cruz y mordiéndose las comisuras con inquietud. Notó un bombeo en el pecho que empezó a asustarlo. Casi noventa mil personas lo rodeaban, decenas de cámaras lo enfocaban y se sintió más solo que nunca. Intuía que de nuevo caminaba hacia un túnel sin salida y donde no había aire. Era incapaz de echar marcha atrás y regresar por el sendero iluminado. Nada. Allí no había nada, tan solo angustia y sus propios latidos, cada vez más punzantes. Era el ruido ensordecedor del miedo, ya lo tenía identificado. Fue el mismo que el de aquella mañana en el baño junto a Gabriel, que lo miraba desde lo que parecían más de cincuenta metros. «Dale, Al, respirá», dijo para sus adentros. Pero Álvaro no se movía. Miró hacia arriba, y buscó a Gabi en la zona en la que estaría ubicado. Solo ellos sabían lo que estaba pasando. Álvaro se ahogaba y Gabriel le dio su aire desde allí. «Vos podés, mirame, estoy acá, y respirá». De la Cruz trató de llenarse los pulmones de aire, inspiró y expiró con fuerza. El árbitro señaló que el partido se reanudaba tras el gol y Gabriel también exhaló.

36

Había pasado la noche en vela, y no por la adrenalina común de después de un partido que impedía dormir a la mayoría de los jugadores. En el descanso del encuentro, François lo había sustituido. Álvaro había estado ausente en más de la mitad de los primeros cuarenta y cinco minutos. No llegó a tiempo en ninguna de las jugadas que le tocó defender, tuvo una discusión sonora con su compañero del centro de la zaga con el que no lograba entenderse y además le reprochaba sus propios errores. Sin embargo, para Álvaro había sido como jugar tres partidos seguidos sin descanso. Llegó extenuado y a las cámaras les había llamado la atención la transpiración de su camiseta, que contrastaba con lo poco que había corrido. No podía, no le daban las piernas, su cuerpo servía de lastre que arrastró por el césped ante la mirada sorprendida de los aficionados y de los periodistas, que ya se habían cebado con él en la retransmisión de la primera parte. A François le preocupó mucho la cara de su jugador al llegar al vestuario, lo encontró sentado y cabizbajo en el banco, con un tono mucho más amarillento que el bronceado que siempre lucía.

Salió del aparcamiento del estadio a toda velocidad, tanto que a punto estuvo de chocar con el BMW M3 de un compañero que le recriminó las prisas. Quizá también por haber fallado en ese primer gol, no haber impedido el segundo y cometer el penalti del tercero. Iba a salir en todas las fotos de la derrota, pero en ese momento era lo que menos le preocupaba.

Al entrar al vestíbulo del hotel, se cruzó con su amigo Tomás, el director. Le insistió para que se quedara con él y unos amigos mexicanos con los que bebía tequila en uno de los rincones del bar.

—No te va a ver nadie. Además, quiero que conozcas a los mexicanos estos. Uno de ellos es el presidente del mejor equipo de allí, y oye, nunca se sabe.

—Te lo agradezco, pero no, estoy reventado y mañana tengo al niño. Me paso a saludar y que me suban una botella de tinto a la habitación —le respondió con una voz repleta de tanto agotamiento que no dio lugar a más insistencia.

De la Cruz se acercó a los mexicanos, que reían a carcajadas rodeados de varios Clase Azul de tequila reposado. Se pusieron en pie nada más verlo y acompañaron el saludo con pequeñas reverencias. La única que no se levantó fue una atractiva mujer de piernas eternas que permanecía sentada con el móvil en la mano. No lo soltó en ningún momento, pero sí le dedicó varias miradas y medias sonrisas a Álvaro.

—Por favor, tráeme la botella del Marqués de Murrieta que hay en el cuarto, justo al entrar, y no le carguéis nada a Álvaro. Lo que él quiera, ¿has cenado? —le preguntó Tomás.

—No te preocupes, de verdad. He picado algo en el vestuario. Muchas gracias.

Los mexicanos no bajaban el tono de voz ni la intensidad, y se mostraban eufóricos por tener la presencia «del capitán de la selección española», así le nombraron una y otra vez. Uno de ellos inició, sin previo aviso, una videollamada con unos «cuates que están allá ahora en la playa del Carmen, qué chingue que estés aquí, el capitán de la selección española, bato»… E inclinó la cámara para que vieran a De la Cruz, que saludó sin ganas y no encontró mejor momento que ese para coger el regalo de su amigo y darles las buenas noches.

No había nada en el mundo que le sentara mejor que un buen vino tinto. Le relajaba y excitaba a la vez, le daba una calidez, un delirio consciente para el que no había marcha atrás. Se empañaba la habitación de placer, se instalaba el vaho en las ventanas y en la copa de vino, las caricias en el paladar, el rojo intenso en los labios, el sudor y la sed del después, ese momento en el que la densidad desborda cuerpos y mentes. Así follaba y bebía vino De la Cruz.

37

Se despertó tres veces durante la noche con la boca seca. La última, ya casi amaneciendo. Había olvidado correr las cortinas y la luz deslumbraba toda la cama. Eran las siete de la mañana, sobre las diez su cuñado Lucas, el hermano de Salma, le traería a Mario, así que no volvió a acostarse.

Se sentó en la butaca con vistas a Neptuno y le dio tiempo a tomarse dos cafés y leer varios periódicos deportivos. Aparecía en todas las fotos, en todos los errores. Los titulares lo culpaban del ridículo con la fuente más grande que podía usarse para escribirse. En la parte inferior, en alguna de las esquinas, mencionaban algunos insultos que había recibido durante el partido, pero en las páginas interiores pasaban de soslayo sobre el tema, seguramente por miedo a cómo abarcarlo o tratando de no hacer más ruido y que así, como el agua, se fuera mezclando con otros afluentes que preferían evitar. «Cuanto menos se hable de ello, mejor, antes pasa», le habían comentado varias veces en esas semanas. «Al fin y al cabo, son cuatro borregos a los que no hay que darles bola». Patadas a seguir parecía la estrategia elegida por todos.

Faltando unos minutos para las diez, Álvaro ya estaba abajo esperando al pequeño, que llegó puntual con su tío. «¡Papi!», escuchó detrás de él, y casi sin tiempo de girarse, Mario brincó y trepó por sus piernas. Enroscó su cuerpito en el de su padre y le preguntó nervioso:

—¿Por qué no viniste con mamá a Marbella? El otro día me bañé con el abuelo en la piscina, ya sé nadar, ¿viste el vídeo que te mandamos? ¿Viste cómo nado de rápido?

Mario también estaba inquieto, sobre todo cuando vio cómo su papá lloraba y no respondía a sus preguntas.

—Papá, ¿no lo viste? No pasa nada, vamos a ir a la playa de Marbella y te enseñaré. Pero no estará Romeo, se ha muerto —dijo compungido. Se refería al bichón maltés que tenían, aunque pasaba algunas temporadas en la casa marbellí.

Álvaro le dio las gracias a Lucas, «un chaval muy majo», como decían siempre. No se perdía nunca los partidos del Racing, solía ir con los amigos al palco de la familia y aprovechaba a menudo para llevar a algún ligue y alardear de cuñado. Lucas dudó entre darle un abrazo o la mano. Lo saludó con un híbrido incómodo, tal vez se sentía avergonzado por haber leído las acusaciones de su hermana, él frecuentaba la casa de Álvaro y Salma, tenía llaves e iba y venía a su antojo. Jamás presenció palabra o gesto malsonante de su cuñado. Sí de la otra parte, pero se había mimetizado con Álvaro y hacía oídos sordos.

Se despidió de su sobrino, al que adoraba, y quedaron en que lo recogería sobre las ocho y media de la tarde.

—Gracias, Lucas. Luego te llamo.

Padre e hijo se fueron de la mano hacia la habitación para coger las cosas y marcharse a la sierra. Mario esperaba expectante la respuesta a las preguntas que le había hecho, sobre todo a qué hacía allí y a por qué no estaba en casa con mamá. Pero Álvaro no contestó ninguna.

Saltó y gritó como un loco cuando vio el trineo encima de la cama.

—Vamos a estrenarlo. Ponte esas botas que nos vamos —le advirtió Álvaro, que seguía con un nudo en la garganta. Lo ayudó a calzarse y, al terminar, lo abrazó tan fuerte que el crío se quejó.

—¡Papi! ¡Me haces daño! ¡Pero tú no llores! —y consoló a su padre, que explotaba en su regazo.

—Lo siento, mi amor. Lo siento. Papá te quiere mucho, lloro porque estoy muy contento de que estés aquí.

Mario le secó las lágrimas con sus deditos, y miró sus botas de nieve puestas, haciéndole la señal de que ya era hora de irse.

Álvaro se pasó casi todo el trayecto mirándolo por el retrovisor. El niño disimulaba y no quitaba ojo de la ventanilla, intentando averiguar adónde iba. Pero seguía sin hacer preguntas.

No había demasiada gente a pesar de ser domingo. Tampoco era demasiada la nieve acumulada, aunque suficiente para que padre e hijo se pasaran casi dos horas lanzándose con sus trineos sin descanso. A Álvaro no le pesaban las piernas, ni el partido de la noche anterior, ni el Marqués de Murrieta, ni las miradas de los que pasaban por allí. No había cansancio en él, aunque no podía quitarse de la cabeza el momento en el que tuviera que despedirse, y sintió que había empezado la cuenta atrás cuando hicieron una pausa para almorzar en una de las cantinas que había en la entrada a las pistas. Mario se pidió su plato favorito: unos espaguetis con tomate y veinte kilos de queso. Álvaro quiso comer lo mismo y las carcajadas jugando con la pasta despertaban sonrisas en las mesas de al lado. De repente, el pequeño se quedó callado y rompió el silencio con su única pregunta:

—Papá, ¿por qué no vienes hoy a dormir con mamá y conmigo?

No supo qué responder, aunque había ensayado la respuesta durante casi toda la semana.

—No puedo, mi amor, tengo que irme con el equipo —se le ocurrió.

—En el colegio dicen que pegas a mamá —dijo Mario sin levantar la vista del plato de pasta.

La náusea atragantó a Álvaro. Se levantó con tal vehemencia que los comensales contiguos se dieron la vuelta asustados. Se sentó al lado del pequeño, le retiró el tenedor de las manos y giró su silla para que pusiera toda su atención en él.

—Mírame, hijo. Eso no es verdad. Papá te quiere mucho a ti y a mamá. Papá no ha hecho eso nunca ni lo hará —le dijo al pequeño en una súplica.

—Ya lo sé. —Y fue el único momento en que Mario miró a los ojos de su padre.

Álvaro abrazó a su hijo y lo llevó a su regazo. Aquel fue el derrumbe de todos sus cimientos sobre un amasijo de huesos de un niño de apenas veinticinco kilos, pero que ahora parecía pesar una tonelada. Lloró hasta cansarse mientras Mario no lo soltaba y le acariciaba el cuello suavemente.

Volvió a su asiento y le pidió que terminara de comer, que aún podían jugar un par de horas más. Le propuso alquilar unos esquís, aunque él tuviera prohibido hacerlo según el régimen interno del club. Nada de deportes de riesgo, y además sufría de sus rodillas desde que era un adolescente. Había sido intervenido del ligamento cruzado anterior de su pierna izquierda, y ya se había acostumbrado a vivir con dolor. Pero ni siquiera se acordó. No había olvidado sus dotes con los palos de esquiar cuando pasaba alguna Navidad en sierra Nevada. Mario enseguida le agarró la maña y a la media hora estaba bajando una de las pistas infantiles, seguido de Álvaro, que parecía más entusiasmado que el niño. No recordaba cuánto tiempo hacía que no se sentía tan feliz. Seguramente la última vez había sido en los brazos de Gabriel, aunque seguía sin permitirse pensar en él.

A las seis tocaba devolver el material y regresar a Madrid. Antes de las ocho y media pasaría su cuñado. Hasta entonces, Álvaro no había usado el teléfono salvo para grabar e inmortalizar el día con Mario. Cuando desactivó el modo vuelo, le llegaron unas doscientas nuevas notificaciones que evitaría abrir hasta quedarse solo.

Quiso que la despedida fuera algo ágil, como cuando se iba a cualquier concentración con el equipo. Se dieron un abrazo y descubrió que Mario sonreía, así que respiró tranquilo. Le dio tiempo a decirle al oído: «Recuerda lo que te dije».

Al subir a la habitación, se tiró vestido encima de la cama y le llegó el agotamiento en un segundo. Pero se agitó de nuevo cuando leyó el aviso de su abogado. Era un mensaje contándole que habían salido en varios medios del corazón unas imágenes suyas tomando tequila con una mujer. Ni rastro de los amigos mexicanos ni del director del hotel. El vídeo había sido grabado desde una de las esquinas del bar, y lo acompañaban titulares como «El futbolista olvida a Salma Villar con una atractiva rubia»; «Álvaro de la Cruz olvida las acusaciones de su mujer tomando tequila muy bien acompañado»; «El jugador no parece muy preocupado mientras se divierte en la noche madrileña»… No quiso seguir leyendo y tampoco respondió al abogado. Se tomó un par de diazepanes de diez miligramos y preocupado porque le quedaban menos de quince comprimidos se durmió.

38

Era lunes y debían volver a los entrenamientos. Como siempre, la citación era a las ocho y media de la mañana en la Ciudad Deportiva. Tenían unos cinco minutos para cambiarse y luego subían a la zona de restauración para desayunar. Allí elegían el menú del mediodía entre las dos opciones que proponían los nutricionistas. Un par de pantallas en la sala se las mostraba. Gabriel había elegido el menú número dos, con verduras de temporada de primero y tataki de salmón de segundo. Se sentó en una de las mesas medianas, mientras el resto ocupaba la más larga. No se escuchaban las risas y las bromas de semanas atrás, y nadie acompañó al argentino, hasta que Roberto se levantó y tomó la silla de enfrente.

—¿Puedo sentarme aquí o prefieres estar solo? —dijo pidiéndole permiso.

—Sí, obvio, sentate, tranqui.

Apenas hablaron, comentaron que irían juntos al gimnasio y criticaron el café del desayuno, algo rutinario. Los minutos pasaban y Álvaro todavía no había aparecido. Sus compañeros empezaron a darse cuenta y a extrañarse.

—Yo le escribo —dijo Signori.

—Se conectó por última vez a las diez de la noche —avisó Marco.

—Este se ha quedado dormido, no me lo coge —concluyó Carlos Ramos, uno de los centrales del equipo.

No hubo risas como cuando en otras ocasiones a alguno se le pegaban las sábanas. La multa era de cincuenta euros por cada cinco minutos de retraso, así que acumulaba casi una sanción de trescientos, que se destinarían para la cena de equipo de final de mes. Fueron recogiendo las vajillas usadas y Álvaro seguía sin aparecer. Más de la mitad se fue al gimnasio y otros a la sala de masajes. Faltaba una hora para el inicio del entrenamiento en el campo principal.

La alarma había sonado ya cuatro veces, una cada diez minutos. El tiempo se había detenido en la habitación de Álvaro, hasta que el jefe de recepción abrió la puerta de la 711 y encontró al futbolista tumbado de costado. De pronto, se imaginó lo peor. Lo llamó por su apellido, una, dos veces… No se atrevía a acercarse o tenerlo de frente, así que se quedó inmóvil sin traspasar el pasillo de la habitación, que estaba helada. Marcó el número del médico del hotel, pero no solía trabajar allí de continuo y debía de estar pasando consulta en un centro cercano. Cuando el temblor de las manos le impedía buscar entre los contactos de su agenda, escuchó un profundo ronquido, y de nuevo el silencio. El tembleque ya se le había esparcido por todo el cuerpo.

Al cabo de un par de minutos interminables, De la Cruz se dio la vuelta y vio al tipo allí pasmado.

—Lo siento, pero me avisaron de que lo despertara. Creo que se ha quedado dormido —le dijo el recepcionista, todavía pudoroso por la invasión que acababa de cometer.

Álvaro no sabía ni dónde estaba, miró a su alrededor y vio en el teléfono las 9.48 de la mañana. Pegó un salto de la cama, le dio las gracias por haberlo avisado y se puso lo primero que encontró. Cogió la camiseta negra sucia que estaba encima de una silla y se vistió con ella del revés.

En cinco minutos se encontraba subido a su coche llamando al delegado del equipo. «Estoy de camino». No bajó de los ciento cincuenta kilómetros por hora y llegó a la Ciudad Deportiva con el entrenamiento iniciado. Era la primera vez, en toda su carrera, que le ocurría algo así. Al saltar al césped, sus compañeros no le aplaudieron ni le vacilaron como se hacía siempre que alguno llegaba tarde. Nadie dijo nada. Se acercó rápidamente a su entrenador.

—Lo siento, míster, no sé qué me ha podido pasar. Me he quedado dormido —intentó disculparse ante François.

—Luego hablamos, ponte a entrenar —le respondió sin apenas mirarlo.

Uno de los preparadores físicos se llevó a Álvaro a hacer carrera continua al margen de sus compañeros, que habían iniciado algunos ejercicios de circulación de balón. Le dolían muchísimo la cabeza y el pecho, pero ya empezaba a acostumbrarse a esa desazón que se instalaba en la garganta y se expandía por todo su cuerpo. Sentía como un fuego dentro de él, que primero le quemaba y luego le congelaba. Trotaba a zancadas deseando alejarse de allí, pero daba vueltas y volvía a estar en el mismo lugar. Hasta ahora todo lo dejaba lejos del verde, pero ya no lo conseguía. El campo también se había convertido en una ratonera sin salida. Por mucho que corriese, no dejaba atrás la angustia del que ve todos sus cimientos venirse abajo. Entonces volvió a pensar en Mario, y recordó que todo podía volver a construirse si lo hacía sobre él.

Se unió al grupo de compañeros y completó con ellos los últimos cuarenta y cinco minutos. Hizo varios ejercicios con el peto que solían darle a los suplentes en el próximo partido, y compartió el color con Gabriel, que cada vez estaba más solo entre aquella multitud. Álvaro también sentía aquel vacío y desamparo. Ahora ni siquiera podían tenerse el uno al otro.

Gabriel había visto aquella mañana una entrevista a Signori en el principal diario de Italia. Sabía que le habrían preguntado por la homosexualidad de su compañero y qué pensaba sobre haberla hecho pública. No había terminado de leerla, pero le dio tiempo a quedarse con algunas de las respuestas: «Lo que nos molestó es que no nos avisara antes a sus compañeros antes que a todo el mundo». «Tiene derecho a ser homosexual, pero yo también lo tengo para elegir delante de quién me desnudo». «Nos pilló a todos por sorpresa, a mí nadie me preguntó si me molestaría compartir vestuario con alguien homosexual». ¿Acaso debería haber hecho un consenso? ¿Lo hacían ellos cuando hablaban de sus gustos sexuales, retrógrados y empapados de una misoginia atroz? ¿Debía avisarlos de que no los miraría ni tocaría mientras estuvieran desnudos? A Signori en concreto, ¿hacía falta decirle que jamás le pondría una mano encima a alguien como él? «No lo tocaría ni con un palo», pensaba. ¿Y el respeto al derecho a opinar era lo mismo que respetar todas las opiniones? ¿Todas eran respetables? No, para Baroli la de Signori no lo era, así que no quiso seguir leyendo. ¿Alguien le había preguntado cómo se sentiría con él después de leer aquello? A la hora le estaba viendo la cara y llegó a compadecerse de él. «Mejor ser maricón que cagón», se dijo para sus adentros. Signori ni le había saludado aquella mañana, lo mismo que en las anteriores, desde la rueda de prensa de Gabriel.

Álvaro subió al despacho de François. Este, sin dar muchos rodeos, le comunicó que el club le abriría un expediente de forma inmediata. No le preguntó cómo estaba ni, menos aún, le ofreció su ayuda.

—Nos jugamos todo en los próximos días, te necesitamos al doscientos por ciento. ¿Podemos contar contigo? —fue lo único que le preguntó.

—Sí, como siempre. Cuando tengas la sanción, que se la manden a mi abogado. Hasta mañana —dijo el futbolista antes de marcharse.

Creía que le habían vuelto a cortar el aire en aquella sala y quiso salir lo antes posible. Bajó las escaleras, cogió sus cosas y, sin ducharse, condujo su coche hasta el hotel.

Poco más de una de hora tardó en recibir un e-mail con la notificación de la sanción. Debería pagar treinta mil euros por llegar tarde. No le importó lo más mínimo, el monto era lo de menos. Y estaba dispuesto a pagar lo que fuera por abrazar a Gabriel, aun sabiendo que aquello iba a terminar teniendo un precio demasiado alto, tal vez impagable. A pesar de eso, lo llamó y le pidió si podían verse en la casa de La Cabrera, donde habían estado unas semanas atrás. El argentino no se lo pensó.

—Dame media hora y salgo para allá. ¿Querés que nos encontremos en algún lado?

Quedaron en verse en un garaje de la zona de la avenida de la Ilustración. De ahí se irían juntos en el coche de Gabriel, pues no querían arriesgarse a salir a la par desde el aparcamiento del hotel y no iba a dejar que condujera Álvaro. Tampoco querían viajar por separado, así que a las tres y media se vieron en aquel sótano. Gabriel llegó un minuto antes y le señaló con un destello de luces dónde se encontraba. No pudo no salir del coche y esperarlo apoyado en la puerta del conductor. Más que abrazarlo, Álvaro se dejó caer en sus brazos y arrojó a su pecho toda su vulnerabilidad. Se sintió a salvo y enseguida empezó a respirar con más calma. Gabriel y Mario eran sus bridas a la vida real, aunque ellos eran los únicos que podían llevarlo a un lugar muy lejos del que estaba ahora. A pesar del agujero en el que se sentía Álvaro, no se rendía. Sabía que muere lo que se deja quieto, y él seguía en movimiento, aunque no supiera hacia dónde ir. Los ojos de Gabriel lo guiaban a casa.

—Va a estar todo bien, confiá en mí —le dijo el argentino mientras se interrumpían besándose.

Subieron al coche y pusieron rumbo a La Cabrera. En menos de una hora llegaron.

La casa llevaba cerrada varias semanas y abrieron las ventanas mientras se acomodaban. Apenas cuarenta kilómetros separaban aquel lugar del centro de Madrid, y sin embargo a ellos les parecía que estaban en otro continente, donde nadie los veía, nada podía lastimarlos ni placar todo el deseo que acumulaban. Se hicieron el amor dos veces seguidas, la primera fue un desahogo lleno de rabia y dolor. En la segunda, la sensibilidad y el cuidado subordinaron al resto. Quedaban un par de botellas de vino de la última vez que estuvieron allí y Gabriel había metido algún malbec en el maletero. Álvaro se encargó de abrir una de ellas y su amante desempolvó el reproductor de vinilo. Después de ojear unos cuantos discos, eligió el de Aretha Franklin. Fue directo a «Respect», se dio la vuelta y vio a Álvaro acercarse a él con dos copas en la mano. Gabriel lo agarró de la cintura con suavidad, sonreían, se bebían. Se querían. Y movían sus cuerpos al son de aquel soul. Aunque todo se detuviera, su amor no iba a quedarse quieto. Sonaron «Through the Storm», «Let It Be»… Ambos creyeron que alguna vez se habían compuesto para ellos. Álvaro respiraba en calma, y Gabriel aspiraba su aroma viril. Siempre pensó que contra el olor no hay batalla, que si te atrapa no hay salida, y que si te repele no hay forma de remarla. Álvaro seguía empapado en el sándalo de Gabriel y de allí le era imposible salir.

Hicieron una pausa para cortar algo de queso y, como si hubieran hecho un acuerdo tácito, no hablaron sobre fútbol ni de lo ocurrido en los últimos entrenamientos. Solo ellos tenían cabida en aquel salón rústico donde empezaba a entrar el sol de media tarde. Sí le comentó, sin entrar en detalles, que ya se había presentado la demanda contra su mujer y que el domingo había podido estar con Mario. Esperaba volver a hacerlo ese fin de semana, porque a partir del lunes tenía que marcharse con la selección española durante trece días, debían enfrentarse a Alemania y Polonia, los últimos compromisos para lograr clasificarse para la Eurocopa de junio, que se disputaba en Italia. Con un empate ante los alemanes les valdría. Gabriel se jugaba estar en la Copa América con Argentina, los esperaba Brasil y Perú, aunque no las tenía todas consigo de que fueran a convocarlo para esta tanda, pese a seguir siendo el máximo goleador y asistente de Argentina en el último año.

Se ducharon juntos, reían a carcajadas y era palpable la excitación constante, pero prefirieron no entretenerse de más y bajar al pueblo a buscar algo de cena antes de que cerraran el mesón. Era un lunes del mes de marzo, iban a dar las nueve y no todo funcionaba. Se pusieron un chándal con capucha y un plumón hasta la rodilla, a la vuelta prenderían la chimenea para volver a entrar en calor. Solo Gabriel se bajó del coche para acercarse al mostrador del restaurante. Álvaro había llamado hacía una hora para encargar unas almejas al vapor y un par de lubinas a la sal, así que lo tenían todo preparado, con un vino blanco helado y una tarta de queso, cortesía de la casa.

Por el camino de vuelta no se cruzaron con ningún otro coche, y en esa manía compulsiva de mirar para todos los lados, no vieron a nadie. Siguieron con su noche de miel y confesiones hasta la medianoche. La realidad los despertaría temprano, pero prefirieron esperarla en vela.

39

No les importó el madrugón, de hecho, todavía no había amanecido y fueron juntos al entrenamiento. Entraron a las instalaciones a las nueve menos cuarto de la mañana en el coche de Gabriel y, al acabar, lo acercaría a buscar el suyo al garaje donde lo había dejado. Álvaro se sentía tan extasiado que, por primera vez, le daba lo mismo el qué dirán y las fotografías que podían tomarle junto al argentino.

Los compañeros que ya estaban cambiándose en el vestuario se sorprendieron al verlos entrar a la par, aunque habían sido de los primeros en llegar y todavía era el lugar menos frecuentado. En la cocina sí esperaban varios empleados que recibían los buenos días escuetos de los jugadores. Álvaro era el único que entraba en la cocina y que daba un abrazo a ellos y un beso a ellas. Era el ojito derecho de todas las cocineras, y pronto empezó a serlo Gabriel, porque había adoptado esa costumbre desde la primera semana.

Ese martes los esperaba un entrenamiento intenso. Habían pasado el ensayo de las jugadas a balón parado que solían ser los jueves. Álvaro y el resto de la zaga habían fallado en ese tipo de acciones defensivas en los últimos partidos, y a pesar de medir ambos centrales más de uno noventa, les estaban ganando todas las jugadas. Sabían que se debía sobre todo a falta de concentración o a los errores de marcaje que, a pesar de haber practicado entre semana, se les olvidaban a la hora de la verdad. François se desesperaba y cargaba toda la culpa contra Álvaro por ser el capitán y pretender que liderara la defensa. Lo mismo en la salida de balón que debía iniciar él. Llevaba cinco años siendo nominado al mejor central del mundo y, sin embargo, en los últimos dos meses sus principales virtudes estaban resultando su punto débil. En la prensa y en el club lo achacaban a su vida extradeportiva. Álvaro era consciente de que no podía detener aquel ataque, pero le resultaba inevitable creer que todo lo que tocase en ese momento lo convertía en mierda. Incluidos Gabriel y Mario.

Ese día se quedaron a comer con el resto de los compañeros. En el salón principal habían unido varias mesas para convertirla en una larga. Era el veinticinco cumpleaños de Salvio, un brasileño de risa contagiosa que superaba por poco el metro y medio. Había llegado a Madrid siendo un crío y en la primera temporada apenas se supo de él. Le habían prometido que dispondría de pasaporte europeo, por su madre, supuestamente nacida en Portugal. Pero se retrasó hasta diciembre y no fue capaz de seguir el ritmo que llevaba el equipo. Durante esos meses entrenó en solitario y en una entrevista reconoció que habría necesitado ayuda psicológica, pero que no se atrevió a pedirla. No quería que pensaran que era un brasileño flojo, inadaptado al clima frío y lluvioso de aquel invierno en la capital.

Salvio vivía solo en La Moraleja, aunque se instalaban con él durante semanas varios amigos de Brasil que le llenaban la casa de cachaza, mujeres y timbales. La policía llegó a acercarse a la vivienda en varias ocasiones, alertados por los vecinos, quejosos por la música que salía de los enormes altavoces instalados en la piscina. Arrancaban por la tarde con partidos de fútbol playa en una canchita de arena que sustituía al jardín y, con la llegada del otoño, pasaron a un entrar y salir incesante de gente que ni Salvio conocía. Él solía tirarse más de la mitad del tiempo encerrado con llave en su habitación para que no entrara nadie. Una noche, Diogo, un relaciones públicas brasileño, conocido sobre todo por hacer de anfitrión en la noche madrileña de los futbolistas compatriotas que pasaban por la ciudad, se coló en la habitación de Salvio mientras dormía. Iba acompañado de dos señoritas que rozaban la minoría de edad y que entraron medio engañadas. Se acostaron en su cama y Diogo empezó a quejarse por lo poco animado que estaba Salvio, que recordó los consejos de su agente y pidió que se marcharan cuanto antes. No quería líos. Las chicas lo agradecieron, y Salvio fue el hazmerreír varias semanas de los ocupas de su casa.

Desde ese día pasaron a llamarle Boiola, a veces Frutinha, algo así como mariquita en España. El apodo había llegado a oídos de algunos compañeros que conocían a Diogo y, en alguna cena de equipo, se lo habían llamado. Salvio, con su cuerpo chiquito y voz aniñada hizo callar a toda la mesa. Nunca más se escucharon en el Racing aquellos términos, pero sí en la propia casa del brasileño.

Al año siguiente, el petiso Salvio salió cedido al Hertha Berlín, donde a los dos meses ya era el ídolo de su afición. Llegó a aprender alemán y aquella temporada fue convocado con la selección de Brasil para el último Mundial. Perdió la final, pero aun así se llevó el premio al mejor jugador del torneo, lo que revalorizó su precio en el mercado y recibió ofertas de medio mundo. Al final el Racing consiguió blindarlo por doscientos millones de euros y veinte millones de euros de salario para contar con él los siguientes tres años. Sin embargo, nunca volvió a maravillar como en aquel Mundial o, al menos, no con tanta regularidad. Se convertía en referente un partido, pasaba desapercibido otro y desaparecía en el siguiente. Tampoco era titular indiscutible, se lo acusaba de ausencia «de fortaleza mental», «ambición», y de que había caído en un estado de conformidad que no gustaba nada al presidente, quien ansiaba venderlo. Sin embargo, su precio en el mercado se había devaluado demasiado, a pesar de que François había accedido a las presiones de arriba de alinearlo en el once, e intentar así encarecer de nuevo un posible traspaso.

Salvio tenía las piernas cortas y con un pronunciado arqueamiento que le hacía parecer aún más bajito, aunque los entendidos decían que tenía el físico perfecto para su demarcación. Con un punto de gravedad cerca del suelo, potencia en sus muslos, cintura diminuta y un dominio de los dos pies, generaba unas eternas expectativas que nunca terminaban de cumplirse. Pero allí estaba, cantando el que más su propia canción de cumpleaños, tirando pasitos de samba y animando a todo el comedor a compartir la tarta. Su sonrisa fue la perfecta evasión de aquella mañana, y al menos durante unos minutos, parecía una reunión de amigos inquebrantables. Gabriel y Álvaro no se quitaron la mirada de encima, aunque habían encontrado una manera de hacerlo para que nadie se percatara.

40

Después de un plácido miércoles, el jueves uno de los integrantes de la agencia de imagen y representación de Álvaro lo llamó a media tarde.

—Hola, ¿cómo estás? Si quieres nos sentamos para hablarlo, pero hasta el lunes no llego a Madrid y ya estarás con la selección. Esta mañana nos han confirmado que Wild pretende romper contrato. Te van a pagar los dos años que te quedan, tranquilo.

—¿Cómo? ¿Qué ha pasado? Firmamos con ellos la renovación este verano, por siete años si no recuerdo mal —pidió explicaciones Álvaro.

—Te van a indemnizar con un pastizal, eso es lo que vamos a ver estos días, tú no te preocupes por nada. Quieren invertir en gente joven y de color me han dicho. Creo que van a por Renoir, del Sevilla, que además lo tiene hecho con el Madrid.

—Gracias por contarme. Hablamos. —Álvaro colgó rápido sin hacer más preguntas. Ya tenía todas las respuestas. Wild iba a abanderar la imagen antirracista en el fútbol. Luchar contra la homofobia no les interesaba.

Sin apenas darse tiempo para pensar sobre ello, llamó a Gabriel para contárselo.

—Si te sirve de consuelo, iba a firmar el contrato de mi vida con Blue, la compañía telefónica, y me bajaron el dedo —le respondió el argentino, que le explicó que aquella expresión significaba que habían rechazado, a última hora, lo acordado para los próximos seis años. «Cambios en la política de la empresa», se habían justificado.

—¿Por qué no me habías dicho nada de esto? —le reprochó Álvaro.

—No quería preocuparte, yo reconocí públicamente que soy puto, no es tu caso. No creo que sea por eso.

—Vamos, no me jodas, Gabriel, eres demasiado ingenuo. Yo soy maricón, putero y maltratador. Estoy sentenciado.

—Puto no sos, putero no te hace falta y a lo otro le vamos a dar la vuelta y va a pagar esa hija de... —Gabriel no quiso continuar. Era la primera vez que se refería a ella y se extrañó al hacerlo.

—¿Nos vemos? —le preguntó Álvaro.

—Sí, pero hoy elijo yo, te vas a comer un buen pedazo de carne argentina. Venite a casa.

Se dio una ducha rápida y aprovechó para rasurarse toda la piel, lo hacía siempre por comodidad para recibir los masajes, pero ahora su prioridad era estar lo más suave posible para Gabriel. Pensaba además que así podrían sentirse la piel sin nada que pudiera tapar uno de sus poros. Había momentos en que deseaba fundirse en su cuerpo, entrar en él y desaparecer allí dentro.

Antes de tomar la salida para la casa del argentino, se pasó por El Corte Inglés de Pozuelo. El día estaba medio nublado, pero entró con las gafas de sol puestas y la gorra hasta la sección de música. Estuvo rebuscando en el compartimento de jazz, rock de los setenta y flamenco. Encontró el disco que quería de Aretha, el mismo que habían bailado en la sierra, el de *Led Zeppelin IV* y una antología inédita de Camarón de la Isla. Gabriel le había hablado hacía poco de sus ganas por conocer más sobre el gaditano y, aunque se consideraba un baldío de la música, se había criado con sus bulerías y le llevaban a aquella casa de Granada donde se crio. Se acercó para pagar a una de las cajas y se dio cuenta de que varios dependientes se habían amontonado para poder cobrarle. Lo habían reconocido, y creyó que toda la séptima planta lo estaba observando. Otra vez aquel sudor frío y el ruido en el pecho. No se sacaba aquellos ojos de encima, ni tampoco el exceso de amabilidad con el que lo atendían. Dio la gracias y se marchó dando zancadas. Le quedaba una media hora hasta Majadahonda, pero apenas tardó diez minutos. Cada vez que cruzaba el portón de la casa de Gabriel, se sentía a salvo. Enseguida puso el regalo sobre la encimera de la cocina y le entró pudor al ir a entregárselo. Al argentino le causó gracia las vergüenzas de su amante.

—Dale, no seas boludo, mirame y decime por qué me trajiste esto.

—Nada, Gabi, además yo no tengo ni puta idea de música. Pero querías conocer al más grande de aquí, ¿no? Pues ahí lo tienes.

Gabriel le besaba la cara mientras hablaba y le acariciaba las costillas. Le agarró las mejillas y le besó en la boca antes de ir a estrenar sus nuevos regalos. Al volver a la cocina, vio a Álvaro distraído mirando el teléfono, con los codos y medio cuerpo vencido sobre la mesa. Lo agarró por detrás y, sujetos de las manos con fuerza, se deslizaban apenas con «La leyenda del tiempo» de fondo. Álvaro había soñado ese momento.

—¿Sabías que me encanta? Mi viejo me la había hecho escuchar de chico. Su mamá era andaluza. De un pueblito de Cádiz, ahora no recuerdo el nombre, pero quiero ir a conocerlo, y me gustaría ir con vos —le dijo cerca de su oído.

Álvaro asintió, lo abrazó y acabó penetrándolo con «Como castillo de arena» de fondo…

Terminaron tumbados bocarriba en la alfombra que unía la cocina y el salón. La calefacción se sentía sofocante y llegaron a abrir un par de ventanas para que corriera el aire. Gabriel se levantó el primero para abrir el vino y desempaquetar la carne. La había comprado en una tienda de productos argentinos a la que iban la mayoría de los futbolistas platenses en Madrid: alfajores, medialunas, chipá, yerba, mates, Fernet, dulce de leche, empanadas, dulce de batata, vinos mendocinos y distintos cortes de vaca llegaban a agotarse. No faltaba nada de eso en la nevera de Gabriel, y su momento favorito del día era cuando se sentaba a tomarse unos mates y a comer unas facturitas, si bien desde que estaba en España, salvo algunos días contados, había perdido la esencia de compartir el mate, y ese era el principio y el final de aquella costumbre. Le dio a probar una vez a Álvaro, con la ilusión de que le gustara e incluso, saltándose sus códigos materos, lo endulzó. Pero el gesto nauseabundo del español por el amargor hizo evidente que no sería su compañero de ratos de charla en torno a aquella yerba.

—No sé cómo podéis tomar eso, Gabi. Además, os quemáis la lengua con la pajita esa que arde.

—Se llama bombilla, boludo. Y el agua no está a más de ochenta grados. No seas exagerado —le apostillaba el argentino.

Charlaron sobre los partidos que les tocaba a cada uno con sus respectivas selecciones. España jugaba el primero en Granada contra Alemania, y el segundo en Cracovia frente a Polonia. A Argentina lo esperaba Brasil en el estadio Monumental de Buenos Aires, y Perú en Lima. Al primer partido asistiría toda su familia y varios amigos que ya le habían pedido entradas hacía semanas.

—Al, te están llamando —lo avisó.

Era el presidente del Racing, Fernando Manzano, un tipo que no levantaba el teléfono a menos que algo prendiera fuego.

—Hola, capitán, ¿cómo estás? ¿Tienes un minuto?

—Cuéntame, Fernando.

—Llamaba para saber cómo estás. Ya me han ido contando todo, porque, hijo, tú sabes que yo la prensa no la leo. Imagino que ya te están ayudando, pero quería decirte que aquí estamos para lo que necesites. Tienes también a tu disposición mi bufete de abogados.

—Gracias, presi.

—Estas semanas son las más importantes para el club, céntrate en eso, hijo. Quizá te vendría bien alejarte de ciertas cosas ahora que te pueden distraer o perjudicar.

—¿Cómo? ¿A qué te refieres?

—Bueno, hijo, te lo puedes imaginar. Lo del chico argentino.

—Gabriel Baroli —lo interrumpió Álvaro.

—Sí, Baroli. Aparecer cerca de él creo que no te viene nada bien. Lo que decidió hacer no debería salpicarte. Lo hizo pensando solo en él, pero tu imagen no puede verse afectada por lo que haga o deje de hacer, ¿me explico?

—Sí, se explica demasiado bien. Tengo que dejarte, ya hablaremos en otro momento. —Y colgó sin darle tiempo al presidente a responder o a despedirse—. Hijo de puta, se cree que no me estaba dando cuenta. ¡Son todos iguales! ¡Joder! —gritó golpeando la mesa donde Gabriel estaba preparando la cena.

El argentino dejó el cuchillo con el que estaba cortando la verdura, se secó las manos, apartó las copas de vino que estaban a punto de caer tras el golpe y se acercó a abrazar a Álvaro. Enseguida le notó esa respiración agitada de otras veces.

—Siento que me muero, me muero —se quejaba Álvaro—. No me sueltes que me muero.

—No te vas a morir, mi amor, está todo bien. Es otro ataque de ansiedad, ya lo viviste y sabés salir de ahí. Dale, respirá conmigo, vos sabés —le pedía Gabriel mientras le acariciaba las mejillas.

Lo acompañó a sentarse en una de las butacas que daba al ventanal abierto.

«Estoy acá con vos» era todo lo que escuchaba Álvaro, y tampoco parecía que necesitara más. A los quince minutos empezó a retomar el pulso normal y ya no sentía que le temblase el cuerpo.

Después de media hora de silencio y caricias en el sofá, Gabriel le preguntó si le seguía apeteciendo cenar algo y este asintió. Por lo menos el filete a la parrilla no debería caerle mal, comentaron. Le pidió que comiera despacio y dejara el vino. Álvaro solía engullir, sobre todo con la carne. Salma se había convertido hacía un par de años en vegana y echaba de menos disfrutar en casa de alguna comida. Le aburría soberanamente la dieta de su mujer, motivo constante además de discusión como, al fin y al cabo, toda ella.

Se acostaron más temprano que de costumbre y Álvaro cayó rendido enseguida. Cada vez que sufría un ataque de ansiedad terminaba abatido. Gabriel no pudo conciliar el sueño hasta bien entrada la madrugada, estaba preocupado por la frecuencia, casi diaria, con la que Álvaro sufría aquellos episodios.

41

Despertaron con los cuerpos acurrucados de frente, aunque separados por varios cojines que ambos se colocaban entre las piernas. A ninguno de los dos les gustaba hablar recién levantados y se movían suavemente por la casa sin hacer un ruido por lo menos durante el primer cuarto de hora. Álvaro se había llevado una muda y tomó prestada la chaqueta favorita de Gabriel. Sobre las doce del mediodía, el seleccionador español haría pública la lista de convocados. Cinco horas más tarde lo haría su homólogo argentino.

Se notaban la ilusión y los nervios esa mañana. Aunque se daba por hecho la inclusión de varios jugadores, la selección siempre presentaba alguna sorpresa. El Racing de Madrid solía aportar cuatro a la española y unos seis más al resto de selecciones.

Normalmente, el anuncio de la lista coincidía con el final del entrenamiento, cuando los jugadores iban llegando al vestuario, a las salas de masajes o de tratamientos. Unas veces se avisaban entre compañeros, lo soltaba algún delegado o esperaban a coger su teléfono y ver las llamadas y los mensajes que daban cuenta de la buena nueva.

Álvaro quiso pasar por su taquilla antes de tratarse, pero el murmullo del pasillo lo frenó en seco. Supo que algo no iba bien. Se cruzó con Juan David Zárate, uno de los dos colombianos del equipo y encargado siempre de subir el ánimo a los compañeros con canciones de vallenato. Incluso había días en que se traía el acordeón al vestuario.

—Ánimo, mi pana —le dijo el de Cali, con palmadita en el hombro y cara compasiva.

Sus presagios se cumplieron en cuanto cogió el móvil. No había mensajes de felicitación, sino de consuelo y desacuerdo. Lo habían dejado fuera de la lista, por primera vez en los últimos ocho años, sin contar la única que se perdió por lesión la temporada anterior. Ocultó la cara entre las manos y no pudo evitar echarse a llorar como un crío. Álvaro había sido el último en enterarse, pero por allí no se acercaba nadie. Enseguida apareció Gabriel y se sentó a su lado sin decir nada.

Por lo menos habría esperado una llamada del seleccionador o del director deportivo de la Federación. Creía que después de tantos años, como capitán y uno de los pocos que siempre había antepuesto la selección al club, merecía una explicación y no haberse enterado por la prensa y las redes sociales. La decepción era aún mayor, si cabía.

Se había filtrado a los medios que su ausencia se debía a molestias musculares, pero en el equipo sabían que era mentira. También muchos de los periodistas que, por miedo a represalias, se hacían eco de las versiones oficiales del club. Tampoco estaba incluido en la convocatoria que acaba de anunciar François, pero Álvaro se hallaba anestesiado y solo escuchaba voces que ni entendía y sentía otra vez esas ganas de desaparecer.

—Me voy para casa, Al, llamame si necesitás algo. En un rato dan la lista de Argentina, veremos. —Y se despidieron con una palmada mutua en la pantorrilla.

Gabriel sintió que debía alejarse lo máximo posible de Álvaro. Creía que era culpable de lo que le estaba sucediendo desde que apareció en su vida. Quizá era el momento de dar un paso al costado, pero ¿cómo iba a dejarlo solo ahora? Esperaría a que fuese él el que se acercara. Si se sintiera capaz, le diría que no lo hiciera.

El argentino se llevó un par de táperes con el menú que había seleccionado, tanto para el almuerzo como para la cena. Los viernes no estaban obligados a comer en el comedor, y quería salir de allí cuanto antes. Esta vez la presencia de Álvaro tampoco lo retenía.

Sobre las cuatro y media, Gabriel calentó agua y se preparó unos mates con la yerba uruguaya que acababa de estrenar. En treinta minutos empezaría la rueda de prensa del seleccionador argentino. Un par de alfajores, uno de maicena y otro de chocolate negro, lo acompañaban. Estaba ansioso y preocupado. Necesitaba escuchar su nombre en aquella lista.

—… Delanteros… Enzo García, Naitán Correa, Federico Constanza, Gabriel Baroli y Lisandro Bernardi —finalizó el técnico de la albiceleste.

El teléfono empezó a sonar de inmediato, aunque al cabo de una hora, las felicitaciones llegaban con cuentagotas. En otras ocasiones, no cesaban durante días. Había recibido la de Álvaro entre las primeras y, a pesar de las ganas, había decidido contenerse. Le respondería más tarde. Lo que quería era estar en silencio y relajarse. Tal vez en aquella soledad encontraría a su padre.

De la Cruz se encerró en la habitación del hotel y pidió que le subieran una botella de vino y una cajetilla de cigarros, aunque hacía diez años que no probaba el tabaco. La última vez fue en una noche de verano en Ibiza, y el asco que le dio su propia lengua al día siguiente le había hecho no volver a meterse en la boca un cigarrillo más. Decidido a echarse a perder aquella noche, siguió con su autodestructiva huida hacia delante. O más bien hacia ningún lugar. Cuando había pasado la mitad de la botella, abrió la agenda y buscó el nombre encriptado de alguna chica en el móvil que llamaban el «B» y que muchos compañeros guardaban en sus taquillas. No se los llevaban jamás a casa, solo salían de allí en las concentraciones, pero Álvaro lo cogió antes de dejar el vestuario. Escribió un «Hola, ¿qué tal?» a una tal Vanessa Opium y a una Karen Buda. No se acordaba de sus caras, se fijó en cómo eran en las fotos de perfil, pero aun así no recordó nada. Las había conocido en una de esas discotecas y quería sonarle sobre todo Karen, aunque fue Vanessa la primera en contestar. A los diez minutos de un intercambio de vanos mensajes, Álvaro le había pedido que le mandara alguna foto. Su nueva amiga virtual le contentó enviándole un par de imágenes en biquini. Cinco minutos después, la invitó a su hotel.

—OK, puedo llegar en una hora —lo avisó—. Ve pidiendo otra botella. —Y así lo hizo Álvaro.

Cuando la chica apareció, se saludaron con dos besos y una risa estúpida. Él detectó un perfume de ella que aborreció y, tras unos minutos más que incómodos, la banalidad se presentaba en todas y cada una de las frases que ninguno de los dos conseguía terminar. Álvaro había dejado de hacer pausas entre trago y trago, hasta que se sintió lo bastante ebrio como para agarrar a la chica del brazo y sentarla encima de sus piernas. Sin intercambiar palabra, le metió la mano por debajo del top que llevaba y le desabrochó el sujetador. Ella sonreía de forma nerviosa y esperaba inmóvil a que Álvaro la besara. Él solo quería acortar los tiempos y desnudarla cuanto antes. Introdujo la mano en la entrepierna con tal brusquedad que la chica mostró su queja con un gemido y cerrando los muslos, pero poco a poco fue cediendo. Álvaro la tumbó en la cama, terminó de quitarle la ropa, se puso un preservativo y entró en ella con fuerza y sin estimulación previa. La chica gemía, inmóvil, y no daba muestras de si aquello le estaba gustando o deseaba que acabase rápido. Su erección se resintió un par de veces, hasta que cerró los ojos y pudo imaginarse en otro lugar. Arreó con ímpetu hasta el final. Ella se lo sacó de encima en cuanto pudo, y empezó a vestirse mientras Álvaro seguía echado en la cama. No la detuvo cuando le dijo que se marchaba ya, le acarició la mano cuando se le acercó a darle un beso en la mejilla y la dejó ir. Seguramente aquella mujer no merecía tanta mugre, pensó cuando oyó la puerta cerrarse. Se metió en la ducha, con el agua hirviendo y la música a pleno volumen, y frotó su cuerpo con vehemencia. No volvería a acordarse de aquello. Confiaba en que la memoria siempre olvida lo que la piel pretende borrar.

42

El partido del sábado lo ganó el Racing de Madrid, que volvía estar a tan solo dos puntos del líder, el Barça. François aprovechó la rueda de prensa para lanzar un mensaje de calma. Faltaban cinco jornadas y no quería que la euforia los confundiera. Tras el encuentro, los jugadores sudamericanos tomaron un chárter a Buenos Aires. En el mismo vuelo viajaban los argentinos y los uruguayos de varios clubes españoles. Los brasileños se quedarían en la ciudad porteña porque jugaban contra Argentina en el estadio Monumental. Los charrúas, seguirían su camino vía buquebús hasta Montevideo. Gabriel se sentó con dos de sus compatriotas del Real Madrid y del Sevilla, con los que había coincidido hacía ya varios años cuando en el anterior Mundial fue uno de los *sparrings* que compartió semanas entrenando con la absoluta. Cuando todos sabían que su irrupción en el fútbol mundial era solo una cuestión de tiempo. En las concentraciones previas a aquella, Gabriel se adaptó enseguida. El mate ayudó en las primeras charlas en las habitaciones, así como las partidas de truco por las noches.

Baroli no había vuelto a pisar su país tras hacer pública su homosexualidad, aunque lo que le perturbaba era saber cómo sería respirar Buenos Aires sin su padre.

Aterrizó en Ezeiza el domingo a primera hora y sobre las once su hermana lo pasaría a buscar al predio para pasar el día juntos. Habían organizado un asado de bienvenida en la casa de su hermana Micaela, en la zona de Caballito. Se la había comprado con su cuñado, que regentaba varias agencias de remises, y lo mejor era el jardín y el quincho de cemento y saligna que habían construido ellos mismos, y que estrenarían ese domingo con los cinco kilos de carne que habían comprado.

Habían dado permiso en la garita de seguridad para que dejaran a Micaela acceder al complejo. Hacía algo más de cuatro meses que no se veían y quería exprimir las horas que tenía ese día. Gabriel la esperaba en uno de los vestíbulos, con un mate en la mano y el termo bajo el brazo. En cuanto la vio, lo dejó en una mesita y se acercó a abrazarla.

—No llorés acá —le pidió cariñoso a Micaela, que estaba a punto de quebrarse.

Ella se sentía más hermana mayor que nunca, y lo recordaba tan menudo y desprotegido como la primera vez que se fue su padre de casa y Gabriel no pudo dormir solo durante los dos años siguientes. Quería dormir con su madre, con el miedo entre las sábanas por si al despertar ella también se había marchado.

De camino a la casa, Micaela aprovechó para descargar la batería de preguntas que le tenía preparada. Ninguna sobre su homosexualidad.

—Del tema ya charlaremos después si querés —le dijo un par de veces ella.

Al llegar al porche, lo esperaban sus dos hermanos, sus cuñados, sus tíos y tres sobrinos. Graciana y su mejor amigo, Uriel, aparecieron de sorpresa dos minutos más tarde. Gabriel estaba eufórico. Hasta que se dio cuenta de que uno nunca regresa al mismo lugar.

Su tío Francisco se encargaba del fuego, como siempre, porque además de ser el mejor de la familia, disfrutaba con sus buenas dotes de asadero. Su mujer, la tía Victoria, había preparado una pascualina de espinacas exquisita. Brindaron por el viejo en repetidas ocasiones, y por Gabriel. «Por que ganen el jueves a los brazucas». Había pedido varias invitaciones para que pudieran ir todos al partido, la otra mitad las pagaría él. Mientras sacaban los postes, aprovechó para llamar a sus sobrinos, que jugaban con unos vecinos que se habían pasado por la casa. «Martín Pescador, ¿me dejará pasar? Pasará, pasará, pero el último quedará». Cuando Gabriel escuchó aquella canción, se vio allí, no hacía tanto, con los brazos haciendo un arco, jugando a ser el ángel o el diablo, tensando la cuerda y cantando aquel juego de Martín Pescador. Los críos se acercaron enseguida a su tío, que los llevó hasta donde había dejado el macuto que había traído. Sacó varias camisetas del Racing de Madrid con su nombre y el número once a la espalda. Empezaron a brincar y a abrazar a su tío, y Gabriel sintió envidia de esa felicidad tan simple y sin vuelta de aquellas criaturas.

Siguieron la charla alrededor de algunos licores y Fernet que fueron preparando. Micaela le había dejado lista una de las habitaciones, pero sobre las siete de la tarde regresaría a dormir al predio de la AFA, la Asociación del Fútbol Argentino. Gabriel prefería levantarse ya allí y evitar así el tráfico matutino de un lunes. Micaela le quiso mostrar la casa a su hermano y quedarse a solas con él.

—Mirá, en el *living* hicimos obra para que quedara unificada la cocina. Vení por acá. Este es el cuarto de los chicos, por ahora siguen durmiendo juntos, pero por las dudas Paulo tiene esta pieza para cuando quiera. Es la que tenía preparada para vos. —Micaela hablaba sin parar, aunque con ese tono cálido tan similar al de su madre, como le decía siempre—. ¿Cómo estás, mi amor? ¿Cómo te están tratando en España?

Gabriel apoyó su mano en la coleta rubia de su hermana y empezó a tirar de ella con suavidad.

—Bueno, es complicado. Me tiraron abajo en el equipo estas semanas después de que dijera aquello… Los compañeros se mantienen al margen, alguno se me acerca, pero pareciera que es un tema tabú del que no quieren ni oír hablar. Desde entonces hay muchos que me miran raro, no sé explicarte bien. Igual, yo voy a la mía, ya sabés.

—Te va a hacer bien estar acá estos días. ¿Y lo de papá cómo lo estás llevando?

—Eso es lo jodido, Mica. Hay momentos en los que no caigo todavía, que me creo que me va a llamar o siento que me está viendo jugar. Es como que está, pero no está, y me está costando. A veces sueño con él y me alivia. No sabés lo bien que la pasamos en Madrid, estaba bien el viejo, estaba bien…

—Su hermana lo cortó, llevaba semanas necesitando aquel abrazo. Lloraron juntos y se aliviaron, porque tal vez aquel era el primer paso para seguir adelante, y a solas no lo estaban dando.

—¿Todo bien? —los interrumpió la tía Victoria.

—Sí, gorda, ahí vamos, le estaba mostrando la casa a Gabriel.

Volvieron a la mesa común, que interrumpió la carcajada al ver llegar de la mano a Micaela y a Gabriel. Tomaron un café y advirtieron de la hora para que no se hiciera tarde de más. Primero se levantó él para ordenar su mochila, de la que agarró perfume y un cepillo de dientes. También se cambió de ropa: vaqueros Levis noventeros, camiseta blanca, una sudadera amplia y las All Stars de batalla. Tras asearse, tocaba la despedida. Quiso hacerla corta. Volverían a verse el jueves antes del partido. Francisco, recién jubilado después de cuarenta años como bombero, insistió en llevarlo de vuelta a la ciudad deportiva, tenían media hora de viaje y Gabriel sabía de la afición de su tío a conducir. Se había comprado la *pick-up* que siempre quiso.

—Usé algo de plata de la jubilación, el resto para tu tía y para mí, no necesitamos mucho, nosotros somos felices en la casita de Cariló con los perros y cuando vienen los chicos a vernos —le dijo nada más emprender la marcha—. Contame de vos, hace muchos años que no voy a Madrid, con tu tía hablamos de hacerte una visita, pero no queremos molestar. Capaz cuando esté todo más tranquilo.

—Claro, tío, tienen que venir. Madrid es hermoso, aunque tampoco tuve mucho tiempo de pasear. Con todo lo que pasó, prefiero estar en casa solo tomando unos mates.

—Ay, hijo, lo de Jorge nos pegó duro a todos, no me puedo imaginar la mal que la habrás pasado. Y con lo otro, ¿qué onda? —le preguntó Francisco por lo bajo, tratando de ser lo menos invasivo posible.

—Eso está complicado, tío. El club no me está apoyando, la gente me critica por haberlo contado, me insultan en todos los estadios, incluso en el mío... Desde entonces mis compañeros se han alejado un montón, no me renovaron los dos patrocinadores que tenía y el otro rompió el contrato. El técnico dejó de ponerme y venía jugando bien. Por lo visto prohibieron un acto de apoyo que iban a hacer algunos clubes con unas pancartas, brazaletes, y qué sé yo. El otro día me pintaron la casa... En fin, tío, no es agradable, pero la verdad es que todo eso me chupa un huevo. Lo que me jode es la doble cara que le estoy viendo a muchas personas. Como que además les da miedo acercarse a mí, de no creer —le explicaba su sobrino.

—Lo siento mucho. La verdad es que nosotros estamos muy orgullosos de vos, nosotros siempre supimos todo y te bancamos con todo lo que decidas hacer. Con tu tía decimos siempre que sos un valiente y que seguro que ayudás a muchos pibes y pibas que no se animan a dar ese paso. Y vos, con todos los riesgos que tenía, lo diste. Yo no habría tenido tus agallas, seguro —le respondió Francisco, al que su sobrino descubrió llorando por debajo de las gafas.

—Gracias, tío, gracias.

Gabriel también se contuvo, pero no les hacía falta seguir hablando. Siguieron en silencio, disfrutando de la carretera y de la música, hasta que llegaron a la entrada del predio.

—¿Vos sabés que por aquí entraron solo los mejores? —fue la pregunta retórica de Francisco al traspasar la barrera—. Maradona, Kempes, Batistuta, Riquelme, Messi, mi sobrino…

Le pidió que se bajase del coche para darle un buen apretón.

—Hasta el jueves, disfrutá —le deseó a Gabriel.

43

Álvaro no tenía ningún plan para la semana, salvo entrenar con los pocos que no habían viajado con sus respectivas selecciones y con algunos chavales del filial que subían al primer equipo durante esos días. Él seguía siendo referente para muchos de los jóvenes, pero aquel lunes se dio cuenta de que osaban ignorarlo. Algunos llegaban a la Ciudad Deportiva como si de un desfile de moda esnob se tratara. Tampoco mostraban el respeto a los veteranos con el que la generación de De la Cruz había crecido. Avisó de que asistiría a todos los entrenamientos voluntarios y había hablado con algún fisio para que lo tratara a diario.

El martes se quedó a almorzar en el comedor de la Ciudad Deportiva, apenas coincidió con tres compañeros más que se sentaron en una de las mesas de la esquina. Álvaro llegó después y eligió una del medio, cerca del televisor. Hacía días que no veía el informativo. Israel seguía respondiendo con bombardeos un atentado de Hamás en Jerusalén Este, esta vez en uno de los hospitales principales, el Al-Shifa, donde la mitad de los muertos eran niños. Álvaro interrumpió la comida cuando vio a un pequeño de la edad de Mario ensangrentado, temblando y preguntando por su madre. No había mayor fracaso para el hombre que el no poder proteger a sus hijos. Pensaba que la humanidad se había hundido el día en que la vida de un niño valía más o menos según dónde la perdiera. En el bloque de la información deportiva, conectaron directamente con el corresponsal que seguía a la selección española. Después de contar cómo había ido el entrenamiento matutino, dio paso a las imágenes donde se veían a los futbolistas en una sesión de fotos para la nueva campaña de la marca oficial, la compañía eléctrica que el Gobierno intentaba desprivatizar. También habían aprovechado para realizarse las fotos de cabecera con la equipación que vestirían en la Eurocopa. El informativo cerró con la imagen de los futbolistas de la selección posando, de medio cuerpo, brazos cruzados, algunos con las manos atrás, serios unos, con media sonrisa otros. Pero ni rastro de De la Cruz. Lo justificarían con la no convocatoria del jugador, pero como había pasado con otros compañeros, podría haber acudido a la cita en Madrid. Álvaro no estaba y no querían que estuviera. Dejó el segundo plato sin tocar, se levantó de la silla y se fue. Iba a llamar a su agente, Juanma, pero encontró varias llamadas perdidas suyas al coger el teléfono. Marcó el número y este lo atendió enseguida. Le preguntó de primeras qué estaba sucediendo, aunque para sus adentros la respuesta se posicionaba con claridad.

—Sinceramente, esto no creo que sea por las declaraciones de Salma. Con quienes he hablado estos días, me lo han confirmado. Lo que les escuece es otra cosa, pero no te lo van a reconocer. No tienen los cojones, Álvaro.

—Que pueda ser homosexual. Así que les jode más que pueda ser maricón a un maltratador. Después nos echamos las manos a la cabeza.

—Bueno, no es tan así.

—Sí, sí es tan así.

—Hemos defendido bien tu derecho a la presunción de inocencia con lo de tu mujer. Ahora la gente se acuerda más de que la has demandado por difamación que lo que dijo ella.

¿Viste lo de Johnny Depp con la parienta? —Juanma intentaba distender la charla. Álvaro la terminó en seco.

Ese día Gabriel tuvo un plácido entrenamiento en el estadio donde jugarían el jueves. Caminar por los bajos del estadio del Monumental seguía imponiéndole como la primera vez, pero no tanto como cuando se cruzó con Enzo Francescoli, que trabajaba en las oficinas de River Plate, dos pisos más arriba de los vestuarios. Enzo, el Príncipe, se acercó uno a uno para saludar a todos los miembros de la expedición. Cuando llegó a Gabriel, no le tendió la mano ni le dio un beso en la mejilla. A pesar de no haber coincidido antes, le dio un abrazo y quiso quedarse un par de minutos hablando con él. Cómo le iba en Madrid, sabía lo de su padre, cómo estaba la familia, cómo le estaban tratando en Europa con el tema del comunicado…

—Me enorgullece, pibe, no conocí a chicos de veinticuatro años, recién llegados a España, que la tuvieran tan clara. Fue muy valiente todo lo que contaste, y desde acá te queremos agradecer.

Gabriel tragó saliva, no le salían las palabras. Enzo había sido su ídolo desde pequeñito, aunque nunca lo había visto jugar en vivo. Se había retirado en el 98, con Gabriel siendo casi un bebé. Aun así, había visto los vídeos que guardaba su padre. «El Enzo no corre, patina. Mira cómo se gira, cómo se mueve, es como una bailarina. Yo quería llamarte Enzo, pero tu mamá no me dejó», le había dicho alguna vez su viejo.

—Gracias, Enzo, el que te agradece soy yo. Hiciste muy feliz a mi viejo, y a mí ahora. —Le apretó la mano y le devolvió el abrazo y el beso.

Ninguno de sus compañeros ni de los miembros de la selección le habían comentado nada sobre el tema hasta ahora. La noche anterior la mitad del equipo se había reunido en la habitación del portero suplente, el que apagaba los incendios desde hacía años y el que armaba los asados y las juntadas para unir al grupo. Todos le querían, donde estaba él había risas, música y buenas charlas. Sin embargo, no avisaron a Gabriel para que se sumara y se acabó enterando durante el desayuno de aquella mañana. «Será por ser de los nuevos», pensó. Aunque sí se habían dado cita los tres compañeros que incluso se estrenaban con la absoluta. No se hacía mala sangre, prefería simplificar y creer que tal vez no sabían cómo abordarlo, y que así les resultaba más fácil evitar cualquier charla fastidiosa. Él lo tenía claro, las conversaciones incómodas son las únicas que tenían retorno.

Aquella noche tampoco lo avisaron. Se quedó leyendo en su habitación durante casi tres horas. Hizo una pausa para ir al baño y mirar el teléfono. Tenía una llamada de Álvaro que no quiso devolver. Los separaba un océano y hacía días que Gabriel pretendía aprovechar todas las distancias posibles con él. Tal vez así podría recuperar su calma y dejar que Álvaro se acercara a su vida anterior.

Álvaro miraba la pantalla, no lograba entender. Se sentía caer y caer, y nadie lo sostenía.

España remontó en el tiempo de descuento el gol de Alemania y ganaron por la mínima. Ya estaban en la Eurocopa, los medios alababan los méritos de los jugadores y su entrenador. Nadie se acordó de De la Cruz, que apagó la tele en cuanto llegó el pitido final. Tan solo un veterano periodista le escribió un mensaje: «Esto también es tuyo, ánimo». En el descanso se había tomado un par de ansiolíticos, así que una hora después ya no le costaba tanto dormir. Cuando fue a responder al periodista, que llevaba un tiempo en el paro por problemas con el alcohol, o al menos eso había hecho correr la voz en la profesión, se dio cuenta de que ya veía borroso y los dedos no le obedecían. Cerró los ojos y no se movió en toda la noche. Al día siguiente era turno de Gabriel con Argentina.

Amaneció gris en Buenos Aires y, al abrir el ventanal, le llegó un olor a combustible que lo llevó al barrio. Cerca de donde jugaban a la pelota cuando eran niños, había uno de los cientos de sitios repartidos por la ciudad donde se quemaban coches. Era un aroma bien porteño.

Encendió su iPad y leyó antes la prensa española que la local. Quería ver lo que se decía de la selección de Álvaro, aunque su nombre parecía que había desaparecido de los méritos de España. Imaginó cómo estaría, tuvo la tentación de llamarlo, pero prefirió mantenerse alejado el mayor tiempo posible.

Bajó a desayunar con el resto de los compañeros y salió al jardín de las instalaciones de AFA. En uno de los bordillos que separaba la zona de recepción del césped, se sentó con un par más a tomar unos mates. Enseguida se unieron los utilleros y cuatro jugadores más. Charlaban, reían, y ninguno hizo mención del partido de esa noche. Le preguntaron por Madrid y compararon ciudades con los que vivían en Roma, Londres y París, que eran unos cuantos. Todos extrañaban Argentina, y Gabriel se quedó pensando sobre aquella conversación. Él no pensaba en su país cuando estaba lejos, era una sensación extraña. Ni siquiera echaba en falta ciertas costumbres o alimentos, porque en Madrid conseguía de todo y encontraba argentinos por todos lados. Lo único que extrañaba era a su familia, aunque sabía que eso sería así en cualquier parte del mundo, aunque viviera de nuevo en Devoto, su barrio de la infancia. Entonces lo que echaba de menos era saber que su madre lo esperaba en casa o que su padre aparecería sin haber avisado de que contaran con él para comer.

Después del almuerzo, todos se fueron a sus habitaciones para descansar. Gabriel fue incapaz de dormir ni un minuto, pero al menos se relajó. Compartía habitación con otro de los jóvenes de la selección, Angelito, un chaval que hacía menos de un año que se había marchado a Turín a jugar y sobre el que decían que le podía la presión. Se había criado en una de las villas más peligrosas de Rosario, dos de sus hermanos habían aparecido muertos, envueltos en ajustes de cuentas relacionados con el narco que acampaba con total impunidad por la ciudad rosarina. Su madre también había fallecido hacía un año de cáncer, así que fue uno de los temas que los unía sin ni siquiera haberlo comentado. Llevaba el peso de toda su familia desde que era un adolescente, y tal vez confundían su hermetismo y desconfianza con una debilidad mental que en realidad en el terreno de juego no demostraba. Apenas hablaba y se sabía que tenía problemas para escribir. Apenas había estado tres años escolarizado, sabía leer lo justo y quizá por ello ya era la segunda vez que sus representantes lo traicionaban con los contratos. A Angelito lo podías engañar con las letras, pero no con las palabras. Escuchaba más que hablaba y su picardía era sublime, igual que en el campo. Era su última oportunidad para demostrar que merecía estar en la Copa América. Ya no había más *chances*, y el Monumental iba a ponerle a prueba en el partido más importante para Argentina de los últimos dos años.

Tras el rato de siesta, estaban citados a las cinco y cuarto para la merienda y la charla técnica, antes de partir hacia el estadio. A Gabriel siempre le había llamado la atención cómo el paso de las horas previas a un partido aumentaba al unísono el silencio entre la expedición. Ya no había bromas ni temas que comentar, tan solo alguna frase suelta al subir al autobús. A partir de entonces, casi no se dirigían la palabra. Desfilaban hacia el vestuario en una procesión de caras concentradas, auriculares a cada cual más grande, neceseres en un regazo y el mate en el otro.

Gabriel jugaba de titular de extremo, sabía que el lateral brasileño que le tocaba por su lado era un tiro al aire y tácticamente resultaba caótico en muchos partidos. Le gustaba demasiado irse al ataque y el argentino sabía que eso era lo que tenía que aprovechar, además, era mucho más rápido y hábil que él.

En la Ciudad Deportiva del Racing, Álvaro había cumplido con lo pactado. Realizó una doble sesión de entrenamiento, más de una hora en el gimnasio, se citó con los fisioterapeutas a media tarde y trató de llegar lo más tarde posible al hotel. Se llevó la cena del comedor del club para así no tener ni que hablar con recepción para encargar algo que llevarse a la boca. Se había reventado físicamente y esperaba caer dormido enseguida. Esa vez no le hizo falta tomarse ninguna pastilla, no le dio tiempo ni a comerse el postre ni a apagar el televisor.

La primera parte en el Monumental no había acumulado más de tres pases seguidos. Las entradas y los encontronazos entre los futbolistas eran cada vez más intensos y constantes, así que al árbitro se le estaba yendo el partido de las manos. El descanso sirvió para bajar pulsaciones, aunque nada más retomarse el juego volvieron las patadas a destiempo y las tanganas que nunca llegaban a nada. Gabriel era el único que no entraba en piques, estaba recibiendo la mitad de las faltas, y parecía que solo él podría destrabar el partido. Recibió en el costado izquierdo, dejó sentado al primer defensa, dribló al portero y a puerta vacía falló. A los cinco minutos, el seleccionador lo sustituyó por Angelito. Cuando se retiraba del campo, escuchó varios cánticos de la hinchada de Brasil. «Puto maricas», como decían ellos. Se limitó a mirar al frente, abrazar a Ángel y decirle al oído antes de saltar al campo: «Disfrutá».

La primera que tocó el joven Ángel se la robaron cuando andaba desprevenido y provocó el contraataque de los brasileños. Corrió hacia atrás como el que más y consiguió recuperarla. Se la pasó a un compañero, continuó la jugada hasta el área, la recibió y después de un control que dejó mudo al estadio, la coló de lleno en la escuadra. Lo subieron en volandas, lleno de júbilo, y aquel gol supuso la victoria de Argentina. Y con ella, la clasificación directa para la Copa América. Todos los *flashes* lo iluminaban, todos los periodistas querían acercarse al nuevo ídolo de un país al que la pasión desmedida le hacía convertir en héroes y en villanos a los suyos en cuestión de segundos.

Mientras tanto, al otro lado del charco, Álvaro dormía. Los días pasaron como estaban previstos. Seguía dándose palizas en la Ciudad Deportiva, Gabriel recibía las críticas de la prensa argentina, solapadas por la victoria también ante Perú, y no hablaron en lo que restó de semana. El lunes, un día antes de que Baroli se enfrentara a España, De la Cruz le mandó un mensaje: «Espero que estés bien. Te echo de menos. Nos echo de menos». No quería contestar, pero al fin lo hizo: «Yo también». Hasta el jueves no volverían a verse las caras en el entrenamiento.

44

Argentina había ganado en Perú, con Gabriel en el banquillo y Angelito saliendo de Lima por la puerta grande. Álvaro llevaba tres días con fiebre, sudores fríos, pesadillas, náuseas y expulsando todo lo que su cuerpo necesitaba vomitar. Dormía gracias a las pastillas, cada vez más fuertes y en mayores dosis. Apenas comía y en el entrenamiento del miércoles había tenido una sobrecarga muscular que quiso ocultar al resto. No quería perderse el del jueves, ya con Gabriel y, menos aún, el encuentro del fin de semana, con el que tal vez podría resarcirse de su ausencia con la selección y de todas las debacles sufridas últimamente.

Gabriel llegó a la Ciudad Deportiva casi sin descansar, salvo por alguna cabezada que había dado en el vuelo de regreso. Se habría quedado en Buenos Aires con tal de no volver a tener de frente a Álvaro. Le generaba ansiedad solo de pensarlo. Sentía que tan solo con tocarlo podría romperle en pedazos, hacerle caer cada vez más. Pensaba que si nada hubiera pasado, seguiría viviendo feliz con su familia, liderando al equipo y el fútbol español, de no ser por haberse enamorado de él y permitir que Álvaro también lo hiciera. Creyó que, no acercándose de nuevo a él, podría volver atrás. Pero ¿acaso hay retorno en caminos de solo ida?

«Buenos días» fue el saludo generalizado entre ambos y todos los compañeros. Fue una sesión suave para los que habían tenido viaje de por medio, por lo que no coincidió demasiado con Álvaro, e hizo lo posible por estar en rondos separados. En uno de esos ejercicios, donde se escuchaban las risas y los vaciles desde el campo anexo, a De la Cruz le había tocado estar en el medio tratando de cortar la pelota. De repente, lo único que se oyó fue cómo unas botas segaban el césped con fuerza desmedida directas a la espinilla de Nacho, uno de los defensas que más tiempo llevaba en el equipo y al que era imposible verle una mala cara. Gritó, le había hecho daño, y agarró del cuello a Álvaro, que no respondía. Se quedaron mirándose a los ojos a apenas dos centímetros de distancia.

—Qué te pasa, tío, a mí tus mierdas me importan tres cojones. Relájate o pírate de aquí —le reprochó Nacho.

Todos los miraban, incluido Gabriel, al que se le iba a salir el corazón. No hubo respuesta de Álvaro, que abandonó el rondo y se fue a lanzar tiros libres en solitario. François se le acercó y lo invitó a marcharse al vestuario. Sin levantar la vista, aceptó. De camino, chutó uno de los balones hacia el graderío, donde observaban algunos periodistas del club. Sabían que en el canal oficial aquellas imágenes jamás deberían salir, pero órdenes de arriba pidieron que aparecieran en el informativo de ese mediodía.

Al día siguiente, no hubo portada en los medios deportivos, incluso en los generales, que no publicaran la imagen de Nacho agarrando del cuello a Álvaro mientras este apretaba los dientes. La mayoría también mostraba toda la secuencia bajo los titulares «De la Cruz, sin rumbo»; «De la Cruz pierde los papeles con sus compañeros»; «De la Cruz, contra el mundo»; «De la Cruz lo paga con sus compañeros»... Fue la noticia del día y el director deportivo le comunicó que quedaba apartado del equipo y, por ende, no sería convocado para el próximo partido. Se jugaba el domingo en casa, y lo único que le alivió fue pensar que el viernes evitaría compartir la concentración en el hotel con sus compañeros, a los que no quería verles la cara, tampoco la de Gabriel, que lo seguía ignorando. Álvaro estaba cada vez más desquiciado y se descubría maldiciendo al argentino, ese niñato caprichoso que le acababa de joder la vida.

El jueves por la tarde recibió una petición de entrevista del medio más leído en España. Le proponían «un lavado de imagen que te vendría muy bien». Álvaro no quería, no tenía ganas ni fuerzas, y seguro que su abogado se la desaconsejaría. Amablemente le dijo al periodista que no podía, que esperaba que lo comprendiera y que más adelante verían. Esa misma noche, el programa de radio que pertenecía al mismo grupo mediático y que presentaba el susodicho periodista abrió su antena con un discurso atroz sobre De la Cruz, atribuyéndole actitudes nefastas y contando supuestos episodios de su vida extradeportiva que dejaban entrever gran inquina y despecho por haberle sido negada la entrevista. Lo acusó de tener una muy mala relación con sus compañeros y los miembros del cuerpo técnico, con faltas de respeto físicas y verbales que el club había tapado, incluyendo ausencias a entrenamientos, incumplimientos del código interno, una mala vida, más nocturna que diurna, e incluso llegó a insinuar que tenía adicciones a ciertas sustancias. También añadió que en el equipo estaban hartos de sus desplantes, su mal rendimiento, sus escándalos personales y que, por tanto, se encontraba en un estado no apto para jugar al fútbol. Después del linchamiento radiofónico del presentador, ninguno de los que lo acompañaban en el estudio salió en defensa del jugador.

Álvaro no escuchó nada del programa, que había arrancado en la medianoche, pero sus abogados sí, y ya preparaban otra demanda al periodista por injurias a su defendido. A primera hora de la mañana se lo comunicarían, de camino al entrenamiento. Su reacción les sorprendió, ya que, en lugar de mostrar, por lo menos, indignación, calló y dejó en sus manos las acciones legales «que consideraran oportunas». Entrenó alejado de sus compañeros y enseguida se fue con uno de los preparadores físicos al gimnasio. Gabriel no sabía nada de lo sucedido en el programa.

Ya era viernes, se suponía que un día tranquilo, pero no para todos. Mientras Álvaro estaba en la camilla tratándose, casi medio equipo se acercó a hacerle un gesto de cariño y contención. Fueron más de los que esperaba y, después de mucho tiempo, volvió a tener esa sensación de camaradería que se había perdido por el camino. Fue agradeciendo con un choque de manos y algún guiño de ojo. No había demasiado que decir, hasta que se acercó Raúl, el preparador físico.

—Hace más de diez años que nos conocemos, Álvaro. Te he visto en todas y sé que vas a superar esto mejor de lo que crees. Sé también que estás viviendo en un hotel, ¿por qué no te vienes a casa unos días? Te irá bien no estar solo, tío. He preparado una habitación para ti —le estaba ofreciendo cuando apareció Gabriel—. Bueno, no tienes que decidirlo ahora. Llámame cuando quieras, ¿vale? —terminó Raúl, que recibió el abrazo de un Álvaro que no era capaz de repetir más que «gracias». Gabriel cogió una silla y la colocó al lado de la camilla.

—¿Cómo estás? —le preguntó el argentino.

—La verdad que más tranquilo de lo que debería. Supongo que esta es solo una más, ¿y tú?

—Bien, ahí vamos. Entiendo si preferís no hablar, pero si querés te explico más tarde.

—No te preocupes, hoy tengo miles de historias que hacer y por la tarde tengo al niño —respondió De la Cruz, a sabiendas de que todo aquello era mentira y que Gabriel lo sabía.

Se apretaron los dedos y los nudillos para despedirse, y en aquella víspera no hubo visita de Mario ni tareas pendientes. De hecho, no hubo nada, salvo varios ansiolíticos de merienda y dormirse vestido hasta el sábado, cuando por suerte la luz del amanecer lo despertó a tiempo para ir a entrenar. Aquella mañana ya nadie lo compadecía, y en parte, lo prefería. «La compasión es siempre para los perdedores», pensó.

45

De la Cruz no asistió al partido del domingo, al que lo habían vuelto a dejar fuera de la convocatoria por «molestias musculares». Decidió no ver a su equipo ni por televisión; ganaron y volvían a ser líderes, a dos puntos de ventaja del segundo y con dos jornadas por delante. Baroli había visto el encuentro, íntegro, desde el banquillo. Tan solo salió a calentar en el descanso, cuando se escucharon algunos gritos perdidos: «Sudaca maricón». Pero nadie pudo o quiso localizar su origen, subieron el volumen de la música e hicieron que pareciera que solo Gabriel lo había escuchado.

La semana siguiente Álvaro siguió entrenando apartado del grupo. Fue de las más tranquilas en los últimos meses y pasó sin sobresaltos, como si su ausencia hubiese devuelto toda la calma al ambiente. Las revistas del corazón hacían su agosto con la historia de De la Cruz, su separación de Salma, y recogían testimonios de amigos y exnovias que ponían en duda su heterosexualidad: «Su matrimonio fue siempre una tapadera»; «Su mujer siempre sospechó que Álvaro mantenía una relación con un compañero de equipo»…

El sábado se la jugaban en Málaga y De la Cruz tampoco viajaba con el equipo. Empataron a uno, y su perseguidor había conseguido los tres puntos, así que todo quedaba visto para sentencia el próximo fin de semana, en su propio estadio.

El lunes por la mañana François sorprendía a todos yendo a buscar a Álvaro al vestuario y pidiéndole que lo acompañara al campo principal de entrenamiento. Por el camino le informó de que volvía ese mismo día a entrenar con sus compañeros y que lo necesitaba al cien por cien para el fin de semana.

«Estoy a tope, míster, confíe en mí» era todo lo que necesitaba oír el técnico, y lo escuchó.

Cada mañana, Álvaro fue el mejor, y aunque el presidente pidió explicaciones a François por su decisión, que además había sido tomada sin consenso alguno, hizo todos los méritos para volver a ser titular en el partido más importante de la temporada. Si ganaban, saldrían campeones. Si empataban debían esperar la derrota del segundo, el Barça. El domingo a las cinco era el día D y De la Cruz iba a jugar. Había logrado, no sabía cómo, evadirse del ruido externo. Solo pidió poder ir el jueves a buscar a Mario al colegio. Se había ilusionado con poder pasar la tarde con él, pero al llevarlo a su casa, no lo dejaron entrar, no importó que siguiera siendo suya.

—Orden de la señora —le dijo la niñera cabizbaja.

Álvaro ni respondió, abrazó a su pequeño y le prometió ir a buscarlo pronto con la copa de campeón.

—Y marca un gol, papi.

—Soy defensa, mi amor, pero lo intentaré.

El domingo a las tres y media, Madrid estaba colapsado y la avenida que moría en el estadio se hallaba repleta de aficionados esperando al bus de su equipo. Al divisarlo en la esquina, bengalas y cánticos extasiaron a mayores y niños, al grito de «campeones». Entre los aclamados no estaba De la Cruz, pero iba a ser titular y nada más le importaba. Tenía una oportunidad redentora y buenos presagios.

No cabía nadie más en las gradas, decoradas con varios mosaicos especiales para la ocasión. François se acercó al banquillo visitante para saludar al entrenador rival de forma efusiva, a pesar de que era la primera vez que coincidían. Las caras serias de los jugadores contrastaban con la de los presidentes del Racing de Madrid y de la Real Sociedad, que charlaban con el presidente del Gobierno, quien nunca había escondido su amor por el club rojiblanco. Se había batido récord de medios acreditados y habían asignado al árbitro mejor valorado de la liga para que midiera el encuentro. La cara había salido del lado de los locales, así que arrancaron ellos. Primer pase atrás que recibió De la Cruz, y puso rápido para Gabriel, que recibía en el extremo izquierdo y dribló con facilidad al lateral donostiarra. Casi en la línea de fondo, dio un pase atrás que por centímetros no aprovechó el delantero centro. Fue el primer «Uy» de la tarde.

La gente trataba de llevar en volandas a los suyos, pero en los últimos metros, a los racinguistas les faltaba claridad, y la Real se cerraba muy bien atrás. Pasaban los minutos y no había forma de meterles mano.

Casi en los minutos finales, la ansiedad crecía porque llegaban las noticias de la goleada del Barça, así que estaban obligados a meter por lo menos un tanto. La Real no había chutado a puerta en todo el partido, se limitaba a defender y a cometer muchas faltas en cuanto el Racing tenía el balón. Todo auguraba que el gol rojiblanco iba a llegar, pero no ocurría. A cinco minutos del final, Álvaro recibió un balón al pie de su portero. Lo controló sin saber que tenía a uno de los atacantes de la Real detrás de él. Se le vino encima otro de los delanteros a presionarle y, cuando se disponía a dar un pase largo, decidió en el último instante cedérsela a su portero. Nunca vio al delantero que le perseguía la espalda y tampoco nadie lo avisó. Pero aquella fue su cruz. El jugador de la Real aprovechó el regalo y el guardameta del Racing no pudo hacer nada para evitar el gol. El estadio entero enmudeció. Los compañeros de Álvaro se echaban las manos a la cabeza, el portero juraba en arameo y él bastante tenía con seguir en pie. Volvía a faltarle el aire, y pensó que iba a caerse. A muchos metros se encontraba Gabriel, que no le quitaba ojo y que era lo único que lograba distinguir entre todo aquello que para él se había convertido en humo de colores y ruidos indescifrables. «Respirá, Álvaro», le decía a lo lejos. Y poco a poco, Álvaro empezó a recuperar el aliento. Sabía además que todas las cámaras estarían emitiendo su rostro.

El árbitro reanudó el partido mientras los aficionados rojiblancos seguían con sus quejas, que se convirtieron en una pitada tremendamente sonora cuando De la Cruz volvió a tocar la pelota. Después fue el turno de Gabriel, estrellado una y otra vez contra la defensa rival, que intentaba pararlo con duras entradas que ya ni le molestaban. Quería que acabara aquello e ir a abrazar a Álvaro. Final. Un estadio ensañándose con un jugador. Algunos aficionados trataban de callar aquella cacería con poco éxito. Los futbolistas de la Real consolaban a los racinguistas, que pedían perdón a la grada, otros lloraban y algunos permanecían tumbados en el césped, incrédulos y abatidos. Álvaro se había quedado cerca del área que defendía y que esa tarde le había condenado. Con los brazos en jarra y la mirada perdida hacia la nada, rompió en llanto. Echar a andar hasta el túnel de vestuarios le parecía un camino al matadero, aunque allí expuesto, en medio de aquel estadio inmenso, con miles de personas a las que no conseguía diferenciar el rostro, le resultara su propio crematorio. De repente todo aquel ruido le dejó sordo, ya no veía, no escuchaba y respirar le seguía costando. Hasta que sintió que era la voz de Gabriel la que le hablaba mientras su pecho lo abrazaba. No entendió lo que le decía, pero se dejó llevar y empezó a caminar con el brazo del argentino sosteniendo su cintura.

—Vamos, Álvaro, vamos. Ya nos vamos de acá.

El vestuario era un tanatorio, alguien había muerto y Álvaro era el culpable. Sin embargo, casi todos los compañeros intentaron animarlo. Era imposible, De la Cruz no tenía consuelo, lloraba en la ducha, a solas, y se largó pidiendo perdón a todo aquel que se le arrimaba. Se marchó en su coche rumbo al hotel, pero antes, el jefe de seguridad le advirtió de que lo acompañaría un escolta y que un par de motos de policía le irían abriendo camino. Ya estaba avisado de que la salida del estadio sería complicada, donde lo esperaban cientos de aficionados para increparle. Detrás de aquella comitiva improvisada, lo seguía Gabriel con su vehículo. Alcanzaron hasta ciento veinte kilómetros por hora por las avenidas de Madrid, así que enseguida llegaron al hotel de Álvaro, que entró directo a la habitación desde el garaje. De camino, Gabriel le había mandado un mensaje: «Voy detrás con mi auto, avisá que subo a tu habitación». Le dio el OK y, nada más entrar, llamó a recepción para que le dejaran pasar al aparcamiento privado y subir a la séptima planta.

Había pasado demasiado tiempo desde que ambos no se tenían uno delante del otro, a solas. Álvaro le había dejado la puerta entreabierta y, mientras tanto, se había servido una copa de vino que aún quedaba de la botella de tinto. «El alcohol calma y ahuyenta», decía siempre. Se sentó en una butaca que arrimó al balcón. Corría el aire, pero seguía sofocado, más cuando Gabriel le avisó de que ya estaba subiendo. No se levantó, lo esperó sentado y el argentino entró sigilosamente. Álvaro se giró y se topó con su mirada. En ese instante ambos supieron que los intentos de alejarse, cada uno a su manera, habían sido inútiles, solo servían para comprobar que, a menudo, no hay nada más poderoso que lo que uno calla. Ninguno se atrevió a preguntar por qué. Para qué si sabían la respuesta. Contenerse y distanciarse había sido especie de protección mutua y absurda, que ambos habían establecido a sabiendas de que fracasarían. Pero tal vez el intento podría amedrentar la culpa.

Ya podían descansar, no sin antes meterse uno dentro del otro hasta que les abatió el sueño. Durmieron aliviados por el aire que entraba por la terraza, agarrados del antebrazo, casi en cruz, como si hubieran quedado en tablas después de la lucha. Los dos habían imaginado demasiadas veces cómo sería ese reencuentro, quién besaría a quién primero, si hablarían antes de tener sexo o si no volvería a ser lo mismo de siempre. Pero como sucede cuando tratas de adivinar lo impredecible, nada de todo aquello ocurrió. Fue así, tal y como debía ser. Y los dos dieron entrada a la madrugada con un alarido que selló todas aquellas ganas contenidas durante semanas.

Sin recurrir a una ninguna conversación, ambos habían entendido esa noche que no podían estar juntos, al menos por el momento. También sin comentarlo, los dos tenían en mente la Eurocopa y la Copa América, que arrancaban en pocas semanas y que pronto deberían empezar a preparar, a miles de kilómetros el uno del otro.

Antes de que amaneciera, Gabriel se vistió para irse antes de que Álvaro se despertara. Creía que marcharse en ese momento no empañaría todo lo demás, y así lo hizo. De la Cruz recibió un beso en la mejilla haciéndose el dormido. Él tampoco tardaría en levantarse de la cama, estaba inquieto y su mente más autodestructiva le tentaba para mirar la prensa del día. No pudo remediarlo y se metió en las redes sociales y en los tres medios más leídos. Todos decían los mismo y su rostro, con la mirada perdida y un gesto con la boca poco habitual en él, giraba por todos los rotativos. Algunos se preguntaban: «¿Qué le pasa realmente a De la Cruz?».

Álvaro se encerró en el hotel durante casi una semana, esperando con desesperación la lista definitiva del seleccionador español. Gabriel aprovechó para marcharse una semana a recorrer las costas de Cádiz. No quiso tomarse ningún avión ni tren, extrañaba ir en ruta tomando mates como cuando de pequeño viajaba con la familia a Mar del Plata y paraban por el camino para comprar medialunas y fruta en los puestecitos ambulantes al borde de la carretera, donde empezaban a salir los primeros brotes de soja casi del asfalto. Tenía unos setecientos kilómetros hasta Tarifa, donde llegó justo para ver el atardecer en la playa de Los Lances. No recordaba uno así desde que contempló la costa uruguaya. Paseó por el pueblo amurallado, por sus callecitas blancas y empedradas, todavía sin los miles de turistas que colapsaban el lugar durante los meses de julio y agosto. Por la mañana se acercó a la playa de Valdevaqueros y se le fueron las horas observando las filigranas de los *kiters* y se llevó una ensalada y un par de cervezas hacia las dunas de Bolonia. Apenas tenía datos para recibir mensajes y el modo descanso le privó de cualquier llamada. Al día siguiente se acercó a Zahara de los Atunes y llegó a última hora a El Palmar. Allí permanecería dos noches, en una de las pocas casitas de piedra y madera que quedaban por la zona. De nuevo la vida le regaló una caída del sol de esas que te recuerdan a todas aquellas personas que se van sin avisar. ¿Seguirían igual? ¿Acaso quien llega a la vida de uno y arrasa con todo sigue siendo el mismo? Lo que parecía seguro era que él había cambiado y sabía qué le había traído hasta allí. Todo.

Decidió pasar las últimas noches en un hotelito de Los Caños, en una habitación con vistas a la playa de la Lulú. Todavía era un lugar ocupado por los más hippies de la zona, pero empezaba a ser conquistado por urbanitas ansiosos de fotos de atardeceres y *looks* surferos que colgar en sus redes.

Graciana había intentado contactarle y lo logró después de varios días. Quería contarle que en Argentina había sido protagonista en un par de programas de chimentos. Al parecer, un chico había salido contando que mantenía una relación con Gabriel desde hacía dos meses, y que incluso el futbolista le habría pagado los billetes a España y estaban «muy enamorados y prendidos en fuego y pasión». Antes de colgar el teléfono, le pidió a su amiga que no le volviera a contar nada sobre el asunto, no quería saberlo.

El último día compró algo de cena para comer en su balcón. Lo único que podían abarcar sus ojos era el Atlántico, en su más completa plenitud, envolviéndolo en una soledad que lo ahogaba cada vez que pensaba en Álvaro. Quería esperar despierto para ver la puesta de luna, que calculaba que sería como a las cinco de la madrugada. Después de dormitar casi tres horas en la butaca, consiguió despertarse a tiempo para verla. Al día siguiente debía regresar a Madrid, quería hablar con Álvaro y decirle que no había dejado de pensar en él con una intensidad que hasta entonces no se le había dado nunca. Esperaría a la lista de la Copa América y de la Eurocopa, previstas para el mismo día, y después lo citaría en algún lugar para celebrarlo y mostrarle todas sus cartas.

46

Gabriel Baroli, descarte de última hora de Argentina.

Nadie lo había llamado antes, sí después. Pero no el seleccionador, sino uno de los miembros de la AFA que no le dio argumento alguno de su ausencia, simplemente se limitó a trasladarle el agradecimiento del cuerpo técnico por su compromiso y su rendimiento en los últimos meses con la selección absoluta. Además, los números lo abalaban y eran los mejores de todos los convocados de los últimos dos años. No tardaron en especular con que los motivos se debían a cuestiones extradeportivas, y se filtró que la decisión había sido tomada para evitar ciertas reticencias en el grupo, no por su condición de homosexual, sino por las últimas informaciones que habían salido sobre su vida privada y que podrían desestabilizarlos a él y a sus compañeros. ¿Por qué nadie le preguntaba cuánto de cierto había en todo aquello?

Álvaro lo llamó. Gabriel le cogió el teléfono con un «Felicitaciones», porque ya sabía que se iba con España a jugar la Eurocopa.

—No, Gabi, esto ya no tiene sentido. Yo ya viví esto, tú te merecías estar en esa Copa América. Has sido el mejor, son unos cabrones, ¿cómo te van a dejar fuera? No nos quieren, Gabi, para ellos somos unos maricones viciosos. Habla con tu abogado, no sé, hagamos algo.

—Chisss —le espetó Gabriel al otro lado—. Calma, estoy bien, ya se va a acomodar todo. No me voy a calentar, vos andá a Italia y trae la Copa por mí.

—Esto no puede quedar así. ¿Dónde estás? ¿Qué vas a hacer?

—No, no va a quedar así, el tiempo sabe. Estoy en Madrid, creo que en cuanto empaquete algunas cosas, desaparezco de acá.

—Voy para tu casa —cortó Álvaro.

Al cabo de un par de horas, apareció con Mario, le habían dejado pasar esa tarde con él para despedirse antes de quedar concentrado con la selección. Le había avisado de que no tenía mucho tiempo, pero no de la compañía. Al verlos en la puerta uno al lado del otro, se le detuvo media vida en los ojos. Mario era un calco de su padre, se paraban igual, con la parte izquierda sobre el otro lado del cuerpo, con los hombros rectos, y ese perfil idéntico que imaginaba cada noche antes de dormir. El pequeño fue el primero en saludar, mientras se aferraba a la pierna de su padre y cubría su mejilla sonrojada. Gabriel miró a Álvaro y se descubrieron llorosos.

—Hola, Mario, ¿cómo estás? Yo soy Gabriel, compañero de tu papá, aunque me dijeron que sos vos el que mejor juega al fútbol.

El niño le observaba los labios detenidamente mientras le hablaba, sorprendido por el acento y el voseo con el que le trataba. Le dio la manita, tímido, Gabriel se arrodilló a su altura y lo abrazó. Cuando fue a retirarse, sintió que Mario seguía enroscado en sus brazos y esperó a que fuera él quien deshiciera ese primer encuentro. Le siguió Álvaro, que por primera vez era, de los dos, el que sostenía. Gabriel estaba partido en dos, pero apretó la garganta para no llorar delante del pequeño, que ya había pasado dentro y se entretenía con un balón que había encontrado sobre una repisa. Le ofreció merienda, y Álvaro le recordó que apenas tenía tiempo, había prometido entregar a Mario a su cuñado a las siete y eran casi y media.

—Bueno, preparo un café rápido.

Charlaron acerca de la llamada que había recibido de la federación argentina, de los compañeros que le habían escrito, que no eran muchos, pero más que suficientes. De los planes que tenía.

—Estoy pensando en irme al único lugar donde ahora quiero estar —le contó Gabriel. Álvaro dio por hecho que sería Buenos Aires—. ¿Cuándo tienen que estar ustedes en Italia? ¿Te van a llevar a Mario?

—Mañana nos concentramos y pasado ya salimos para allá, nos quedamos en Milanello durante la fase de grupos.

Ninguno estaba registrando toda aquella información, lo único que deseaban era decirse cuánto se iban a echar de menos.

—Tú eres mejor que mi papá —interrumpió Mario, que soltó una carcajada.

Distendió aquel aire cargado y distinto a todos los anteriores y empezaron a jugar los tres con el balón en el jardín. Diez minutos después, Álvaro le pidió a su hijo que se despidiera de Gabi.

Le dio de nuevo un abrazo, este más tierno si cabía, y salió corriendo a por la pelota para aprovechar los últimos zapatazos antes de tener que marcharse. Así que allí estaban uno enfrente del otro, amándose más que nunca y reprimidos como siempre. Cuando Álvaro y el niño salieron, el portón sonó tan fuerte que hizo temblar la fachada y las piernas de Gabriel. Le recordó a aquellas veces en las que su padre salía de casa y no sabía cuándo regresaría, a veces eran días, meses e incluso años. Desde entonces, siempre que alguien se marchaba, se hacía la misma pregunta. «¿Cuándo volverá?». Nunca había respuesta, y temía cuestionarla en voz alta, por si le acechaba un «no lo sé», y aún le latía de forma más feroz ese pecho que sentía abandonado en la duda y en una intuición que no solía fallar. Le consoló saber que podría verlo por televisión, aunque su intención seguía siendo la desaparecer en alguna playa uruguaya.

47

No se lo habían advertido, pero ambos eran conscientes de que la distancia entre ellos no iba a ser solo continental. Álvaro creía que así podría estar más concentrado en la Eurocopa, posiblemente la última gran competición que disputaría con la selección española. Y Gabriel se había convencido de que lo mejor para los dos era no acercarse a Álvaro por si le dañaba. «Quien más te quiere más te hiere», se repetía convencido.

Llevaban ya tres días de entrenamientos preparando el partido inaugural contra Grecia del miércoles. Lo hacían en Milanello, un complejo deportivo que pertenecía al Milán y donde acudían cada día decenas de aficionados y periodistas. Álvaro ya había notado que las cámaras lo perseguían y enfocaban minuciosamente sus gestos, los comentarios con compañeros y las reacciones a los pitidos de algunos aficionados. En realidad, su rostro no se inmutaba, allí no había nada que le pudiera alterar. Todo estaba en su habitación, donde permanecía aturdido durante horas hasta que el efecto de los ansiolíticos lo dejaba en paz. No había dicho nada al respecto a los médicos ni al psicólogo de la selección, que se había ofrecido a recibirlo esa semana. Álvaro le mintió diciéndole que ya se encontraba realizando terapia y que le estaba ayudando mucho.

El fin de semana pasó en un santiamén y enseguida llegó el encuentro. Golearon a los griegos y Álvaro apenas tuvo trabajo en defensa. La prensa española empezaba a colocar a la selección como favorita, junto con la anfitriona, Italia, con quien, por tema de cruces, no podría encontrarse hasta la final, si es que llegaban.

Eran varios los países que habían decidido disputar sus partidos con el brazalete del arcoíris para representar la lucha contra la homofobia en el fútbol. España había decidido que no, aunque fue cosa de la Federación y ni lo consultaron con sus jugadores. No obstante, en un par de ruedas de prensa de esos días, se les preguntó por el tema a cinco jugadores españoles y todos repitieron la lección asignada: «Nosotros somos futbolistas y no nos metemos en esos temas, estamos concentrados en el próximo partido y ese tipo de decisiones no nos corresponde tomarlas a nosotros». Sonaba a la retahíla habitual de los futbolistas ante los micros sobre cualquier tema que no fuera deportivo. Había sido aprendida desde jóvenes y si no era el club, el representante o el asesor de comunicación quienes les preparaban ese discurso. «No me interesa la política, yo juego al fútbol», como si vivieran fuera de la sociedad, como si la política de un país a ellos los absolviera como nubes que flotan y no pisan el mismo suelo que cualquiera de sus compatriotas. En realidad, hacían lo que podían y tenían miedo a dar su opinión por si la prensa la tergiversaba y se metían en problemas. ¿La Solución? No hablar de ello. Y el que quería hacerlo acababa siendo silenciado o arrastrado por la multitud.

Ahora tocaba pensar en ganar a Hungría y Serbia para alcanzar la siguiente fase. Así fue, y los esperaba Bélgica en octavos. Los números de España rozaban la perfección, incluidos los de Álvaro, siendo además el conjunto menos goleado hasta entonces. Lo que más había disfrutado era ganar en el último minuto a Serbia, después de soportar durante todo el partido insultos homófobos por parte de un sector de la afición serbia, que se había aprendido muy bien lo de maricón, y que el resto pasó por alto. No se hablaba de ello, parecía que así se había impuesto en el equipo, y la mayoría de los compañeros preferían no sacar el tema por si acaso incomodaban a Álvaro. Él no tenía reproches para nadie, tan solo para sí mismo. Un par de pastillas ya no servían de nada, así que había noches en que se dormía con cinco en su estómago.

Solventaba los partidos tal y como lo haría una máquina programada. Y así, sin detenerse a pensar en nada, ganaron a los belgas y a los holandeses en cuartos. Rusia, país que un mes antes había declarado ilegal cualquier manifestación LGTBI, se había colado en semifinales contra todo pronóstico. Les vencieron 0-1 con gol de cabeza, a mitad del encuentro, de De la Cruz. Botaron un córner, él forcejeaba con la defensa rusa, que eran torres aguerridas con dos centrales que se habían pasado el partido insultando a Álvaro. Él los había ignorado para no darles el gusto. Fueron los mismos que estaban más pendientes de humillarlo que de evitar que rematara, así que cabeceó con furia el balón y se coló por la escuadra rusa. La imagen de ese gol fue portada al día siguiente de los medios españoles, no solo deportivos, que celebraban que ya estaban en la final. De la Cruz se había convertido en héroe, y ya se filtraban distintas ofertas suculentas que el jugador tenía del Bayern de Múnich, del PSG y del Manchester City. Aquella podría ser la última parada multimillonaria para él, que había ordenado a su representante que no le trasladara ninguna información al respecto hasta que terminase la Eurocopa. Lo que sí leyó aquella semana fue que el presidente del Racing de Madrid hacía pública la propuesta de renovación que preparaban en el club para De la Cruz, al que pretendían blindar hasta el final de su carrera.

Faltaban cinco días para la gran final, como era de prever, contra Italia. Se disputaba en San Siro y había invitado a sus padres y a un par de amigos de Granada, y le había pedido a su cuñado que asistiera con Mario. Su padre fue el primero en decirle que no podía, hacía un mes que le habían diagnosticado un cáncer de hígado y no quería que su hijo se enterara hasta que no terminara la Eurocopa. «Tu padre no se encuentra muy bien, además sabes que se pone muy nervioso», le escribió Magdalena, su madre. Su cuñado prometió hacer todo lo posible para convencer a Salma y poder llevarle al pequeño. Al día siguiente lo llamó para decirle que sí, que ya había hablado con el asistente de Álvaro y de su hermana para preparar los vuelos y el hospedaje. Se acordó de Gabriel, ojalá pudiera ser él quien se sentara en aquellas gradas junto a Mario. Fantaseó con la idea antes de irse a dormir. Faltaban tan solo días para la final y pensó que la ansiedad que le oprimía bien merecía cinco ansiolíticos más, aunque ya llevaba semanas notando que en los entrenamientos matutinos estaba demasiado adormilado. También estaba tomando alguna dosis para poder dormir algo de siesta.

La final caía en domingo, la euforia en España llegaba hasta Milán y Álvaro recibía tantos mensajes de gente que ni recordaba. Antiguos amigos, vecinos, exnovias, examantes… No faltaba nadie. Salvo Gabriel. Le hizo especial ilusión el de Carmela, que en varios párrafos le recordaba aquellos años acogido en su casa, el vacío que había dejado y lo orgullosa que se sentía por verlo cumplir «todos los sueños que sé que tenías y por los que tanto te sacrificaste. Nunca dudé de que así sería». Ni rastro de tito Pedro, por el que preguntó en su respuesta. Carmela la evadió, diciéndole que el domingo estarían pendientes del partido y que se iban a juntar casi veinte personas en casa. A Álvaro se le ocurrió algo mejor y la llamó enseguida.

—Tita, ¿queréis venir a la final? Yo me hago cargo de todo. Quiero que estéis de aquí, esto es vuestro también.

—Hola, hijo, ¿cómo estás? Cariño mío, no hace falta, de verdad. Nosotros estamos ya mayores para esos jaleos. Pero voy a estar animándote como una loca, vida mía… ¿Has hablado con...? —se quedó a medias, interrumpida de fondo por Pedro.

«¿Con quién hablas?», oyó que le preguntaba a Carmela, que tapaba el teléfono.

«Es Álvaro, que nos invita al partido... Chisss, calla, Pedro, haz el favor... A ver si te va a escuchar».

—Álvaro, hijo, mejor te llamo yo cuando pueda. —Y colgó sin que pudiera ni despedirse.

Se quedó congelado, le había escuchado. Pedro no dejaba hablar a su esposa con «ese maricón».

Sus padres tampoco iban a estar presentes en la final. Hacía unos días que habían reservado un crucero por el Mediterráneo, visitaban alguna ciudad italiana, pero de la parte del sur y apenas unas horas.

—Pero, mamá, a quién se le ocurre.

—Ya, hijo, pero no pensábamos que llegaríais ni a la semifinal, yo lo que dice tu padre, y yo hace tiempo que tenía ganas de viajar en barco... —se excusaba—. Sabes además que el fútbol a mí no me gusta, pero seguro que veremos el partido.

Álvaro no quiso insistir más. No le sorprendía, hacía tiempo que el desapego de su madre le llamaba la atención. Lo había achacado a la edad, que le sumaba dejadez. En el fondo sabía la verdad. Aunque, al fin y al cabo, iba a estar Mario en las gradas del estadio romano. Y con eso bastaba.

Al cabo de unas horas, a media tarde, llegó el mensaje de su cuñado: «Álvaro, tío, lo siento mucho, pero a mi hermana le ha surgido un viaje y se lleva al niño. Me ha hecho cancelar todo. Lo siento».

Álvaro se quebró con un maldito alarido que se escuchó en las habitaciones contiguas y en otros pisos. Hasta él mismo se asustó.

Había un precipicio y alargaba la mano para que lo agarrasen. Aun así, se la soltaban y caía al vacío lentamente. Hasta tres veces soñó aquella secuencia esa noche.

48

Álvaro era el capitán y el líder de aquel equipo. Él debía mantener al equipo seguro y liderar la defensa, iniciar el juego desde atrás y mantener el temple ante unos italianos que los suyos llevarían en volandas.

El día del partido, Gabriel se tomó el primer buquebús, un ferry que cruzaba el Río de La Plata desde Puerto Madero, Buenos Aires, hasta Montevideo. En poco más de dos horas llegó a la capital uruguaya y, sin salir de la estación de Tres Cruces, compró un billete para el bus que lo acercaría hasta Cabo Polonio, a unos cuatrocientos kilómetros. Aquel destino todavía conservaba la austeridad más bella de la humanidad, decía siempre, aunque trataba de no mencionar su nombre con tal de mantener su secreto mejor guardado. Allí nadie podría encontrarlo, y era ahí donde quería perderse. Donde el faro guiaba a los hippies que llegaban en busca de silencio y se hipnotizaban con el manto de estrellas que cubría las noches de Cabo Polonio. No había electricidad, ni calles asfaltadas, los coches solo podían acceder hasta su entrada, así que debían esperar uno de los camioncitos que remolcaban a los que iban llegando. Gabriel era uno de ellos, y faltaba poco para la caída del sol. Se llevó su cámara de fotos más preciada y, antes de registrarse en el alojamiento, tiró algunas ráfagas cerca de la orilla. Quería inmortalizar todo lo que veía para cuando necesitara volver a ese instante, a ese lugar que era lo más lejano y dispar de Madrid. Nada más entrar en el pueblo, perdió la señal del móvil y de internet.

Por la mañana, antes de quedarse sin conexión, le mandó un wasap a Álvaro: «ES HOY. TE AMO». Y no supo si le había contestado a lo largo del día, con lo que ya contaba, pero lo prefería, convencido de que los mejores mensajes son los que se escriben sin esperar respuesta. Tampoco podría estar al tanto del resultado del partido de España, que ya estaría por terminar.

Era el minuto ochenta, Italia había remontado el 0-1 de los españoles y, a esas instancias, ninguno de los dos asumía riesgos. Estaban más pendientes de defender que de pasar el medio campo en busca de algún ataque, no fuera que dejaran algún espacio aprovechable. Álvaro había recibido varios pitidos del sector de los aficionados de España tras haber fallado en el gol del delantero napolitano. Se fueron disolviendo en la siguiente jugada porque había evitado el segundo en contra. Sin embargo, desde entonces dudaba de cada decisión cada vez que tenía que recibir un balón, replegar la defensa, iniciar una jugada o colocarse en las jugadas a balón parado. Todo lo que le había llevado a convertirse en el mejor central del mundo. A que los niños ya no quisieran jugar de delanteros, sino ser como De la Cruz «y que no nos los metan». Había roto esquemas siendo balón de oro cuando parecía imposible que se lo otorgaran a un defensa. Nadie dudaba de su jerarquía y liderazgo, pero él hacía demasiado tiempo que sí, y aquel día le temblaban las piernas cada vez que Italia se acercaba al área que le tocaba custodiar. Cada jugada le parecía empezar de cero, y aquella puso el contador en el infierno.

49

Le había costado dormir porque la colcha no era muy gruesa y entraba el frío húmedo por debajo de las puertas. Tampoco las ventanas parecían del todo selladas y además el viento llevaba rato golpeando no sabía el qué.

Enseguida vio el primer rayo de luz del día y apareció el rostro de Álvaro, todavía con los ojos a medio abrir sobre la almohada. No hay forma más saludable de querer que el que se acuerden de ti cuando todo se aclara. Sobre todo con ese sol primerizo que tiñe de dorado los cristales de las ventanas y el cielo entero. Y el de Cabo Polonio siempre le había parecido el más bonito del mundo.

Aún no eran las siete y media de la mañana y la Perla del Cabo, donde se alojaría Gabriel en los próximos cuatro días, bien podría ser el lugar mejor ubicado de todo el pueblo. En una de las esquinitas, las hamacas de la terraza casi se caían al mar. Había elegido la habitación con patio privado y, tras abrigarse con una sudadera y un cortavientos, calentó agua para cebarse unos mates. Caminó descalzo por la terraza, la bruma sobre la tarima de madera le enfrió enseguida los pies, pero lo ayudó a despertarse. Se sentó en una de las butacas y congeló la mirada sobre los lobos marinos que amanecían recostados sobre las rocas. ¿Álvaro lo habría hecho ya como campeón de Europa o seguiría celebrándolo?

Era el minuto ochenta y nueve y ambos parecían cómodos con las tablas a uno e ir a la prórroga, sobre todo España, que físicamente se hallaba más entera. Si aguantaban el resultado, se los comían después, eso era lo que habían comentado entre ellos viendo que el tiempo corría a su favor.

Un balón largo, a la desesperada, fue directo desde el portero hacia el italiano más corpulento del equipo azzurro. No se esperaban semejante balonazo en largo, tan medido, y pilló en cuadro a la defensa española. El delantero la recibió, la bajó y tomó el control de la situación. El primero en verse superado y acabar en el suelo fue Carlos Pedraza. De la Cruz era el único que podía llegar, aunque lo separaban más de cinco metros del rival y arrancó con una lentitud propia de un defensa desprevenido. Los cinco metros parecían treinta; los segundos, una eternidad. Logró acechar al italiano, que se le estaba atragantando desde que pisó el área. Dejó de tener controlado el balón. El aliento de la grada, un «¡que llegas!» unánime, como último rugir del partido, le hizo dar un arreón y alcanzarlo. Si se lanzaba a ras del suelo, con la pierna derecha podría despejarle la pelota. Pero lo hizo con la izquierda, y la derecha la levantó, con los tacos hacia arriba, a la altura de la rodilla de apoyo que estaba usando el italiano. El estadio enmudeció, y solo se escuchó el grito del futbolista que acababa de salir disparado y se retorcía de dolor sobre la hierba. De la Cruz se reincorporó y no quiso mirar a su rival, ni a su portero y, ni mucho menos, al árbitro, que se acercaba decididamente hacia él con la cartulina roja preparada. Álvaro fue incapaz de enfrentarse a él, se disculpó lo más rápido posible con Luigi Felice, el futbolista italiano, y, sin alzar la cabeza, echó a andar hacia el túnel del vestuario. La afición italiana celebraba el penalti a favor que les acababan de pitar, y la española empezaba a ensañarse con De la Cruz mientras caminaba desencajado y pedía perdón con las manos, una disculpa dirigida sobre todo a sus compañeros, que restaban inmóviles, tanto los que seguían en el terreno de juego como los del banquillo. El portero suplente de España fue el único en levantarse y agarrar a Álvaro por los hombros para llevárselo de allí cuanto antes. «Tranquilo, tío. Tendríamos que haberles metido dos goles antes. Tranquilo». De la Cruz no podía emitir palabra, solo se quería morir y no sabía cómo.

De pequeño tenía pesadillas en las que suspendía algún examen y sus padres lo castigaban. Luego pasó a soñar con los primeros partidos en el juvenil del Granada, imaginando que se metía un gol en contra y dejaba de ser titular. Después serían por autoexpulsarse en una final con la selección y defraudar a todo un país. Aquello ya no era un maldito sueño, ahora la realidad superaba el miedo más aterrador de Álvaro.

El delantero italiano que había recibido la entrada se había marchado del campo en camilla, retorcido entre lágrimas, a sabiendas de que le habían partido la rodilla o, al menos, algún ligamento. «Ojalá no sea el cruzado», comentaban algunos, pero tenía toda la pinta. El capitán no dio opción al resto y se dirigió, convencido, hacia el punto de penalti para lanzar la pena máxima. La pelota entró fuerte, colocada en el lado izquierdo, imparable. Italia marcó el 2-1 y ya no había tiempo para nada más, salvo para celebrar que eran campeones de la Eurocopa.

Los italianos gritaban, se abrazaban entre ellos y, antes de iniciar la vuelta al campo para celebrarlo con la afición, se acercaron al vestuario preocupados por su compañero, que con el subidón del éxito se había puesto en pie con una muleta y con la otra mano bebía cervezas, una detrás de otra. Alguien le interrumpió el festejo:

—Luigi, De la Cruz *vuole salutarvi. Gli chiedo di entrare?* —le consultó el delegado de la expedición italiana. Álvaro esperaba en la puerta del vestuario para poder ver qué tal estaba. El rostro desencajado y pálido del español llamó la atención de los italianos, que lo encontraron apoyado en la pared del pasillo, creyendo que, de un momento a otro, iba a desplomarse—. *Il ragazzo sembra veramente preoccupato* —le insistió, viendo las pocas ganas de Luigi de recibirle.

—*Dai, digli di entrare* —le respondió perezoso.

Cuando Álvaro vio al italiano se echó las manos a la cara, se tocaba la mandíbula nervioso, y solo se le ocurrió repetir: «Lo siento, *mi dispiace*, lo siento, *mi dispiace*». Charlaron durante un par de minutos, Luigi le tranquilizó explicándole que lo que le dolía no parecía que fuese a ser el cruzado. Álvaro le felicitó, le pidió su número de teléfono para poder preguntarle en unos días qué tal iba y, tras darle un abrazo que calmó a ambos, se marchó. Algunos futbolistas italianos le negaron la mirada y el saludo, y otros le dieron alguna palmada en la espalda intentando aliviar a un hombre roto en pedazos. Él, que se desplazaba como una cacería de zombis, repetía: «*Mi dispiace*, lo siento, *complitenti*; *mi dispiace*». Había añadido la felicitación a los campeones a sus palabras tenues mientras se dirigía a su vestuario. Sabía lo que le deparaba allí y, sobre todo, en la zona mixta, donde hacía rato que los periodistas se agolpaban. El jefe de prensa de España ya les había avisado de que De la Cruz no atendería a ningún medio, sin ni siquiera habérselo consultado antes al jugador.

Al entrar, encontró a sus compañeros abatidos. Sus pasos rompieron el silencio atronador de aquel vestuario. Se sentó para quitarse las botas, estrellando al suelo las medias y los pantalones. Sentía que no podía ni moverse, lo hacía todo con una lentitud acorde al tiempo que allí no pasaba. El de Álvaro no se había detenido en aquella malograda jugada con el italiano, ni cuando el árbitro pitó el final. Para él, la vida permanecía estática desde el día en que conoció a Gabriel.

50

Al día siguiente, tan solo uno de treinta medios no llevaba en portada la cara abatida de Álvaro. El equipo había regresado aquella misma madrugada a Madrid. La mayoría se había quedado a descansar en la ciudad deportiva de la Federación, donde aguardaba un centenar de aficionados dispuestos a darle ánimos a sus jugadores. Los cánticos de apoyo a De la Cruz fueron equiparables a los de reprimenda. Sin duda, era el culpable de no haber ganado la Eurocopa.

Algunos futbolistas tenían casa en la capital, y otros tantos esperaban a sus familias para irse directamente al aeropuerto y arrancar unas vacaciones paradisiacas. Álvaro no llegó ni a subir a su habitación y llamó a un taxi rumbo al hotel. Los fotógrafos llevaban al límite los *zooms* de las cámaras para captar aquella imagen: el capitán de España, solo, sin haberse despedido de sus compañeros, caminando cabizbajo a la espera de un taxi que lo llevara a un lugar donde no lo esperaba nadie.

Cuando estaba a punto de apagar el teléfono, recibió un mensaje de un número desconocido. «Hola Álvaro, soy Pablo Blanco, periodista de *En Juego*. Espero no molestarte. Solo quería saber cómo estabas y mandarte un fuerte abrazo. Todo esto acabará y, pase lo que pase, somos muchos los que siempre estaremos orgullosos de ti», rezaba. Pensó que era el único periodista que le había escrito algo así después de haber perdido un partido. «Gracias, Pablo», respondió al instante. Era la primera persona a la que contestaba tras la final. Fue el preludio de caer dormido, no sin antes haberse tomado tres ansiolíticos.

Al otro lado del mundo amanecía. Gabriel tomaba unos mates en una butaca de madera de la Perla del Cabo. Llevaba horas despierto, la intuición de que las cosas no le habían ido bien a Álvaro le había perturbado el sueño durante toda la noche. El magnetismo del faro parecía atraer la tormenta, que no tardó en llegar.

De la Cruz apoyó la maleta en la entrada de la habitación del hotel y se tiró en la cama con la ropa puesta. En el taxi había ingerido tres diazepanes y se durmió enseguida.

Cabo Polonio deslumbraba en el atardecer, la caída del sol en el mar congelaba miradas y alientos. Pero madrugar tenía una recompensa que los más jóvenes solían menospreciar. Ese instante inamovible, el gran preludio del día, traía consigo más alegría que la añoranza de la media tarde, que al fin y al cabo era una despedida más. La luz de la mañana era virgen y todavía no se había terminado de contaminar por el día. Gabriel quería permanecer en ese instante, le recordaba a los primeros días con Álvaro, cuando jugaban sin saber el resultado final.

El dueño del hotel subió a la 711 en busca de De la Cruz, quien no había dado señales de vida hasta entonces y ya eran las seis de la tarde. Habían probado a llamarlo desde la recepción, pero había dejado el teléfono descolgado y el móvil apagado. Golpeó hasta cinco veces la puerta y no hubo respuesta al otro lado. Abrió con la llave maestra y encontró a Álvaro desplomado en la cama con varias cajas de ansiolíticos sobre la mesilla de noche y tiradas en el suelo. La habitación apestaba a un aliento sucio, casi fétido.

Gabriel se había acercado a uno de los restaurantes de Cabo Polonio, estuvo charlando hasta tarde con el encargado y su esposa, quienes lo habían invitado a una cena con música en vivo que tendría lugar en el jardín de uno de los *hostels* de allí, repleto de viajeros en solitario, en busca de las mejores olas en el mar y en sus vidas.

51

Álvaro se había despertado con las sacudidas de su amigo, el dueño de aquel hotel donde pretendía seguir escondiéndose. Tardó varios minutos en ser consciente de dónde estaba y lo que había pasado la noche anterior en Roma. Se sentía bajo un cansancio supremo que le impedía levantarse de la cama, además le dolían todas las articulaciones y le estallaba la cabeza.

—Son casi las siete de la tarde, acabo de pedirte algo de comer. Vamos, pégate una ducha, esta habitación apesta. Te sentará bien, tío —le dijo Tomás, que intentaba disimular su preocupación. Había estado recibiendo mensajes y llamadas de algunos amigos y familiares, incluso de periodistas, que sabían que Álvaro llevaba un tiempo alojado en su hotel.

De la Cruz se fue al baño sin mediar palabra y se encontró en el espejo con quien no quería. Hay mañanas que son el reflejo de las noches más oscuras, y aquella era una de ellas. Álvaro hubiera agradecido no amanecer. Se metió en la bañera y abrió el agua caliente al máximo, se zambulló durante diez minutos que se hicieron eternos para él, durante los que no sintió ni frío ni calor pese a que el agua hervía. Se le pasaba por la mente una y otra vez la entrada al italiano, como una secuencia que se fundía entre la realidad y la imaginación. La única verdad que tenía eran las ganas de ver a Mario, así que de forma abrupta salió y, sin apenas secarse, empezó a vestirse. Tomás se había marchado, pero antes había puesto a cargar el móvil de Álvaro. Ya pudo encenderlo y marcó directamente el número de Salma, al que le habían prohibido llamar. Para su sorpresa, atendió enseguida.

—¿Dónde está Mario? Necesito verlo.

—Estamos en Madrid, llegamos ayer. Ahora mismo está aquí con los niños de los vecinos. Mi hermano está viniendo para acá, le digo que te llame y os organizáis vosotros —respondió ella, y colgó de inmediato.

A los pocos minutos, Lucas, el cuñado de Álvaro, le escribió para decirle que Salma se estaba marchando a un evento y que lo mejor sería que fuese él para la casa. La que aún era su casa. Sin pensarlo, condujo hasta allí e interrumpió a su hijo mientras jugaba a esconderse por los rincones del salón. En cuanto vio a su padre, saltó a sus brazos y el resto de los niños se acercaron al futbolista, al que solían pedirle autógrafos y camisetas cada vez que lo veían.

—¡Papi, papi! Si hubiera ido al partido, habríais ganado, ¿verdad?

—Eso seguro, tú siempre nos das suerte. Te eché mucho de menos. ¿Cómo estás?

—Ya, pero mamá me dijo que no podía ir porque tú estabas muy nervioso. Vi un poquito porque me tuve que ir a dormir. ¿Hoy vamos a ir a la montaña otra vez? —le preguntó el pequeño.

Álvaro asintió rotundamente, aunque no lo había ni pensado. Le cambió la ropa al niño, cogió algo de abrigo y se fueron juntos a La Pedriza. Cuando llegaron ya era hora de comer, Mario se había quejado de camino por el hambre que lo asediaba, así que fueron directos a uno de los mesones de Manzanares el Real.

Gabriel también se había despertado tarde después de que la fiesta se hubiera alargado hasta casi el amanecer. Hacía tiempo que no bebía tanto Fernet. Son muchos los que miden el paso del tiempo según lo que dura una resaca, así que en esto, los veinticuatro años de Gabriel lo delataban.

Tenía la intención de seguir incomunicado, únicamente quería llamar a su hermana para decirle que estaba sano y salvo, aunque Micaela ya lo sabía, incluso podría adivinar que se encontraba en Cabo Polonio. Sin embargo, a media tarde se acercaría al pueblo para comprar algo de vino e intentar conectarse.

De la Cruz hizo breve la comida con Mario, porque, aunque apenas coincidió en el asador con un par de familias, se sentía perseguido. Le metió prisa al niño para que acabara cuanto antes los macarrones que le había pedido. Enseguida le pudo la impaciencia y no dejó que se los terminara.

Gaby paró en el Lobo Hostel a tomar café y se conectó al wifi del lugar. Le llegaron varios mensajes de su agente, que le pedía que lo llamara cuanto antes porque había recibido ofertas interesantes por él. «Tenemos una de Alemania muy importante, Gabi. Llamame». Enseguida le marcó, aunque no le apetecía hablar de nada que tuviera que ver con su futuro. Todavía estaba intentando sobrevivir en ese presente y cada vez tenía más dudas de si lo iba a poder conseguir.

Sebas le contó sobre el Hertha Berlín. Había sido el equipo revelación de la Bundesliga, contra todo pronóstico, con uno de los presupuestos más bajos del campeonato alemán. Aun así, había acabado segundo y se había clasificado para jugar la Champions League. El Hertha había sido pionero y abanderado en la lucha contra la homofobia en el fútbol alemán, y eso fue lo que más le atrajo a Gabriel, aunque la propuesta económica superaba la actual en el Racing.

El Hertha había representado a la capital berlinesa, pero una nefasta gestión lo llevó al caos más absoluto. Conocido en los años noventa como el equipo aburrido y fracasado, pasó del ocaso al resplandor gracias sobre todo a su gente, que cuanto peor iba el equipo, más llenaban las gradas de su estadio, el Olympiastadion, construido por un arquitecto nazi. Sin embargo, a lo largo de su historia, el Hertha se había distanciado todo lo posible del fascismo.

De hecho, acababan de despedir a su entrenador, el húngaro Zsolt Petry por unas declaraciones en las que afirmaba que no entendía que se apoyara «a homosexuales, travestidos y gente con esas identidades sexuales». Petry criticaba así a su compatriota Péter Gulácsi, del Leipzig, por estar a las órdenes de un equipo que, según él, respaldaba el matrimonio homosexual.

El club berlinés había liderado la petición de boicot a Qatar, país que iba a albergar el próximo Mundial, por el trato que recibían los trabajadores en suelo qatarí y por la persecución que ejercían sobre los homosexuales. Gabriel se había interesado en el Hertha hacía unos años a partir de un libro de segunda mano que encontró en Rayuela, la clásica librería de plaza Italia, en La Plata, y se prometió que cuando tuviera un par de días libres en Madrid, viajaría hasta la capital alemana para conocer su historia *in situ*. «Qué loco», pensó cuando Sebas le contó sobre la oferta alemana. Sin embargo, dio por sentado que pretendían una cesión.

—No, Gabriel. Te quieren comprar, la oferta es por cinco años, y el Racing ya ha dado el visto bueno. Van a pagarles casi cincuenta palos.

—Ah, parece que lo tienen todo arreglado, vos también —respondió con tono socarrón.

—Bueno, te están ofreciendo cinco millones por temporada, casi el doble de lo que tienes ahora. El Racing no contempla una cesión.

—Me quieren sacar del medio, Sebas —interrumpió a su agente.

—No lo tomés así, boludo, ya preguntaron por vos el año pasado. Ahí podés jugarte todo, van a estar en la Champions, metieron mucha plata y van a seguir creciendo. Si todo va bien, en unos meses podemos ver una mejora de contrato.

—No es un tema de guita. Yo no me quiero ir.

—Ya sé, pero es la mejor *chance* para vos. Pensalo y te llamo de vuelta mañana por la mañana. Por la tarde deberíamos darles una respuesta.

Gabriel cortó. Mañana deberían darles una respuesta. ¿Cómo iba a poder decidir cómo iban a ser los próximos cinco años de su vida en cuestión de horas?

52

El asistente de Álvaro ya le había arreglado la estadía de toda una semana en un yate por aguas ibicencas. La embarcación contaba con diez dormitorios dobles con sus respectivos baños, gimnasio, bar y casi veinte metros de eslora donde tomar el sol con los cuatro amigos que se sumaban al plan. Salieron aquel miércoles y no perdonaron una sola noche. Derrocharon botellas premium en los reservados de las mejores discotecas de Ibiza, la tarjeta de De la Cruz hacía estragos, pero ni él ni sus acompañantes repararon en ello.

Algunas madrugadas continuaban la fiesta en el barco y en las habitaciones. Álvaro estaba siendo el primero en desaparecer de las reuniones sin previo aviso, hasta que se cruzó con Claudia, una modelo conocida por haber mantenido una relación con un futbolista del Barça, y con la que terminó aquella noche. Y las dos siguientes. En una de ellas, Álvaro se quedó dormido encima del sofá de la zona VIP de Ushuaia, la discoteca más de moda de la isla. Allí se había encontrado con otros futbolistas con los que casi no pudo hablar. En tan solo una hora ya se había tomado una botella de tequila entera y no bajó el listón durante más de seis horas. Sus amigos flirteaban con las amigas de Claudia, que acompañó a Álvaro al baño cuando vio que se tambaleaba demasiado. Devolvió en la taza de aquel retrete de diseño y no podía ponerse en pie. La chica, que pesaba la mitad que él, le sirvió su hombro para apoyarse y, con la ayuda del encargado del VIP, lo sacaron por la puerta de atrás. Durmieron juntos y a la mañana siguiente Álvaro no recordaba nada de la noche anterior, tampoco que se había cruzado con Pablo Blanco, el periodista de *En Juego*. Lo recordó al recibir un mensaje suyo: «Hola, Álvaro, soy Pablo Blanco de nuevo. Anoche vi que te marchabas con algunos problemas. No me preguntes cómo, pero conseguí borrar algunas fotos que te hicieron unos chicos. Tengo entendido que esta noche habrá bastantes paparazis detrás de ti. Si te puedo ayudar en algo aquí estoy». Álvaro volvió a agradecérselo y quiso indagar en detalles de la noche anterior, saber qué podría haber visto Pablo y qué tan expuesto estuvo en la discoteca. «¿Tú fuiste a trabajar?», consultó el jugador. «Bueno, me han mandado para sacar info de algunos futbolistas que estáis aquí en Ibiza, los fichajes que vais a hacer…, ya sabes. Pero te prometo que no te mencionaré».

Gabriel almorzaba en el restaurante de sus nuevos amigos del Cabo cuando vio el nombre de Sebas en la pantalla del teléfono.

—¿Qué hacés? Escuchame… Está todo hecho, Gabriel. Los alemanes pagan tu cláusula y el Racing quiere que firmes.

—¿Y para qué me llamás entonces?

—Dale, yo estoy con vos en todo esto, pero poco puedo hacer. ¿Cuándo tenés pensado ir para Montevideo?

—¿Cuándo necesitás que vaya?

—Tenés que estar comunicado. Arreglo con ellos yo ahora, vos tranquilo, mañana te cuento. Va a estar todo bien.

—Gracias —dijo Gabriel resignado. Era la primera vez que temía el porvenir.

La noticia en España eran las noches de desfase de Álvaro de la Cruz en Ibiza, con imágenes explícitas incluidas, y el traspaso de Gabriel Baroli al Hertha Berlín. Ninguno de los dos había consumido las portadas aquel día, preferían seguir en sus respectivas burbujas. Uno, en la noche constelada de Polonio, y el otro, en la embriagada de Ibiza.

53

El Racing de Madrid había sellado la venta de Gabriel al Hertha y lo había anunciado de forma oficial. Él todavía seguía en Uruguay, había reservado un apartamento en Pocitos, un barrio residencial cerca de la playa, y hasta allí se había ido al mediodía, mate en mano y termo bajo el brazo. Algunos curiosos que paseaban por la Rambla cuchicheaban al verlo. «Es él», decían muchos a sus acompañantes. De pronto, una pareja que rondaría los cincuenta le pidió con la mirada permiso para poder acercarse a él. Tras disculparse por la intromisión, le mostraron su cariño y apoyo.

—Te vimos desde acá y nos encantó todo lo que dijiste. Tenemos un hijo de diecisiete años, juega al fútbol también, y a los pocos días nos comentó que él era como vos. La pasó mal de chiquito, así que gracias por ser tan valiente, seguro que por lo que hiciste hay muchos chicos como ustedes que no viven más con angustia —se atrevió a arrancar la señora, mientras el marido le iba apostillando con una sonrisa afable—. Igual, nosotros a veces nos sentimos un poco mal por no haberle dado la confianza suficiente para que nos lo contara, pero ahora le entendemos. Disfrutá del Uruguay, *vamo* arriba —le desearon.

Gabriel no pudo ni responder, se emocionó hasta las lágrimas y se lo agradeció con un abrazo apretado. Pensó en dos cosas. Que ojalá aquellos hubieran sido sus padres y, por primera vez, que quizá todo había merecido la pena.

Siguió caminando a paso lento por la rambla y cuando se quiso dar cuenta había llegado al puerto. Quiso evadirse por la Ciudad Vieja, compró un par de libros usados y se pidió un vino mientras leía las primeras páginas de uno de ellos: La vida breve, de Juan Carlos Onetti. Durante aquella tarde se creyó Braunsen, el protagonista de la novela. Empezó a anochecer en Montevideo, Gabriel se había quedado sin luz para leer y el vino le pedía ponerse en pie y echar a andar. Pidió la cuenta, y le sonó el teléfono. Le temblaron las piernas al ver el nombre de Álvaro, dejó pasar un par de tonos por si acaso lo estaba llamando por error, pero no parecía que así fuese. Descolgó con un «hola» incrédulo. De la Cruz suspiró antes de empezar a hablar. En Ibiza ya era madrugada y Gabriel se dio cuenta enseguida de que estaba borracho porque apenas lograba entenderle. Entre sollozos y frases inconexas, Álvaro quería decirle que no estaba bien.

—No puedo más, cariño, no puedo más... Necesito verte, es lo único que quiero. Estoy en Ibiza, acojonado, porque cada mañana me levanto y quiero tirarme al mar. Como si quisiera ahogarme, o que la marea me llevara a ti. ¿Dónde estás?

—Mi amor, estoy acá. Calmate. Hace unos días que estoy por Uruguay. Me vendieron a Alemania, supongo que ya lo sabés.

—Sí, lo vi esta mañana. Ojalá me pudiera ir contigo.

—¿Querés que vaya?

—Por favor... —terminó Álvaro, que ya apenas podía articular palabra.

Gabriel regresó a su apartamento y, nada más entrar, encendió el ordenador para buscar vuelos a España. Al día siguiente había uno por la tarde que llegaba a primera hora a Madrid, y de ahí se tomaría el avión a Ibiza. Finalizó la compra de los dos pasajes en menos de diez minutos, lo siguiente era avisar al arrendador del piso de que se marchaba, y empezar a hacer la maleta. El vino le hacía moverse torpe y compulsivamente.

Antes de acostarse escribió un mensaje: «Mañana sale mi avión, llegaré a Ibiza al día siguiente sobre las once de la mañana. Esperame. Te amo». Álvaro lo leyó pasadas las diez de la mañana, el whisky y el diazepam le habían hecho dormir casi diez horas seguidas. Le respondió con las coordenadas que debía seguir al llegar. Su amigo Javi lo iría a buscar al aeropuerto y lo llevaría a la embarcación. Ya había reservado varias habitaciones de hotel para el resto y él así poder quedarse a solas en el yate.

No había mejor lugar de encuentro para ellos que la alta mar.

54

Todavía no se alcanzaban los veinte grados, el día había amanecido entre nubes, pero se iba despejando y en proa ya se podía estar con ropa liviana. Álvaro y Gabriel yacían bocarriba, envueltos en toallas y una manta que compartían. Habían hecho el amor al descubierto, y la inquietud y las pocas horas de sueño que arrastraban les hicieron quedarse dormidos. La salida del sol, que apuntaba fuerte hacia sus cabezas, les hizo despertarse acalorados. Álvaro se levantó y fue a la cocina para traer algo de desayuno, y mientras comían, tomaban café y se daban algún baño en el mar, se les fue más de la mitad del día.

En la costa, cerca del embarcadero del yate de Álvaro, los esperaban varios periodistas. Pero ellos seguían navegando dirección Aguas Blancas, todavía no era temporada alta y apenas divisaban otros barcos en varias millas. Allí no existía Madrid ni Berlín ni Buenos Aires.

No existía tierra firme, y se sentían cómodos, aflojándose con el vaivén del mar, no había nada más que los juzgara que aquella inmensidad, que había perdido toda la densidad del mundo que tanto les estaba pesando y aplastando.

Consiguieron dejarse llevar porque los dos sabían que el alba los arrastraría, inevitablemente, a la vida real. Así que hasta entonces jugarían a ser vampiros.

A Gabi le pesaban los ojos mientras en su mente se repetía con un murmullo la frase de Julio Cortázar: «No me dormiré, no me dormiré en toda la noche, veré la primera raya del alba en esa ventana de tantos insomnios, sabré que nada ha cambiado».

55

El 22 de julio, Gabriel aterrizaba en el aeropuerto de Brandeburgo junto con su representante. Debía pasar el reconocimiento médico antes del almuerzo y posar ante los fotógrafos del club rubricando su nuevo contrato. Todo fue como se esperaba. Sus rodillas giraban a la perfección, su corazón latía al unísono de los esfuerzos, los tobillos pisaban fuerte y alienados, y sus pulmones respiraban como nuevos.

Varias asociaciones y particulares, en defensa de los derechos de los homosexuales, se dieron cita en una presentación programada para el día siguiente, al terminar, regresaría a Madrid. Le alojaron en el Grand Hyatt berlinés, así que estaba deseando llegar para dormir un rato la siesta y salir a pasear por el parque de Tiergarten, que quedaba a pocos metros del hotel.

A De la Cruz se le habían terminado las vacaciones y debía incorporarse a la pretemporada que ya habían iniciado sus compañeros del Racing. Él y medio equipo habían tenido permiso para arrancar más tarde que el resto, al haber disputado la Eurocopa o la Copa América. Ya en el avión de vuelta de Ibiza había tenía un par de encontronazos con otros pasajeros que le increparon a media voz, lo bastante alta para que Álvaro lo escuchara y le quemara la sangre. Sentía que en cualquier momento podía derrapar y crearse un problema, otro más, porque sabía que había estado a medio paso de golpear a esa gente. Vio su cara en algunas publicaciones de los quioscos del aeropuerto, y las miradas despectivas y constantes iban encendiendo una mecha cada vez más corta.

El equipo madrileño estaba concentrado cerca de los Pirineos, pero enseguida debían iniciar una gira por Estados Unidos y China. Algunos jugadores y el propio técnico ya se habían quejado del itinerario, aludiendo que la carga de partidos y viajes ponía cada vez más en riesgo el físico y el aumento de lesiones. De hecho, en esos días hasta cinco futbolistas rojiblancos habían sufrido lesiones musculares. Uno de ellos, estaba esperando el resultado de algunas pruebas, pero tenía toda la pinta de haberse destrozado el tobillo.

Álvaro había entrenado al margen de sus compañeros. No había ninguno que no sintiera una pesada carga en sus piernas, y no habían podido descansar hasta ahora porque seguían lo programado, una doble sesión diaria donde el trabajo físico ocupaba la mayor parte del tiempo. Lo sufrían especialmente los que no habían hecho los deberes durante las vacaciones o venían con algunos kilos de más. La puesta a punto se combinaba con la incertidumbre de muchos de los jugadores, que todavía no tenían claro su futuro y podían salir en ese mercado de verano. De la Cruz daba por hecho que seguiría en el Racing de Madrid, más que nada porque no había ningún equipo que pretendiera fichar a un futbolista con una demanda en curso por violencia de género, con una supuesta vida privada llena de excesos y desequilibrios, con más presencia en la prensa rosa que en la deportiva y, tal y como él estaba convencido, por ser un «maricón que ni siquiera tenía los cojones de reconocerlo». Sin embargo, iba a llevarse una sorpresa.

No esperaba la presencia de Juanma, su agente, así que cuando lo vio en el vestíbulo del complejo hotelero, creyó que venía a reunirse con alguno de los otros tres futbolistas que representaba en el Racing. Pero no, quería reunirse con Álvaro cuanto antes.

—Bueno, subo a dejar las cosas y bajo en quince minutos. Ve pidiéndome un café con leche de avena, por favor.

En el ascensor tuvo un presentimiento que lo dejó aturdido.

—Perdón que no te haya avisado de que venía. Pensé que, si lo hacía, estarías dándole vueltas y ya tienes bastante. ¿Cómo estás?

—Bien, no te preocupes. Ve al grano.

—Antes de ayer estuve con Fernando, el presi. Hay un par de cuestiones que debes saber. ¿Por cuál quieres que empiece?

—La que quieras, Juanma, venga.

—La mala es que por el tema de la demanda Estados Unidos no garantiza tu entrada en el país, así que no puedes irte para allá con el equipo y te van a preparar un plan específico para ti en Madrid. La buena es que, viendo que estar aquí se te va a complicar cada vez más, Fernando y yo hablamos de que lo mejor para ti es que salgas.

—¿Esa es la buena?

—No me has dejado terminar. La buena es que te he conseguido un contrato de dos años en Arabia Saudí, a veinte kilos por cada uno. Además, ya sabes que están con el lavado de imagen y quieren hacerte abanderado de ello. Nada de impuestos, Álvaro, prima de tres millones limpios más si ganáis la liga, y lo llevan haciendo ininterrumpidamente desde hace seis años. Es el mejor equipo saudí.

—Repito. ¿Esa es la buena? No me jodas, Juanma. Escúchame, lo diré una vez: no me voy a ir a Arabia —dijo Álvaro elevando el tono.

Luego se levantó de la silla y se dirigió de nuevo a los ascensores. Antes de irse, le dio una palmadita en la espalda a

Juanma, que se había quedado cabizbajo y jurando en arameo. Si De la Cruz firmaba con los árabes, se llevaría tres millones de dólares de comisión, es decir, su vida podía solucionarse si Álvaro aceptaba la suya propia.

56

Gabriel regresó a Madrid a por sus cosas, quería terminar todo aquel trámite cuanto antes. Tampoco iba a poder despedirse de sus ya excompañeros, que estaban a punto de volar a Los Ángeles, sin Álvaro, aunque tampoco podía coincidir con él.

Se pasó por la Ciudad Deportiva a recoger algunos enseres de su taquilla y a saludar a varios empleados. La mayoría, sobre todo las cocineras y varios hombres de mantenimiento, lo abrazaron con cariño y le hicieron saber que lo echarían mucho de menos. «¿A quién vamos a consentir ahora cocinándole milanesa napolitana?», le decían.

Sebas le había contratado ya a un par de personas que lo ayudarían a limpiar la casa y entregar el coche. En su día el club le había regalado uno gracias a la marca de automóvil que patrocinaba al Racing, pero estos, tras la declaración de Gabriel, habían roto el contrato y le habían pedido que lo devolviera. Desde entonces, usaba uno de *renting* de la competencia.

A Álvaro lo estuvieron acorralando, chantajeando y presionándolo sin escrúpulos hasta que logró posponer su marcha al mercado de invierno. Ahora no quería alejarse más de Mario y deseaba estar presente en Madrid intentando solucionar todos los frentes que tenía abiertos. Se quedó ejercitándose en los Pirineos con un par de descartes de la plantilla, mientras el resto jugaba un amistoso tras otro en tierras yanquis, a razón de los doce millones de euros que ingresarían los rojiblancos por la gira americana.

En uno de los entrenamientos, organizaron un partido con el equipo filial. Cuando no habían transcurrido ni cinco minutos, uno de los chavales, que desde el inicio fue pasado de revoluciones intentando llamar la atención de François, se ensañó con De la Cruz, que se marchó del campo más que renqueante y ayudado por un par del departamento médico. Sus caras eran de mucha más preocupación que la que mostraba Álvaro. Sin ducharse, le llevaron directo a la clínica privada de Madrid con la que tenía convenio el club. Después de una resonancia exprés, esa misma tarde le dieron el resultado: esguince de tobillo y rotura parcial de ligamento, o, lo que era lo mismo, unos tres meses de baja. Llegó al hotel agotado y dolorido, allí solo podía cruzarse con algún turista asiático que ni lo reconocería. Ya era muy difícil toparse con algún español que pisara Madrid en el mes de agosto excepto por motivos laborales. O sexuales, pensaba él. Dejarían pasar el fin de semana y el lunes recibiría la visita de uno de los fisioterapeutas. Le habilitarían parte del gimnasio del hotel y la zona de masajes al menos para los primeros días.

Mientras, Gabriel ya estaba en Berlín y le encantaba la casa que le había alquilado el Hertha, aunque tenía la posibilidad de mudarse a otra si no le gustaba. Pero en cuanto entró, supo que de ahí no se iba a mover.

La recuperación de Álvaro fue más lenta y compleja de lo que esperaba. Había desaparecido de la actualidad, apenas nadie preguntaba por él, y eso le aliviaba. Durante más de un mes no quiso ver a nadie, tan solo cuando le tocaba alguna revisión o le trataban la lesión. Con Mario pudo estar un par de tardes, aunque el crío se aburría por más que su padre hiciera todos los esfuerzos por caminar y llevarlo a alguna sala de juegos. Al principio sí se interesaron varios compañeros y se ofrecieron a ir a verlo o a recogerlo en el hotel por las mañanas. Rechazó con brusquedad la cortesía de los otros y prefirió no compartir, ni una vez, las dos botellas de vino diarias que se tomaba en solitario. El ostracismo había llenado la vida de Álvaro por completo, y ni siquiera se cuestionaba por ello. Era incapaz de sentir nada y, si asomaba alguna emoción, los ansiolíticos la anestesiaban.

El campeonato alemán no había podido empezar mejor para el Hertha, del que ya se comentaba que era el equipo revelación. El argentino había sido titular en todos los partidos, y el día que no marcaba gol, sumaba alguna asistencia. Los aficionados habían agotado alguna semana su camiseta en las tiendas, sobre todo los más jóvenes, que acudían al estadio orgullosos con el dorsal número diez de Baroli.

57

El frío gélido se había instalado en Berlín antes que en Madrid, aunque se había previsto uno de los inviernos más extremos en toda España. La Navidad estaba a punto de asomar y Graciana ya tenía sus pasajes para viajar hasta Alemania y pasarla con su amigo Gabriel, que argumentaba que tan solo tendría tres días libres, por lo que no le daban los tiempos para cruzar a Argentina. Serían las primeras Pascuas como huérfano, se repetía a menudo. Cuando la soledad lo abrumaba, salía a darse un paseo por la Isla de Los Museos o a buscar reliquias por los mercados de pulgas que había por la zona. Ya había visitado y caminado por todas las huellas de la Segunda Guerra Mundial, pero siempre encontraba libros y rincones que le seguían fascinando y le enseñaban más sobre lo que pasó. Le sorprendía que sus compañeros alemanes jamás tocaran el tema, y él lo achacaba a la ignorancia, el hartazgo o la vergüenza histórica.

Álvaro seguía con la recuperación. No había aparecido en los medios desde que volvió de las vacaciones. Él no atendía a la prensa y en el club se lo tenían terminantemente prohibido. Se escribían artículos con conjeturas sobre su persona y su futuro, y era recurrente referirse a él como el verdugo de aquella fatídica final de la Eurocopa. El único periodista con el que se comunicaba era con Pablo, el joven becario de *En Juego*. El chico estaba realmente preocupado por su estado, tanto físico como emocional. No le había pedido en ningún momento una entrevista y ni tan siquiera le intenta sonsacar sibilinamente algo de información sobre su recuperación o cuestiones de sus compañeros. Se limitaba a mandarle mensajes de ánimo, recomendaciones de películas y series que podrían gustarle, algún vídeo simpático o motivacional, y textos que a Álvaro le encantaban y que siempre respondía y les daba para conversar un ratito. Le había prometido que cuando estuviera mejor lo invitaría a comer y así se conocerían en persona. Temía por aquel chaval novato en aquella jungla de periodistas, conservaba esa inocencia de quien todavía no se dejaba corromper por la competitividad insana con la que jugaba su mundo. Pablo era todo lo contrario, le movía la ilusión, la empatía y las ganas de hacer las cosas bien, como él decía.

Por ahora tampoco había novedades sobre la demanda de Salma, que seguía paseándose por distintos platós de televisión tratando de dar lástima, aunque, por cuestiones legales, no había vuelto a mencionar o a insinuar malos tratos. Lo había cambiado por hablar de las infidelidades y de los malos hábitos que tenía como marido, padre y futbolista.

Álvaro había rechazado alguna tarde ver a Mario, más que nada para que el pequeño no lo viera en un estado que él consideraba indecente. «No quiero que mi hijo también me coja asco», respondía. Por ello mantenía a Gabriel imposibilitado para contactar con él. Además, había cerrado sus redes y Juanma, su representante, cada día enloquecía un poco más viendo cómo desaparecían los pocos patrocinadores que le quedaban. Su teléfono había dejado de sonar, ya no había peticiones de entrevistas, ni invitaciones a eventos donde antaño su caché llegaba a los cuarenta mil euros por asistencia, y tampoco por redes recibía ingreso alguno en publicidad.

El tobillo no andaba bien. Al principio sí hubo una mejoría notable y dentro de los plazos previstos. Sin embargo, el ligamento no acababa de soldarse, y cada vez había más inflamación y dolor. En realidad, trataba de evitar el quirófano, que ya se lo habían recomendado varios médicos. De ser así, se perdería prácticamente lo que restaba de temporada y pretendía estar listo para la segunda vuelta de la liga que arrancaba en el mes de enero.

En una de las sesiones de rehabilitación, probó a acelerar recorriendo no más de ocho metros y sintió un crujido en el tobillo que escondió a los fisios y al traumatólogo que había en la sala, donde se hizo el silencio. Aquel ruido había callado las cuatro paredes. Álvaro estaba convencido de que el ligamento había terminado de partirse, así que apretó los dientes y completó el tratamiento de esa mañana como pudo. Hasta que, al meterse en la ducha, fue incapaz de contener las lágrimas. En su vida había sentido tantísimo dolor en una articulación. Qué más podía pasarle, cuánto más iba a aguantar, se preguntaba en llanto. Al salir de allí simuló la cojera, pero no podía ni apoyar el pie. Aun así lo hizo, hasta que llegó al taxi que pidió, evitando que le llevara nadie del club. De camino al hotel llamó a un médico amigo suyo para suplicarle que le infiltrara calmantes cuanto antes. Al principio se negó, pero fue tal la desesperación del futbolista que accedió.

—Salgo en una hora de la consulta y voy para allá. Por favor, jamás nadie puede saber nada, ni siquiera que hemos hablado. Te veo en un rato.

El doctor pudo subir derecho desde el aparcamiento del hotel hasta la 711. Esperaba un gesto dolorido del jugador, pero no encontrarse a un tipo totalmente abatido, que emanaba el más grande de los sufrimientos, y supo enseguida que una tristeza tan profunda no provenía de su pie.

58

Álvaro volvió a infiltrarse la semana siguiente, así que, al sentir apenas unas molestias, estaba más animado. Tanto que se atrevió a llamar a Gabriel. Este atendió enseguida la llamada, era media tarde y estaba tomando unos mates en su casa. Charlaron durante casi una hora sobre la lesión, cómo era Berlín, lo bien que funcionaba todo en Alemania y en el club, los buenos resultados, Mario, la citación al primer juicio oral de Álvaro y las sospechas que tenía de que el Racing seguía con la idea de venderlo en enero a Arabia. Para ello el ligamento debía mejorar, y no era el caso, pero tal vez entre todos podrían amagar la gravedad. Gabriel le describía minuciosamente las calles berlinesas, lo jodido que le resultaba el alemán, aunque recibía clases varias tardes a la semana. El frío que le atravesaba los huesos, lo mismo que el color amarillo de los parques por los que salía a caminar a diario. Había congeniado con otro argentino del equipo, un uruguayo, un chileno y dos brasileños. Cada semana organizaban un asado y charlaban durante horas, para siempre terminar recordando cada uno lo que más echaba de menos. Las empanadas y las pastas, la mandioca, el campo, los amigos, alguna novia, la playa, el carnaval... Pero Gabriel había dejado de invocar recuerdos desde la melancolía, y se mostraba contento porque cada vez faltaba menos para poder volver a esos anhelos. Álvaro lo escuchaba conmovido y con demasiada envidia por ser incapaz de sentir por un segundo la paz de Gabriel. Se encontraba en un estado de total anhedonia del que veía imposible salir. Sin embargo, cuando terminaron la llamada, Álvaro le escribió un mensaje: «¿Te gustaría que fuera a verte un par de días?».

Recibió un «Sí, vente cuando quieras» inmediato.

Durante la conversación, Álvaro había estado pensando en cómo podría escaparse un par de días. Antes de la respuesta del argentino, ya lo tenía planificado. Si en el club le llegaban a pedir explicaciones, les diría que se iba a Alemania en busca de otra opinión médica sobre su lesión. El Racing jugaba fuera el fin de semana, no tendría que asistir al estadio. Era el último partido previo a la Navidad, y Gabriel le había comentado que Graciana no llegaría a Berlín hasta el 22. Solo le había faltado el sí del otro lado, y ya lo tenía.

En poco más de media hora, compró un billete para viajar el martes a primera hora de la tarde. Avisó a Gabriel. El viernes tendría que estar de vuelta. Lo que no sabía era si aquel iba a ser uno de solo ida.

Gabriel se dio una ducha antes de dormir, ya no le alteraba pensar que vería a Álvaro en apenas unas horas. Hacía más de dos meses desde la última vez, pero no había pasado un solo día en el que no lo hubiera imaginado. Tampoco había vuelto a acostarse con nadie, ni tan siquiera a sentirse atraído por otro hombre. Cada noche se excitaba con la imagen de Álvaro en su cabeza y en sus manos. Aquella era la medida de su tiempo.

El argentino lo estaba esperando en una fila de asientos que había detrás de un tabique, en la terminal de llegadas internacionales. Algunos muchachos lo reconocían, aunque era extraño el alemán que lo paraba en la vía pública para pedirle una foto. Había dejado de sentirse observado y vivía mucho más relajado que en Madrid, ni qué decir de Argentina, donde la pasión de los hinchas no tenía término medio, tampoco en las malas. Sabía que en la televisión de su país seguían hablando de él y de su homosexualidad, inventaban problemáticas entre Gabriel y sus compañeros en la selección y buscaban, con poco éxito, algún supuesto amante dispuesto a contarlo todo en un plató. Allí De la Cruz era igual de famoso que él y, si bien no se atrevían a afirmarlo categóricamente, conspiraban sobre la relación que podían estar manteniendo. Por suerte, ninguno de los dos sintonizaba los canales argentinos y habían cerrado sus perfiles en las redes, a pesar de las pérdidas millonarias que suponía, sobre todo para Álvaro, al que trataban de convencer para que volviera a activarlas. «No, por ahora», contestaba rotundo.

El vuelo de Madrid llegaba en hora y enseguida De la Cruz salió por la puerta. Gabriel ya esperaba de pie, apoyado en la columna. Aun así, fue la primera persona a la que divisó, como si nadie más deambulase por allí. Al verse, se estrujaron sin que nada importara, porque ya no importaba nada.

Llegaron al piso de Gabriel tras conducir treinta y cinco minutos por una de esas autopistas alemanas tan perfectas. Sonaba «Imagination», de Foster The People, que ya la habían convertido en la banda sonora de sus instantes más íntimos, mientras se cruzaban miradas lascivas. Ahora sí había prisa por llegar.

Al aparcar el coche en el garaje del edificio, apagaron el motor y se devoraron a besos. Salieron de allí cuando notaron que faltaba el aire dentro de aquel coche. Gabriel le cogió la maleta a su invitado y caminó primero hacia su apartamento, mientras Álvaro lo seguía acelerado. A Gabriel se le daba bien ser anfitrión, había dejado pequeñas luces puestas por el salón y la terraza, desde donde se veía una gran arboleda y parte del río Havel. Álvaro se asomó tras el cristal nada más entrar, y notó un abrazo por detrás que rodeó toda su espalda y sus brazos. Él lo devolvió sin darse la vuelta, y los dos quedaron ensimismados observando por aquel ventanal. Lentamente Gabriel fue descendiendo sus manos hasta la cadera de Álvaro, que se dejaba menear. Como pudo, alcanzó a desabrocharle el pantalón al argentino, que hacía lo mismo con algo más de presteza. En un minuto estaban desnudos de cintura para abajo. Gaby frotó con los dedos la nuca de Álvaro, erizándole la piel y la entrepierna. Y fue allí, de pie, de espaldas, con la ciudad anochecida frente a ellos, donde volvieron a sentirse más adentro que nunca.

Sin dejar de abrazarse, terminaron sentados en el suelo, pero ahora era Álvaro el que lo retenía por detrás. Estuvieron charlando, sin mirarse a la cara, sobre cómo y cuánto se habían echado en falta

—Eres muy intenso, Gaby…

—Sí, lo soy. Y nunca me gustó escucharlo en ese tono, como si no fuera una virtud. ¿Acaso es mejor vivir sin que las cosas, las buenas y las malas, no te atraviesen?

Por la mañana Gabriel se fue a entrenar, aunque fue una sesión suave al no tener competición el fin de semana navideño. Enseguida regresó, y de camino a casa llamó a Álvaro, que había salido a pasear. Venía compungido después de su visita al Museo del Holocausto, y ahora caminaba por el parque Prenzlauer Berg. Estaba seguro de que, de no haber conocido a Gabriel, nada de todo aquello hubiera despertado su interés. Dentro de su forma de amarle, no cesaba la admiración que le profesaba. Se descubría boquiabierto escuchándole todo lo que sabía, los libros que leía y lo cautivado que quedaba de algunos temas que llegaba a estudiar y a indagar casi de forma obsesiva. Le envidiaba esa pasión por querer aprender y entenderlo todo. Él, que no era todavía capaz de seleccionar un documental en la carta televisiva y, menos aún, de leer más de diez páginas seguidas. «Me aburre», decía. Hasta que conoció al argentino, al que le pedía que nunca dejara de hablarle sobre todo aquello que le fascinaba, mientras se tocaba las greñas rubias como cada vez que se sentía observado por Álvaro.

—Dale, quedate ahí y ahora nos encontramos —le dijo Gabriel. Se verían en el parque apenas quince minutos después.

Era la primera vez que caminaban de la mano por la calle. Se cruzaban con algún transeúnte en bicicleta, un abuelo que jugaba con su nieto y un par de señoras que ni siquiera repararon en mirarlos. El cielo parecía mucho más grande desde allí, el olor de la hierba había borrado sus perfumes y hasta se besaron apoyados en los metros del viejo Muro que aún conservaba el Prenzlauer Berg.

Tal vez aquel fue el día en el que más libres se sintieron juntos. Quizá fuera el único.

59

En cuanto aterrizó en Madrid y encendió el teléfono, le llegó un mensaje de su representante. «Llámame en cuanto puedas. Lo tenemos hecho con los árabes». A Álvaro le dio un vuelco el estómago, fue como recibir una sentencia de muerte.

Mientras se dirigía hacia la salida del aeropuerto, llamó a Juanma. No pudo retener todo lo que le decía, pero el tema estaba claro. El Racing había llegado a un acuerdo con los saudíes y no había marcha atrás.

—Tienes que aceptar, esta vez ya no podemos tirar más de la cuerda.

—¿Podemos dejar pasar la Navidad y nos juntamos?

—No, Álvaro, el 27 tienes que viajar ya para Riad.

Colgó el teléfono, caminó por la terminal como un zombi, y lo intentaron parar un grupo de adolescentes, un matrimonio con sus hijos pequeños y hasta un par de guardias civiles. Sin detener el paso, se disculpó con ellos por no acceder a sacarse una foto y siguió deambulando hacia la parada de taxi. Los aficionados protestaron y murmuraron acerca de su soberbia y la final perdida.

No le cabía una sola duda de lo que sucedía: el Racing no le quería cerca, y él no deseaba alejarse. Ni de Mario y menos de Gabriel. Aquella era su mayor encrucijada. Después venía la de empezar a despedirse de la élite, de su selección y de ese lugar solo para los elegidos, donde algo redondo gira y gira y no se detiene. Él estaba en bucle, tratando de salir de aquel espacio que lo llevaba al ocaso, a la deriva y a su fin. Sabía que aquel vuelo a Riad lo tomaría sin sueños, y eso sería lo más cerca de la muerte que podría estar. Quizá algo ya había muerto en él, pensaba, y solo Mario y Gabriel podían salvarlo.

Para aceptar la oferta, puso dos requisitos. El primero, que no se filtrara a la prensa hasta llegar a Arabia y pasar el reconocimiento médico. El segundo, posponer la marcha a la primera semana de enero, el día aún estaba por concretar. Quiso pasar la Nochebuena a solas, además, nadie le insistió para que así no fuera. Lo mismo la noche de fin año, y el día 1 ni siquiera acudió a la Ciudad Deportiva. Sus compañeros le tenían preparada una comida de despedida que a última hora canceló.

El día antes de partir a Arabia, el primer domingo de enero, se despidió de Mario. Fue el presagio de un adiós más largo de lo habitual que ningún jet privado iba a poder paliar. El lunes día 3 estaba marcado en rojo y ya no había vuelta atrás. A las once de la mañana salía el vuelo de Madrid hacia Riad.

Aquella noche, después de dejar a Mario con su cuñado, llamó al teléfono fijo de sus padres, el de la casa de Pampaneira donde se había criado. Aquel aparato seguía siendo el verde botella colocado sobre una mesita redonda al costado del mueble televisor. A su lado había una foto de Álvaro del día de su debut en primera con el Granada.

Su madre se sorprendió al escucharlo al otro lado.

—¿Cómo es que no llamas al móvil de tu padre o al mío? Si no sé ni cómo te acuerdas del fijo de casa, hijo, si aquí ya no llama nadie.

Mientras charlaba con ellos, se imaginaba correteando por los pasillos de mármol, chocando la pelota entre los ventanales y escuchando las quejas a voz en grito de su madre. Usaba el mismo tono para avisarle de que la comida se estaba enfriando en la mesa que para amenazarle con quitarle los balones si volvía a romper algo. Olía a puchero, en una de las ollas heredadas de la abuela. Se vio calzándose rápido para salir a la calle con el balón, escapándose de su madre, corriendo primero hacia el portal de Abel y Jesús. El primero vivía en la cuesta de arriba y era mayor que Álvaro, pero algo patoso. Abel siempre fue un niño flaquito y muy tímido. Era tan bueno y retraído que a los pocos años en el pueblo empezaron a conocerlo como el mariquita. Abel seguía viviendo en el pueblo, se había casado con una prima lejana de Álvaro, y de Jesús nunca más se supo. Hasta que coincidieron una noche en Granada, casi veinte años más tarde, y Álvaro hizo como que no lo reconocía.

—¿Cómo está papá? —le preguntó a su madre, cuando ya se había dado cuenta de que él no se iba a poner al teléfono.

—Bien, con sus cosas, ya sabes. Sale poco de casa, y después de lo tuyo en Italia, no quiere ni ver la televisión. Vamos, que ya ni ve el fútbol, así que imagínate.

—Ya, no me extraña. Dale un beso de mi parte, dile que venga pronto a verme a Madrid. Le conseguiré uno de esos palcos en el estadio de los que le gustan a él, con buen jamón y barra libre. Y a ti te llevaré a El Corte Inglés y te dejo mi tarjeta, sino a papá le dará un parraque.

Ambos se rieron ante la imagen.

—Claro que sí, cuando pase un poco este frío, te hacemos una visita.

—Os espero. Te quiero, mamá, cuida esa cadera, ¿eh?

—Sí, cariño, tengo que ir al médico la semana que viene. Gracias por llamar, hijo. Dale un beso a mi nieto precioso.

Álvaro permaneció durante unos segundos mirando la pantalla una vez terminó la llamada. Apretó el teléfono contra su pecho y se recostó en la cama del hotel. Desde ahí le mandó un mensaje a Gabriel, y después pidió cena en el *room service*. La hamburguesa doble, con patatas fritas, una ensalada césar previa y un *brownie* de postre. No pasaron ni quince minutos entre que se lo subieron a la habitación y lo engulló.

No podía dormir, posiblemente le costaría hacer la digestión. Cogió un par de folios y le dio por escribir, como venía haciendo las últimas noches.

Gabriel marcó su número hasta en cinco ocasiones, pero en ninguna hubo respuesta. «Por qué no me atiende este boludo», se quedó pensando varias horas.

60

La chica que cubría el turno de recepción de la mañana había recibido en una notita el aviso del propio Álvaro de que debía llamar a la 711 a las ocho de la mañana, y acto seguido, pedirle un café solo para subírselo a la habitación. Apenas llevaba un par de semanas trabajando en el hotel y todavía no había podido coincidir con él. Le había confesado a alguno de sus compañeros que le «encantaba ese chico», y que se «volvería loca» si llegase a conocerlo. «Le diría que le apoyo a muerte, lo de la final le podría haber pasado a cualquiera», comentaba siempre que salía el tema y el resto le discutía «lo paquete que es ahora, ese tío está acabado».

Dicen que las finales están para ganarlas y del que pierde nadie se acuerda. Con De la Cruz se cumplía todo lo contrario.

Todavía faltaban un par de minutos para las ocho y la recepcionista ya lo estaba llamando. «Si no lo coge, insiste. Y si no, sube a la habitación, pero no lo hagas sola», ponía en la nota, donde se había transcrito literalmente la petición que Álvaro les hizo aquella medianoche.

La chica siguió a rajatabla lo marcado. A la quinta vez que la llamada no fue atendida, activó lo acordado. «Pero no lo hagas sola», volvió a leer.

—Samuel, ¿me acompañas a la habitación de Álvaro de la Cruz? Se ha quedado dormido y tenemos que despertarlo. Y llevarle un café solo, por favor.

—Sí, claro —respondió el responsable del bar del hotel.

Ambos subieron, nerviosos porque iban a ver a su admirado De la Cruz. No podían imaginar que ese primer encuentro marcaría el resto de sus vidas.

Álvaro yacía inmóvil en la cama, en ropa interior y con un gesto angelical que infectaba de paz todo aquel cuarto. A su lado, una mesilla de noche estaba llena de envoltorios de ansiolíticos, al menos cinco cajas semivacías. La chica reaccionó antes que su compañero, que seguía inmóvil con el café en las manos temblorosas.

—Aurora, está demasiado dormido, ¿no? ¿Qué hacemos?

Ella no le contestó, se sentó rápidamente al lado de Álvaro y le tomó el pulso en el brazo que le caía de la cama.

—¡Llama a una ambulancia, corre! —le gritó Aurora, que siguió auscultándole el pecho y agitándolo sin suerte. No había latido y su cuerpo inerte enfriaba las sábanas.

A pesar de la nieve que había caído en la ciudad, en menos de cinco minutos llegó la ambulancia y entraron las asistencias. Antes, se habían acercado hasta allí un par de médicos que estaban en el vestíbulo a punto de hacer el *check out*.

No pudieron hacer nada, De la Cruz había tomado la peor decisión de su vida.

Cuando la policía y el juez levantaron su cadáver y emitieron el parte de defunción del jugador, añadieron que había dejado dos sobres sobre el escritorio. «Al fútbol» y «Gabriel Baroli», se leía como remitentes en cada uno de ellos. En el que iba dirigido al fútbol, indicaba entre paréntesis: «(Entregar al periodista Pablo Blanco Montiel, del diario *En Juego*)».

61

Pablo, el becario, recibió un mensaje sobre las nueve de la mañana, nunca confesó quién se lo mandaba, pero no dudó de su fuente. Una vez lo contó a sus compañeros de redacción, salió corriendo hacia el hotel donde se alojaba Álvaro. Se fue en metro porque con la que estaba cayendo seguro que llegaría antes que en coche. Allí se encontró a un par de periodistas veteranos en la puerta principal, alguno había conseguido entrar. Apenas había una cámara, pero nadie logró captar la salida del cuerpo de De la Cruz en la ambulancia, porque se apresuraron a sacarlo antes por la puerta trasera, la que usaban para mantenimiento y cargas de material. El revuelo era cada vez mayor y empezaron a saber que allí ya no estaba. Pablo recibió otro aviso. «Se lo han llevado al Ramón y Cajal, pero no hay nada que hacer». Álvaro había llegado al Ramón y Cajal sin vida, y Pablo se dirigió rápidamente para allá sin decírselo a nadie. Marchó por las calles heladas y llegó en un cuarto de hora. Tenía un contacto trabajando allí, un amigo del instituto que solía hacer las guardias de urgencias.

—Me imagino por qué me llamas, Pablo. Sí, tío, hace casi una hora que lo trajeron para acá, pero venía ya sin signos vitales —le dijo nada más descolgarle el teléfono—. No vengas porque no te van a dejar pasar.

Pablo había sido el primero en recibir la noticia, pero jamás hubiese querido que así fuera. Su hermano mayor se había quitado la vida dos años atrás y todo aquello le estaba removiendo demasiado. Sacó fuerzas y fue para el hospital, el mismo al que habían llevado a su hermano y del que nunca salió. De camino avisó a uno de los redactores jefe, que estaba ansioso por publicar en exclusiva lo sucedido.

—¿Estás seguro? ¿Lo damos ya? —le insistió.

—Esperad a que llegue, pero me lo han confirmado. Estoy muy afectado.

—Bueno, llámame en cuanto sepas algo y lo sacamos, seremos los primeros, aunque en Twitter creo que ya lo están diciendo.

Pablo se secó las lágrimas que no le dejaban ver bien por dónde pisaba y se acercó a la entrada de urgencias.

«Rubén, estoy aquí fuera, ¿puedes salir?», le escribió a su amigo enfermero, que enseguida se hizo el encontradizo mientras se encendía un cigarro en la zona de las ambulancias.

Le confirmó que Álvaro de la Cruz se había quitado la vida en esa madrugada, y que preveían que había estado unas cuatro horas muerto hasta que fue encontrado. Volvió a sonar el teléfono de Pablo, pensó que sería de nuevo uno de sus jefes y atendió con desgana.

—¿Es usted Pablo Blanco Montiel?

La policía lo citaba cuanto antes en la comisaría de Recoletos.

—Tengo que irme, luego hablamos —le dijo a Rubén, y se marchó rápidamente.

Tenía un nudo en el pecho cada vez más difícil de disimular. De camino su teléfono no dejó de sonar, pero no quiso coger ninguna de las llamadas. Se limitó a mandar un mensaje: «Ahora no pueblo hablar y tampoco confirmarte nada. Te avisaré cuando vuelva a estar disponible».

Volvió a coger el metro, y ya en la jefatura donde lo había citado el agente de policía, se identificó y lo hicieron pasar a una de las salas. Allí le preguntaron de qué conocía al señor Álvaro de la Cruz. Les contó que había tratado con él durante la Eurocopa y que se habían intercambiado algún mensaje de vez en cuando. Le informaron de que Álvaro había dejado una carta para él. Uno de los oficiales se la entregó deslizándola por la mesa, el sobre ya estaba abierto por un costado. Le dieron permiso para leerla allí mismo.

Al fútbol, mi vida:

Tal vez no comprendan lo que he hecho ni cómo he podido llegar hasta aquí, yo tampoco, así que voy a intentar explicarlo por única y última vez. No sé cómo he caído en un lugar tan profundo, tan oscuro, del que hace demasiado tiempo que no puedo salir. Al menos no solo. Tal vez no entendáis cómo un tipo como yo puede sentirse así, pero no os podéis imaginar cómo tengo clavada la soledad en mi alma. Ya no me quedan fuerzas para vivir, y no es que quiera morir, juro que no. Lo que quiero es no seguir sufriendo.

Hace unos meses se me acusó de algo que no era, lo hizo la persona que, junto con mi hijo, más amaba en este mundo. Desde entonces no he sabido vivir con la duda sobre mí, que me aprieta y me ahoga cada día más. Pensaréis que no debería importarme lo que diga de mí la gente que no conozco. Sin embargo, he visto la duda en los ojos de quienes me importan y no lo he podido soportar. Lo siento. Siento el daño que hago a mi hijo y espero que algún día me perdone. A mis padres, a mi familia, a mis amigos. A Gabriel. Sí, a Gabriel Baroli. La persona más valiente que he conocido jamás. Yo no he logrado tener su coraje para vivir en el camino de la verdad. He mentido durante años y, peor aún, me he engañado. Hasta hoy.

En mi vida he jugado partidos muy difíciles, sobre todo el de la final de la pasada Eurocopa, que es mi pesadilla de cada noche y que me recuerdan cada día. Pero esta vez se me han quebrado las piernas y no me sostengo más en pie. Menos aún con esta rodilla, que sé que ya me abandonó. Eso sí, no me han quitado la voz para decir que, aunque he cometido mis errores y no he sido el marido perfecto, nunca maltraté a la madre de mi hijo.

También me queda voz para gritar que el amor que siento por Gabriel es de lo más valioso que dejo. Sí, Gabriel Baroli, quien me permitió conocer el amor más honesto, con él y conmigo. Para decir que ojalá hubiese tenido su valentía y no hubiese hecho caso a todos los que me pedían que guardara silencio. Esta es mi verdad, y no soy capaz de seguir viviendo después de sacarla a la luz.

A mí me vencieron los miedos, los fantasmas del pasado, el vacío de este presente y un futuro que ni veo. El mundo me dio la espalda y me pidió que guardara silencio. Pero no, tú por favor no te calles nunca.

Perdóname, papá. Perdóname, mamá. Merecíais que vuestro hijo se fuera en pie, disculpadme por esta deshonra. Este pesar me impide seguir, y no puedo evitar sentir vergüenza. No os culpéis por nada, yo no lo hago. Me llenasteis de amor y oportunidades, y gracias a vosotros fui el chaval más feliz jugando al fútbol. Pero deambular entre tanta mentira me hizo caer en este abismo del que no sé salir.

He superado con creces todo lo que soñé de niño, pero nadie me preparó para esto. No he sabido pedir ayuda, a pesar de ser consciente de que todo hubiera sido distinto de haberlo hecho. Por favor, pedid ayuda, y seguro que se os tenderán todas las manos que yo he rechazado.

Dejo esta carta en manos de Pablo Blanco Montiel, el único periodista que en los últimos tiempos se ha preocupado por cómo estoy, aunque no le diera la entrevista que su jefe tanto le exigía. Me gustaría que pudierais publicarla y aportarais vuestro grano de arena en esta lucha, que yo he perdido, contra la homofobia en el fútbol y contra cualquier discriminación por el color, el sentir o el pensar de cada uno.

Gracias a todos los que habéis compartido un pedazo de esta vida conmigo. Incluso a los que hicieron que me llegara a doler tanto. Gracias a Mario, ser tu padre ha sido el título más bonito del mundo.

Gracias a Gabriel, por enseñarme que la verdad es el único camino, aunque no tenga retorno.

Gracias al fútbol, que me lo dio y me acabó quitando todo. Solo espero que nadie vuelva a toparse de frente con su cara más cruel. Sentenciar a alguien sin saber su verdad puede llevarlo a la muerte. Y yo hace mucho tiempo que estoy muerto.

ÁLVARO DE LA CRUZ,
2 de enero de 2022

En aquella sala solo se escuchaba alguno de los *walkies* de los policías, los sollozos de Pablo y el ruido de aquel papel que doblaba y metía de nuevo en el sobre.

El inspector le dio varias indicaciones y le pidió que lo llamara si tenía algún tipo de información al respecto. Salió de allí completamente estremecido y con mil preguntas estrellándose en su cabeza.

Puso rumbo a la redacción, pero por el camino se detuvo en un pasillo de la estación del metro y releyó la carta de Álvaro. Rompió a llorar mientras se reprochaba no haber podido hacer nada por evitarlo. Hubiese abrazado a cualquiera de los que pasaban por allí.

Sin acercarse a las mesas de sus compañeros, fue directamente al despacho del director.

—Hola, Pablo, ¿no habías ido tú a lo de De la Cruz? ¿Traes algo?

—Sí, necesito sentarme y que me atienda unos minutos, por favor.

Antes de que saliera del despacho, publicaron la noticia del fallecimiento del futbolista y se convocó una reunión de urgencia en la sala contigua. Pablo se sentía cada vez más aturdido y mareado, y pidió un momento para irse al baño. Al regresar, se incorporó a la reunión y leyó la carta en voz alta. Tenían que debatir si publicarla o no.

Por un lado, estaban los que no dudaban de que había que hacerlo cuanto antes, que aquello sería un bombazo. Otros, la mayoría, pedían calma para poder hacer los movimientos precisos, con el máximo respeto y rigurosidad. El director había llamado en privado al director de comunicación del Racing de Madrid, a su presidente y al representante de Álvaro, que casi no podían articular palabra. No lo hacía para pedirles permiso de publicación, sino para contarles lo que se traía entre manos y advertirles de que debían estar todos alineados en el proceder. Que empezaba una lucha contra la homofobia en el fútbol, y querían abanderarla. Encontró apoyo por todas las partes, así que, al terminar las llamadas, explicó a los suyos cómo iban a hacerlo. La carta no la publicarían hasta el día siguiente.

—Por Álvaro no podemos hacer nada. Por los demás, sí. A por ello, muchachos —les dijo su director antes de dar por finalizada la reunión—. Pablo, tú quédate, por favor.

El becario siguió sentado en una de las sillas de la esquina. Su superior quería saber más acerca de su relación con el jugador. Le contó lo que recordaba.

—Y eso es todo. Él siempre me decía que era el único en el que podía confiar y me daba consejos.

—¿Qué consejos? —indagó el director.

—Bueno, que no confiara en nadie, y que no me dejara condicionar por este mundillo. Que dijera siempre la verdad.

—Está bien. Se te nota cansado, márchate un rato a casa y vente después de comer, por favor. Ánimo, muchacho. Lo has hecho muy bien —le dijo dándole un leve abrazo.

Pablo no había dejado de tener los ojos llorosos en lo que iba de mañana. Hizo varias copias de la carta, se quedó con la original y se marchó a casa. No había dormido en toda la noche.

62

Los medios nacionales e internacionales trataron el fallecimiento de Álvaro durante todo el día. No había canal de televisión o radio que no estuviera cubriendo sin descanso el suceso. España había despertado con la muerte de su capitán, y el mundo entero dedicaba gran parte de su programación a ello.

Hasta ese momento, ninguno había mencionado de forma explícita la palabra «suicidio», pero en redes hacía horas que era tendencia. Lo que no había trascendido públicamente era la existencia de ninguna carta. Los compañeros del Racing y toda la profesión mostraba su tristeza y el pésame en sus perfiles. La noticia les había llegado mientras se cambiaban en el vestuario para salir a entrenar. En un principio, la incredulidad reinó en el grupo, cuyos miembros buscaban desesperados más información en sus teléfonos. Cuando el delegado del equipo lo confirmó, se sucedieron los gritos y los golpes en las paredes, en las taquillas, allá donde pillaran. Muchos pateaban todo lo que tenían a su alcance y después caían rendidos en el suelo. Otros se abrazaban y lloraban sin consuelo.

—No puede ser, tío, no puede ser. Dime que no es verdad —se escuchaba.

«Porca puttana», «Sranje», «po dyavolit», «putain»... Cada uno maldecía en su idioma y conciencia. El ruido del lamento ocupó aquel vestuario. El único que permanecía en silencio era François, el entrenador, quien había entrado junto con el delegado y seguía sentado en el banco, al lado de su asistente. La sesión de la mañana había sido cancelada y se desconocía cuándo se retomarían los entrenamientos.

La Liga ya había anunciado que la jornada del fin de semana quedaba suspendida. La conmoción en todo el país era inmensurable.

63

El Hertha había tenido una sesión suave aquel lunes, sobre todo para los que habían sido titulares el fin de semana, entre los que se encontraba Gabriel. A las doce del mediodía ya habían terminado, y el argentino se entretuvo en la salida del centro deportivo del club, donde había algunos aficionados esperando a los futbolistas. Bajó la ventanilla del coche y firmó media docena de camisetas con su nombre, se hizo selfis y charló con los más pequeños. Le gustaba poder comunicarse en alemán de forma fluida después de poco más de cuatro meses recibiendo clases, incluso las ruedas de prensa las hacía desde hacía semanas en el idioma germano. Gabriel no dejaba de sonreír, hasta que un aficionado le nombró a Álvaro de la Cruz, «tu amigo del Racing», entendió, pero no lo que vino después. Creyó oír que le preguntaba si sabía lo que le había pasado. Gabriel fingió la media sonrisa unos segundos más y se despidió. El cuerpo le había dado un vuelvo al escuchar a aquel tipo. ¿Qué quiso decirle? Subió la radio y el corazón se le detuvo. Hablaban de Álvaro. Del hospital. De las reacciones de unos y otros a lo acontecido con el futbolista español. El argentino temblaba, subía el volumen como si así fuese a comprender mejor lo que decían. Con dificultad, marcó el número de Álvaro y le saltó el buzón de voz. Le daba miedo meterse en los medios digitales. Paró el coche en una vereda aledaña al recinto del club y apagó el motor. Entró a la web de *En Juego* y allí estaba la noticia, abriendo el portal. Sintió que perdía la conciencia durante unos segundos. Bebió de una de las botellas de agua que tenía tiradas en el asiento del copiloto, apoyó su cabeza sobre el volante y permaneció unos diez minutos entre sollozos y preguntas. Llamaba sin voz a Álvaro, lo hacía desde las entrañas, de donde salía uno de sus peores presagios.

Cuando recuperó un poco la respiración como para poder conducir, se dirigió hasta su casa. Al llegar, recibió la llamada de Raúl, el preparador físico del Racing.

—Gabriel, ¿cómo estás? Imagino que ya te has enterado…

—Sí, ¿qué pasó, Roberto? ¿Qué le pasó? ¿Qué hizo? —lo interrumpió el argentino, que volvía a derramarse en llanto.

—¿Estás solo? Gabriel, tranquilo, por favor. ¿Puedes llamar a alguien para que vaya contigo?

Pero no, Gabriel no tenía a nadie a quien llamar o, en realidad, con quien querer estar. Colgó a Raúl y lo llamó media hora más tarde con algo más de sosiego. Le consultó sobre cuál iba a ser el procedimiento a partir de ahora. El entierro era al día siguiente, habría un sepelio a las diez y media y luego se lo llevarían a Granada. Gabriel le pidió permiso a su entrenador para poder viajar esa misma tarde a Madrid y se lo concedió antes de que le explicara nada. Compró el vuelo de las cinco de la tarde, le daba tiempo de sobra a llegar al aeropuerto, aunque cogió un par de mudas y se fue para allá casi cuatro horas antes de partir. Desde que salió de su apartamento, desactivó su teléfono. Tan solo lo usó para mandarle un wasap a Graciana: «Murió Álvaro. Me quiero morir».

64

Al día siguiente, Álvaro estaría en el tanatorio de la M-30 desde las diez de la mañana, y el miércoles sería enterrado en su pueblo, ya en la más estricta intimidad.

El director de *En Juego* decidió que publicarían la carta el día después del entierro.

Ese lunes los informativos abrían con la noticia y todos los programas de televisión y radio tenían varios reporteros repartidos entre el hotel donde se alojaba, el Ramón y Cajal, el domicilio de Álvaro y la Ciudad Deportiva del Racing, desde donde iban realizando sistemáticamente varias conexiones en directo.

El presidente del Gobierno había interrumpido la cumbre programada con el marroquí Mohamed VI para mandar sus condolencias. Algunos periodistas ya habían cuestionado a políticos sobre si lo acontecido en los últimos tiempos en torno a De la Cruz y los actos homófobos que había recibido podían haber influido en su muerte. Echaban balones fuera con sus respuestas, pero más de uno había mostrado su compromiso para revisar el cumplimiento de los protocolos en el fútbol, en su lucha contra el racismo y la homofobia.

El martes toda la expectación se concentraba en el tanatorio donde iba a ser velado Álvaro de la Cruz. De los primeros en aparecer fueron sus compañeros de equipo, uniformados con el traje oficial del club. La mayoría desfilaron con semblantes afligidos bajo gafas de sol. Sin hacer declaraciones, fueron derechos a dar el pésame a la familia y, sobre todo, a abrazar a sus padres, que parecían enteros hasta que vieron aparecer a los compañeros de su hijo. A su madre tuvieron que sostenerla y la escena provocó uno de los aplausos más emotivos y espontáneos de la mañana. Quien hasta el momento podía contener las lágrimas soltó toda su pena.

Todos los equipos de primera división estuvieron representados por sus presidentes y varios de sus jugadores, muchos de ellos compañeros de Álvaro en la selección o en categorías inferiores. Deportistas, artistas, políticos, periodistas, dirigentes del fútbol, familiares y amigos… No faltaba nadie. Tenían que congregarse fuera de la sala cuatro y, a pesar del frío que hacía en la calle, nadie se movía de allí. De Salma, ni rastro.

El presidente del Gobierno y el ministro de Deportes anunciaron la aplicación de la ley contra delitos de odio que llevaba meses pendiente de aprobación. En ella se endurecían con penas de cárcel y sanciones de mínimo dos mil euros a quienes cometieran actos racistas u homófobos, incluido en los estadios de fútbol, donde hasta ahora prohibían la entrada a algunos de sus aficionados y las multas no habían superado los seiscientos euros. Además, no parecían claras las competencias de cada órgano, si era el propio club quien debía tomar medidas, la Liga, la Federación junto con el Consejo Superior de Deportes, o la propia policía, que hasta entonces no podían detener a nadie por dichos actos en el interior de los estadios.

65

Al aterrizar en Barajas, Raúl lo esperaba en el aparcamiento y lo llevó hasta el tanatorio. Hasta que no estuvo a punto de llegar no cayó en pensar si sería bienvenido o si su presencia podría provocar algún conflicto en la familia de Álvaro. Sin quitarse las gafas de sol, pese a que ya había atardecido, entró junto con Raúl en el tanatorio. A esas horas ya apenas quedaba gente por allí. Nada más verlo, todos se dieron vuelta. Unos mantuvieron silencio, otros cuchichearon. «Mirad quién ha venido», se escuchaba decir a algunos. Se cruzó con los padres de Álvaro, que ya se estaban marchando, visiblemente cansados y abatidos, como si desde hacía unas horas pertenecieran a otro universo. Gabriel los miró con compasión y dudó si detenerse, pero se percató, por la mirada del padre, que era mejor no acercarse.

Gabriel no quiso entrar a la sala donde se encontraba el féretro. Prefería conservar su sonrisa del último día en Berlín. ¿Cómo lo haría? Ya empezaba a pesarle la culpa, ya lo extrañaba. Aquel era el lugar de los muertos, y Álvaro seguía muy vivo. Sin embargo, cuando vio que ya no quedaba nadie allí dentro, se levantó y se acercó a verlo. Le había dado tiempo a pensar que no pudo despedirse de su padre, y no quería arrepentirse de no haberlo hecho con él.

Allí estaba, en paz, por fin. Guapo, como siempre. Sentía que quería meterse allí con él, despertarlo y salir de allí corriendo juntos, como si hubiera sido un plan macabro de los dos. No le dijo nada, apoyó su mano sobre aquella madera fría y la retiró enseguida. Quiso salir de allí. Aturdido, le pidió a Raúl que lo llevara al hotel que había reservado para aquella noche. Pese a que le había insistido en que se quedara en su casa, no lo logró y lo acompañó a la dirección que Gabriel le había indicado.

—¿Estás seguro de que no quieres venir a casa?

—Seguro, Raúl, quedate tranquilo que voy a estar bien. Mañana te llamo —le dijo antes de bajarse del coche.

—Espera. Tengo algo para ti. Me la dio el club, la había dejado en la habitación. —Y le entregó un sobre con su nombre. Gabriel reconoció rápidamente la letra de Álvaro. Raúl lo abrazó justo antes de abrir la puerta, coger la maleta del maletero y marcharse.

El argentino fue a registrarse en el hotel y enseguida lo vio su director y se acercó a atenderlo. Gabriel apenas articuló palabra, y se tiró en la cama nada más entrar en la habitación.

Gabriel, tengo tu nombre en mis entrañas.

Tu amor, tu ejemplo, tu vida en la mía. Me has enseñado a ver la bondad en este mundo, y que, a través de tus ojos, me has convencido de que podía ser un lugar mejor. Perdón por no haber estado a la altura, que sepas que siempre que me alejé de ti fue para no hacerte daño. Más te amaba, más me iba. Ahora te llevo intacto conmigo.

Te pido por favor que luches por mí, que yo ya no puedo. No permitas que nadie calle una verdad hasta quedarse sin aliento. Sé que tú puedes conseguir que el fútbol cambie, y que nadie más juegue un partido con ese miedo atroz que a mí me ha devorado.

Cuéntale a mi hijo algún día todo lo que te quise, y que no se conforme con que le quieran menos. Y, sobre todo, muéstrale el camino para que sea quien quiera ser. Libre siempre. Como tú.

Te dejo en este sobre una carta también para él que quiero que algún día le entregues. Seguro que sabrás cuándo es el momento.

El nuestro es siempre.

Te quiero, Gabriel.

66

El miércoles amaneció con el cielo lleno de nubarrones que amenazaban con una gran tormenta. El Racing había hecho público un comunicado aquella mañana anunciando que el próximo partido de liga, que sería en su estadio, serviría de homenaje a De la Cruz.

Los medios ya escribían acerca de la importancia de la salud mental entre los futbolistas y la necesidad de endurecer las sanciones a todo aquel que discrimina a alguien por su orientación sexual o su color de piel.

El funeral se celebró puntual a las diez y media, y una hora después se daba por finalizado. Sus compañeros de equipo cargaron con el féretro hasta el coche fúnebre, que seguidamente se dirigiría a Granada. Fue la imagen que usaron los telediarios de todo el mundo aquel mediodía.

Gabriel no se atrevió a ir para así evitar cualquier situación violenta. Se fue al aeropuerto y tomó el primer avión disponible a Berlín. Mientras sobrevolaba Francia, a Álvaro lo metían en un nicho.

El miércoles *En Juego* publicaba la que acabaría siendo la portada más comprada de su historia. Contenía varios extractos de la carta que había dejado De la Cruz dirigida al fútbol, y en las páginas interiores aparecía el texto íntegro.

En la televisión argentina tampoco había otro tema de conversación. Llamaban a antiguos compañeros del español para crear un perfil suyo y recrear los últimos días de Álvaro. Conectaban con periodistas españoles y divagaban sobre la relación que mantenían los dos futbolistas, y todavía se sorprendían cuando comentaban los insultos y las coacciones a las que tuvo que someterse De la Cruz desde que se había empezado a insinuar su homosexualidad.

El Racing no tardó en emitir un comunicado aludiendo a la carta del que realmente era su exfutbolista, porque en el momento del suicidio ya había firmado con el equipo saudí, aunque no lo habían inscrito todavía en la liga local. Sin embargo, se volcaron en los homenajes y destacó la sensibilidad con la que estaban tratando su partida. En el escrito, el club se lamentaba por lo ocurrido y se ponía a disposición de todas las autoridades, nacionales e internacionales, para acabar cuanto antes con la homofobia y cualquier tipo de discriminación y violencia en el fútbol. «Lucharemos por De la Cruz, tal y como nos ha pedido a todos. El Racing se compromete a ello», finalizaba.

Sus futbolistas iban a entrenar el jueves, aunque más bien se trataba de una reunión de camaradas que habían quedado huérfanos de su líder. François estaba preparando ejercicios sin carga física ni táctica, tan solo juegos con los que intentar cambiar el ambiente sombrío de sus chicos. Levantar a ese grupo parecía el mayor reto de su carrera como entrenador hasta entonces. Quien más y quien menos, tenían cierto sentimiento de culpa por no haber podido ayudar a Álvaro, o no haberle mostrado más apoyo. Pero en realidad todos lo habían hecho, tal vez más en público, con tal de no ser invasivos en su privacidad o simplemente por haber sabido cómo acercarse a él en aquellos momentos.

Una vez en el vestuario, Šarić tomó la palabra y propuso la idea de marcharse aquel fin de semana, el equipo entero y todo el *staff*, incluidos utilleros, fisios, etcétera. De inicio, las caras de sus compañeros no parecían verlo como una buena opción, pero a medida que el croata, que había quedado como primer capitán, explicaba que estar juntos haría al grupo más fuerte y, sobre todo, que compartir el momento más difícil los aliviaría y uniría, más apoyo obtenía la propuesta. El dolor es menos dolor en los ojos del otro. Poco a poco, fueron levantando la vista a modo de aprobación. No tenían fuerzas para mucho más, quedaron en hablarlo al día siguiente y esa tarde el delegado se iba a encargar de ver distintas posibilidades.

Aquellos días la programación televisiva no abandonaba lo sucedido. Coincidían en formar tertulias en torno a la salud mental en el deporte o la homosexualidad en el fútbol. Se divagaba entre la falta de educación entre los jóvenes, los malos hábitos de los futbolistas y el exceso de dinero que les pagaban para terminar politizando la cuestión.

El jueves se empezó a organizar una reunión para la semana próxima en la que estuvieran presentes representantes de la UEFA y la FIFA, así como el Consejo Superior de Deportes, el presidente de la Federación española y la Liga, algo insólito porque las guerras entre ellos llevaban años bloqueando los distintos acuerdos, y los reproches y las querellas terminaban siendo el único resultado.

La Ley 19/2007 contra la violencia, el racismo, la xenofobia y la intolerancia en el deporte parecía más obsoleta que nunca, además, la FIFA y la UEFA mantenían una sonada pelea jurídica con la Comisión Europea por el proyecto de la Superliga, planteado por algunos clubes. El pastel estaba demasiado repartido y, hasta entonces, entenderse entre todas las partes, fuera cual fuera el cometido, era inviable.

Ese día el vestuario del Racing había decidido permanecer todo lo más unido posible y el viernes temprano viajarían hasta

Mijas, donde se había estrenado un complejo deportivo con alojamiento de lujo y a escasos trescientos metros del mar. Allí estarían hasta el martes, y con la expedición viajarían hasta cuatro psicólogos, que ya se habían incorporado al equipo y habían realizado consultas con gran parte de los jugadores. Reforzar el departamento psicológico del club fue la primera medida que se tomó, de hecho, al día siguiente de la muerte de Álvaro. Las charlas habían sido individuales, y no grupales como hasta entonces.

Aquel viernes la FIFA llamó a Gabriel Baroli para ofrecerle presidir FIFPro, la organización que representaba y defendía los derechos y el bienestar de los y las futbolistas profesionales. Querían reunirse cuanto antes con él y para ello le propusieron mandar a uno de sus comisarios a Berlín. El argentino aceptó reunirse el lunes al mediodía.

67

«Ninguna raza, religión, creencia política o grupo étnico puede considerarse superior a las demás. Y, en este aspecto, lo que ocurra en el deporte ha de reflejar los valores en que se sustenta nuestra convivencia democrática», se leía en la ley vigente. Su éxito y el compromiso de todas las partes por cumplirla y aplicar las sanciones correspondientes se habían diluido hacía demasiado. Se habían realizado distintos congresos, convenios y resoluciones, como la del año 2000, sobre la prevención del racismo, la xenofobia y la intolerancia en el deporte. En España el Ministerio del Interior, el Consejo Superior de Deportes, la Real Federación Española de Fútbol, la Liga Nacional de Fútbol Profesional y la Asociación de Futbolistas Españoles suscribieron un documento denominado «Compromiso contra la violencia en el deporte», que contemplaba las líneas maestras, los planes y las actuaciones del Gobierno para prevenir y combatir la violencia y el racismo asociados al deporte. Las bases estaban, la educación no. Y mientras tanto, las sanciones no eran suficientes.

En apenas dos semanas se pudo celebrar la reunión de urgencia tanto de los organismos públicos de España como privados, junto a la FIFA y la UEFA, que presagiaba un optimismo sin precedentes. A la misma acudieron incluso el presidente del

Gobierno español y Gabriel Baroli, ya como máximo representante de la FIFPro.

Al argentino le llovieron las ofertas de publicidad, aunque decidió que, por un tiempo, no iba a aceptar ninguna. Era la primera vez, desde que era profesional, que ninguna marca lo auspiciaba.

En menos de un mes se había firmado un acuerdo que endurecería, considerablemente, las medidas de detección y las sanciones para todo aquel que cometiera un delito de violencia u odio en un estadio de fútbol o entorno deportivo. Podría ser detenido y puesto a disposición de la justicia, con la posibilidad de recibir una sanción económica de entre los diez mil y los sesenta mil euros, además de quedar expuesto a penas de cárcel de dos a ocho años.

En los dos años posteriores no volvió a escucharse un insulto homófobo, xenófobo ni racista en ningún campo de fútbol europeo, tampoco se había dado ningún hecho con tintes semejantes.

68

Desde que Álvaro se marchó de su apartamento berlinés, Gabriel no había permitido que entrara nadie, ni tan siquiera un compañero. Hasta le costaba ventilarlo, por si podía mantener su olor o el de ellos. A menudo, alguna noche se le aparecía reflejado en el ventanal o creía verlo cruzando el pasillo. Había empezado a estudiar Psicología por la UNED, la universidad pública a distancia de España y, cuando no entrenaba o estudiaba, se volcaba en su rol como principal representante de futbolistas. Daba charlas acerca de lo indispensable de asistir a terapia y, aunque se topaba con los prejuicios sobre todo de los españoles, había recibido más de un centenar de mensajes de jugadores y jugadoras que le agradecían haberlos animado a recibir apoyo psicológico. La mayoría le llegaba a reconocer que desde entonces eran mucho mejores en la cancha, y que no contemplaban dejar de ir, aunque estuvieran atravesando un buen momento. A Gabriel aquello le daba fuerzas para seguir.

Trataba de ocupar todas las horas del día hasta que se metía en la cama, que era el instante más angustioso. Casi cada noche pedía que Álvaro apareciera en sus sueños, pero nunca lo había logrado. Había leído que eran altas las probabilidades de soñar con lo último que se piensa antes de dormir, así que De la Cruz era siempre la imagen póstuma de sus pensamientos.

Pasados tres meses desde la muerte de Álvaro, Gabriel debía regresar a Buenos Aires para disputar un encuentro con la selección argentina, que correspondía a las eliminatorias clasificatorias para el Mundial. No había vuelto desde antes de la Copa América, y en Alemania había conseguido una zona de contención y protección de la que le costaba salir.

En la semana previa, recibió la llamada de Nico, el jefe de prensa de Argentina. Pretendía saber cómo se encontraba y su predisposición para atender alguna de los miles de peticiones de entrevista que habían llegado a través de la selección.

—Capaz que alguna sí hago. ¿Tenés del diario *En Juego*?

—Sí, justo te iba a decir.

—Bien, arreglá con ellos, por favor, pero solo si es con Pablo Blanco. Es la única nota que voy a hacer.

Así lo acordaron. Nico quiso advertirle de que le preguntarían por la destitución del seleccionador, Richard Lanzini, a pesar de haber renovado un mes antes del suicidio de Álvaro.

—Te pediría por favor que no entraras en demasiados detalles, presentó demanda contra la AFA y estamos esperando el juicio en breve.

A Lanzini lo habían echado, para sorpresa de todos, sobre todo la suya, a pesar de los buenos resultados. La opinión pública no le perdonó que no hubiera vuelto a convocar a Baroli desde que anunciara públicamente su homosexualidad. Un joven Eduardo Berzaglio le había sustituido y esa sería la primera instancia al cargo de la albiceleste.

Gabriel aterrizó en el aeropuerto bonaerense de Ezeiza junto con los compañeros de clubes europeos que también habían sido convocados. La expectación era máxima en la terminal de llegadas, aunque el argentino no hizo ninguna declaración a los periodistas y se limitó a agradecer el interés. En el hotel de concentración lo esperaban sus compañeros, que lo recibieron con un cariñoso abrazo y enseguida le advirtieron de que no podía faltar al torneo de truco programado para esa misma noche en la habitación de Correa.

Entrenaron por la mañana a puerta cerrada y, al terminar, atendería a Pablo Blanco, que acababa de hacer su primer viaje como periodista y su director le había prometido, a su vuelta a Madrid, hacerle un contrato de un año como colaborador. Ser parte de la plantilla era una opción remota, así que no solo se conformaba, sino que se iba a convertir en el único becario de las últimas tres camadas en poder quedarse en *En Juego* al acabar las prácticas.

Pablo emanaba el desparpajo y la frescura del periodista novato. Tenía buen olfato, sabía llegar a la persona mucho antes que al deportista, así que terminaban confiando en él. Era generoso, audaz, ocurrente y consciente de que, si le entraban las prisas, perdería la carrera.

Esperó a que Gabriel se duchase en una salita que le habían habilitado para la entrevista, llevaba todas las preguntas anotadas en un bloc que le había regalado su padre para la ocasión. Los nervios no eran una amenaza, sabía de la trascendencia que iba a tener aquella charla, pero desconocía que marcaría un antes y un después en su corta vida periodística.

Nico, el jefe de prensa, se acercó un par de veces para avisarle de que Gaby estaba ya a punto de llegar y preguntarle si necesitaba algo, no solo allí sino durante su estadía en Buenos Aires.

—No, no, muchas gracias. Y tampoco tengo prisa. ¿Hasta cuándo me quedo? El domingo me vuelvo, le pedí a mi jefe quedarme un día más para poder ir el sábado al partido, siempre soñé con ver un partido en La Bombonera.

—Uuuy, sí, te encantará. Tratá de ir con tiempo y pasear por La Boca. ¿Sabés que abrieron la tienda oficial del Diego? Ah, mirá, ahí viene Gabriel, los dejo tranquilos, cualquier cosa, avisame que estoy acá a la vuelta —se ofreció Nico.

—¡Pablo! ¿Cómo estás? Qué ganas tenía de conocerte, ¿sabés? —lo saludó Gabriel con un abrazo muy fuerte que hizo que, si a Pablo le quedaba algún destello de nervios, se esfumara en ese instante.

—Yo también, no sé cómo agradecerte que me hayas querido dar esta entrevista. Aunque después de todo, quería verte y poder preguntarte en persona qué tal estás.

Estuvieron más de diez minutos charlando antes de empezar a grabar la conversación. Hablaron de cómo conocieron ambos a Álvaro, rieron juntos cuando Gabriel recordaba alguna anécdota y su terquedad, y cada frase terminaba con un silencio sostenido y una emoción latente en los dos. Sentían que se conocían de antes, había un tormento compartido que coincidieron en cortar al iniciar la entrevista. No fue una sucesión de preguntas y respuestas, sino un intercambio genuino de sentires y reflexiones.

Gabriel le contó que lo único que le calmaba era pensar que su muerte, aunque totalmente evitable, no había sido del todo en balde. Había dejado un legado, un sentimiento de empatía y solidaridad entre todos, no solo en el fútbol. Creía que la gente estaba cambiando y que se respetaba más al prójimo. Se habían implicado absolutamente todos los organismos e instituciones, también las políticas. Se habían tomado medidas, castigando con mucha más dureza a quienes tenían actitudes discriminatorias. El futbolista se estaba convenciendo de la importancia de cuidar su salud mental tanto o más que sus piernas o su alimentación. Tenía constancia de al menos tres futbolistas reconocidos que le habían contado sus intenciones de declarar públicamente su homosexualidad; ya no existía patrocinador que se retirara o rompiera contrato por ello. Se aplicaban multas incluso a compañeros de profesión que mostraran su homofobia en alguna declaración y en todas las jornadas siempre había alguien entre el público de los estadios que denunciaba a quien estuviera insultando. Además, se habían modificado las sedes de partidos y las finales que se disputaban en países donde no reconocían los derechos del colectivo LGTBI. Todo eso en apenas dos meses.

Pablo lo escuchaba atenta y orgullosamente. Había dejado de plantearle cuestiones, no quería interrumpirle. Hasta que llegó el momento de preguntarle:

—¿Cómo crees que se debe de estar sintiendo Álvaro al escucharte?

—… No lo sé. Me gustaría que estuviera en paz. Que estuviera orgulloso de lo que estamos logrando. Espero que sí, pero lo único que sé es cómo me siento yo.

—¿Y cómo te sientes? —replicó el periodista.

Gabriel miró al suelo, calló y volvió a alzar la vista.

—Es una mezcla de sentimientos, y hay día para todos, pero la verdad es que sigo enojado, supongo que con este mundo. Álvaro no se merecía un lugar tan hostil, y no pudimos hacer nada para allanárselo, y yo no supe aliviarle ese dolor. Desde que se fue, solo pienso en eso. En tratar de convertir todo esto en algo mejor para todos los que nos siguen… —Gabriel hizo una pausa para poder seguir hablando—. En especial para su hijo. Eso era lo que quería Álvaro, nada más —concluyó.

Pablo detuvo la grabación. Se quedó en silencio y se levantó de su silla para darle un abrazo al futbolista, que había roto a llorar.

—Lo estás haciendo muy bien, Gabriel. Debe de estar muy orgulloso de ti.

—Gracias, pibe. Sos muy groso. Espero que te sirva esta nota y te valoren. Álvaro no se equivocó al confiar en vos. —Le agarró por uno de los hombros y se sonrieron.

Gabriel le preguntó sobre cómo estaban siendo sus días en Argentina, le ofreció el contacto de un amigo para cualquier cosa que necesitara, un desplazamiento, cambio de moneda, llevarlo a comer a una buena parrilla… Pablo agendó el número y salieron de la sala charlando. Fuera los esperaba Nico, que gestionaba entrevistas con otros jugadores.

—¿Y? ¿Cómo fue eso?

Pablo y Gabriel se miraron cómplices y respondieron al unísono que más que bien, que había resultado todo muy fácil. Chocaron las manos y se despidieron, Nico ayudaría al periodista a conseguir un taxi hasta las instalaciones, y llevarlo al hotel de Palermo en el que se hospedaba. De camino, tenía que llamar a su director y comentarle provisionalmente alguno de los posibles titulares y destacados. Y cuando llegase, se pondría a transcribir la conversación con Gabriel, que se había alargado casi una hora sin que se percatara.

«Sigo enojado con el mundo, Álvaro no merecía un lugar tan hostil» había sido el titular elegido por los jefes de redacción. A Blanco le hubiera gustado que tuviera relación con las medidas que se habían tomado desde el fallecimiento, «por si servía de algo», pero se negaron. Al día siguiente fue portada de *En Juego* y, en cuestión de diez minutos, ya la habían rebotado todos los medios nacionales, y empezaba a traducirse a varios idiomas para difundirse en medio planeta.

Gabriel le mandó un mensaje a Pablo para decirle lo agradecido que estaba y lo satisfecho que había quedado con la publicación. El joven becario recibió felicitaciones de colegas de todos los medios. No dejaban de llamarlo para que entrara en antena de varios programas, pero prefirió abstenerse. No quería dar un mísero paso que pudiera desenfocar al protagonista, que era Gabriel y su inabarcable dadivosidad.

El sábado Argentina recibía en La Bombonera a Chile. El andino había sido uno de los últimos países de Latinoamérica en legalizar las relaciones homosexuales, por lo que en ese devenir tardío todavía eran demasiado recurrentes las discriminaciones homofóbicas en la sociedad chilena. De hecho, su presidente había mostrado, en una de sus últimas comparecencias, su asombro al afirmar que en pocos años se había logrado que el ochenta por ciento del país aceptase la homosexualidad.

El estadio de Boca Juniors iba a ser un hervidero para los chilenos y, sobre todo, para reivindicar su absoluto rechazo a cualquier acto de odio y discriminación en el fútbol, en especial el dirigido a los homosexuales. Se había planeado un mosaico para las gradas en apoyo a Gabriel, que no tenía ni idea de lo que estaba por ocurrir.

Baroli salía de la partida, fue el quinto futbolista en pisar el terreno de juego en la fila de los argentinos. En cuanto lo vieron subir las escaleritas que daban acceso al césped, un mosaico formado por unas quince mil personas se alzó: ESTAMOS CON VOS, GABRIEL, se leía. Enfrente, otros miles de argentinos levantaban sus pancartas, en las que se podía leer: GRACIAS POR TODO, DE LA CRUZ. A Gabriel se le paró el corazón. Aplaudió en alto a modo de agradecimiento y se plantó en mitad de la cancha junto con sus compañeros para escuchar el himno. Primero sonaría el chileno, después el argentino.

Oíd, mortales, el grito sagrado.
Libertad, libertad, libertad.
Oíd el ruido de rotas cadenas.
Ved en trono a la noble igualdad.
Ya su trono dignísimo abrieron...

Los albicelestes cantaron desgarrándose la voz. Gabriel sujetaba fuerte los hombros de Bernardi y Solari, y con los ojos llorosos gritó cada verso como si fuera el último. La ovación multitudinaria hizo temblar el estadio y se alargó hasta que se puso el balón a rodar. Volvían los aplausos cada vez que Gabriel intervenía y selló uno de los mejores partidos de la temporada. Dio el pase del primer gol, el del segundo y participó en prácticamente todas las acciones peligrosas de Argentina. Sentía las miradas de su padre y de Álvaro sobre La Bombonera y el aliento de todos sus compatriotas. No iba a dar una pelota por perdida.

69

Ocho años después

Mario estaba a punto de empezar su primera temporada como cadete del Racing. Había elegido la posición de centrocampista y, aunque durante mucho tiempo combinó el fútbol con el judo y las clases de guitarra, se había decantado por el «deporte de papá». No había dejado de ir varios días por semana a la Escuela de Música de Madrid, y ya hacía sus pinitos en una banda de rock adolescente, incluso se atrevía componiendo algunos temas. También seguía con sus estudios de cuarto de la ESO, y hacía tiempo que había decidido que quería estudiar Derecho. Era un chico introvertido y apenas se permitía ratos de indisciplina. No hablaba jamás de su padre, y se limitaba a agradecer cada vez que alguien se lo recordaba. No hacía preguntas, nunca las hizo.

Había probado por primera vez el alcohol ese verano, en Pampaneira. Sus abuelos esperaban el mes de julio durante todo el año, iban colmando la despensa desde febrero, habían vuelto a llenar la piscina y a cuidar el patio como cuando Álvaro los visitaba. Seguían siendo de pocas palabras, pero con Mario estaba todo demostrado. Estar con él era una segunda oportunidad de la vida para no desear abandonarla cuanto antes. Con Salma hacía años que no tenían relación, ni siquiera recordaban cuando había sido la última vez que se habían visto, tampoco que hubiese ido al entierro de su hijo. Mario mostraba cada día más indiferencia por su madre, aunque era mutua, y más desde que ella se había quedado definitivamente a vivir en Marbella. Desde entonces, Mario lo hacía en la residencia del Racing.

Durante los primeros meses tras la muerte de su padre, varios periodistas hacían guardia a las puertas de su colegio. Solía acompañarlo una de las niñeras interinas en casa o su tío, así que la imagen de la actriz llevando a su hijo al colegio era cada día más codiciada. El pequeño saludaba simpático a los reporteros, a los que ya conocía. A su madre pudieron fotografiarla, en las siguientes Navidades, del brazo del director de la última serie que había protagonizado. Con él pasaba la mayor parte del tiempo en Marbella. Mario lo ignoraba siempre que coincidía con él, así que la distancia entre todas las partes era bienvenida.

En sus ratos libres practicaba en su cuarto con la guitarra, leía o veía partidos del primer equipo del Racing y del Hertha Berlín, donde Gabriel Baroli se había convertido en el buque insignia del club y del fútbol alemán. Había tenido opciones para regresar a España y en dos de los mejores equipos de la Premier inglesa. Pero Berlín era su hogar y la había convertido en una ciudad amurallada del exterior. Allí nacían y crecían sus ideas y su lucha tomaba impulso nada más que desde aquel lugar. Lo habían nombrado ciudadano ilustre de la ciudad, el país entero lo había colmado de reconocimientos y eran continuas las ofertas que recibía para adentrarse en la política. Por ahora había rechazado todas, pero seguía involucrado en las causas reivindicativas, solidarias y comprometidas con la lucha contra la homofobia y el racismo. En el fútbol había encontrado la bandera perfecta para conseguirlo. Nada en el mundo tenía más poder para abrir puertas, unir culturas y llegar a los rincones más inhóspitos.

Mario guardaba una foto suya con su padre en el escritorio de la habitación. Era del día que pasaron solos en la nieve, salían riendo a carcajadas sobre un trineo de plástico. En el armario había colgado un póster con el dorsal diez de Argentina, de espaldas y con los brazos señalando al cielo. Era Gabriel Baroli. Más de una y más de dos veces había pensado en contactar con él, pero no había reunido el valor suficiente. Por miedo al rechazo, a abrir heridas, a que ya no hubiera vuelta atrás. En menos de tres meses sería el cumpleaños de su padre, de nuevo los homenajes y el suplicio silencioso. Detestaba cada 17 de noviembre, hasta que llegó la fecha esperada.

70

Aquel día eran varios los medios que recordaban el cumpleaños de Álvaro de la Cruz en su sección de efemérides. Habían pasado casi ocho de su partida y parecía que el fútbol era un lugar mucho mejor desde entonces. El mundo en sí seguía mostrando una cara más amable, el dolor los había unido, porque no hay fuerza más poderosa para quedar ligados de por vida que sentir la muerte con la misma intensidad, y la Álvaro marcó la de un país entero.

Mario usaba un perfil privado en redes, en el que incluía a Pablo Blanco, que ya se había consagrado como uno de los mejores periodistas del país, aunque sus condiciones económicas estuvieran a años luz de esa consideración. La noche de antes del 17, Mario se atrevió a escribirle un mensaje privado que Pablo contestó enseguida. Tras intercambiarse un par más, se atrevió. «¿Crees que si contactara con Gabriel Baroli me respondería? ¿Tú tienes su número?». Pablo le dio un «sí» rotundo para las dos cuestiones, le pasó su teléfono y lo animó a hacerlo. «Seguro que le hará mucha ilusión saber de ti».

A la mañana siguiente, cuando Gabriel salió de entrenar con el Hertha, encontró el mensaje de Mario.

> Hola, Gabriel, espero que no te moleste que te escriba

> Soy Mario de la Cruz, el hijo de Álvaro

> Me gustaría, si tú quieres,
> que hablásemos

Gaby llevaba esperando ese mensaje ocho años, así que no dejó pasar un minuto más y le respondió:

> Mario, qué alegría saber de vos

> Cómo estás?

> Obvio que podemos charlar cuando quieras

A partir de aquel 17 de noviembre, mantuvieron el contacto durante varios meses y, aunque las ansias de Gabriel por proponer un encuentro aumentaban con el paso del tiempo, se mantuvo en la buena idea de dejar que fuera el chico el que lo hiciera. «Seguro que sabrá cuándo es el mejor momento», se decía.

En mayo, el Hertha disputaba la final de la Europa League contra el Sevilla, en el campo del Fútbol Club Barcelona, y Mario quiso comentarla con el argentino en la semana previa. «¿Te gustaría venir?», lo invitó Gabriel en cuanto intuyó las ganas del chico. «Sí, me encantaría. Además, justo hemos terminado nosotros el campeonato. ¿Podría ir con mi tío? Muchas gracias», respondió después de dejar un par de días de por medio.

Los alemanes viajaban a Barcelona el miércoles y allí quedaban concentrados hasta el domingo, el día del partido. Mario encontró enseguida el beneplácito de su tío, y le pidió que lo dejara a él avisar a su hermana. «Déjame a mí manejarlo con tu madre, pero no te preocupes. El jueves salimos para allá en el AVE». Mario ya estaba de vacaciones, así que se adaptó a los horarios de Lucas, quien se encargó de comprar los billetes de tren y de reservar tres noches de hotel situado en la misma avenida Diagonal, a menos de un kilómetro de donde se alojaba el Hertha. Mario y Gabriel quedaron en verse en una cafetería a mitad de camino.

—Lucas, ¿te importa si voy solo? —le pidió a su tío, que tampoco puso impedimento. Se verían el viernes a las seis.

Aquella noche les costó conciliar el sueño a todos, incluida Salma, que desde Marbella vio aflorar sus miedos. Gabriel cayó rendido de madrugada mientras imaginaba una y otra vez cómo sería el encuentro, cómo se saludarían, si Mario se sentiría bien....

Por la mañana el equipo completó un ligero entrenamiento, y después de la siesta obligatoria que Gabriel fue incapaz de dormir, se duchó y echó a andar hacia la cafetería en la que habían acordado verse. Mario había salido a pasear con su tío por el paseo de Gracia y habían comido en la calle Balmes. A las seis y cinco llegó a la cafetería, donde aguardaba el argentino en una de las esquinas de la fachada. Gabriel lo había visto llegar desde un par de manzanas previas, y fue como ver acercarse a Álvaro. Tenía sus mismos andares y piernas, y aquel pelo oscuro que brillaba de lejos. Caminó unos metros para encontrarse con él. Mario se detuvo en el semáforo y deseó que volviera a ponerse rojo, pero siguió de frente y ahí estaban. Gabriel le tendió la mano y Mario la recibió con una medio sonrisa nerviosa.

—Qué lindo que hayas podido venir. ¡Estás enorme! ¿Te parece que nos sentemos dentro?

Y Mario lo siguió hasta una de las mesas más discretas del lugar.

El chico estaba muy callado, así que Gabriel llevó las riendas. Empezó interesándose por cómo le estaba yendo en el fútbol y Mario contestaba ilusionado «porque ya había muchos días que subía a entrenarse con el juvenil», que estaba en la primera división de la categoría. Le enseñó un par de vídeos con sus *highlights* y empezaron a charlar sobre la final que tenía el sábado.

—Ah, tomá, antes de que se me olvide. Acá están las invitaciones. ¿Cómo está tu tío? Mandale saludos de mi parte.

Y le dio un sobre a su nombre.

Siguieron hablando de fútbol, de los estudios…

—¿Y mi padre? ¿Cómo era? —preguntó Mario justo en el momento en el que un camarero se acercaba a servirles un café solo y una limonada.

El argentino dio un sorbo, apoyó la taza en la mesa y lo miró con dulzura. Había esperado durante mucho tiempo aquel momento, así que con una voz entrecortada que fue recuperando, le explicó a aquel chaval, que deseaba saber de su padre, lo que Gabriel necesitaba contarle.

Empezó por las historias de cuando tenía su misma edad y su mismo sueño de convertirse en futbolista. Cómo fueron las Champions que ganó, cómo llegó a ser el mejor jugador español y cómo era cuando todos lo respetaban.

—¿Hasta que te conoció a ti? —lo interrumpió Mario.

Gabriel apretó con fuerza los dedos. Aquella pregunta fue un puñal, porque era exactamente igual a la que se había hecho a sí mismo desde que entró en la vida Álvaro. Vio la inquina en los ojos de Mario, pero no lo juzgó. «Todos necesitamos verter nuestro enojo en alguien», recordó. El chico quería conocer cómo se había dado todo entre ellos dos y fue nombrando a personas relacionadas con su padre. Era como si tuviera anotada una lista llena de resentimiento, tal vez en busca de culpables, pero Gabriel no se los iba a dar. ¿Y si había sido él?

—Es curioso, es como si mi padre hubiese llevado una cruz todo ese tiempo.

—Así es. Como una cruz.

Gabriel debía regresar en breve al hotel para la cena del equipo. Pidió la cuenta y empezó a despedirse de Mario, que iba poniéndose su chaqueta vaquera.

—Esperá, dejame explicarte algo antes de irme —le pidió el argentino, y volvieron a acomodarse en la silla.

Mario lo miró atento.

—No sé lo que escuchaste en todos estos años, pero quiero contarte mi verdad y la de tu papá. Lo quise mucho, y traté de ayudarlo todo lo que pude. Él no esperaba lo que vivimos, a veces la vida te tiene preparado algo que te hace remover todos los cimientos. Trato de decirte que entre tu viejo y yo hubo siempre verdad, así que nunca nos arrepentimos de eso. Lo que vino después fue muy doloroso, y no lo soportó. Él solo quería vivir y sentir libremente, pero el precio que tuvo que pagar por ello fue demasiado alto. Tu papá nos dio una lección a todos, y nosotros estamos aquí para continuarlo por él. No podemos cambiar lo que pasó, y sé que sufrís por ello, pero acá estamos, obligados a seguir ese camino que nos marcó. ¿Me entendés?

Mario asintió con la cabeza y, al levantar la vista, se descubrieron con lágrimas en los ojos. Era lo más franco que le habían dicho nunca.

—Yo sé que mi padre te quiso mucho, yo lo sé…

—Y él también a vos —le contestó Gabriel.

Era el momento de darle la carta que Álvaro había dejado a su hijo. «Le prometí dártela». Mario se encogió, como aquel de cinco años que se escondía vergonzoso entre las piernas de su padre. La guardó en la chaqueta, se levantaron a la vez y caminaron hacia la puerta de la cafetería.

—Me voy, Mario, me encantó verte. Mañana me vas a dar suerte en la final, ¿no?

Sonrieron y se despidieron con un abrazo, aunque el joven estaba en esa edad en la que creía que mostrarse vulnerable lo achicaba. Le deseó lo mejor para el partido y echó a andar por donde había venido. Gabriel lo observó marcharse, sintiendo que era Álvaro el que se alejaba. Sin embargo, le sentía tan cerca que le abrumaba.

71

El argentino le había conseguido una ubicación inmejorable, tanto que nada más salir a realizar al calentamiento, localizó enseguida a Mario en la grada y se saludaron en la distancia.

Los goles no llegaron hasta el último tramo del partido, el desgaste ya se notaba en sus compañeros, pero a Gabriel se lo veía tan entero como de inicio. Le salía todo, y llevaba locos a los dos defensas que lo acechaban sin piedad. Aunque conseguía escabullirse a toda velocidad con algún regate hacia el campo de los suyos. Y fue así como se plantó en el vértice del área, preparó el disparó y sorprendió a todos colocándola en la escuadra derecha del portero. Nadie lo gritó más que Mario. Gabriel salió corriendo hacia donde se encontraba el muchacho, señalándolo a modo de dedicatoria. Ya cerca de aquella tribuna, se levantó la camiseta y mostró la que vestía debajo: «Por vos, Álvaro». Se llevó la ovación de la noche, incluida de gran parte de la afición del Sevilla. Además, se había anulado la norma de amonestar con tarjeta amarilla a los jugadores que mostraban mensajes como aquel en sus camisetas, otra de las propuestas que había logrado Gabriel.

El encuentro terminó con ese único gol y el Hertha tenía preparada una fiesta en el hotel donde se hospedaban. Mario y su tío volvieron al suyo a pie, era un paseo de no más de media hora y caminaron esquivando a los miles de hinchas del equipo alemán que saltaban y coreaban el nombre de Baroli.

Ya en el alojamiento, se pidieron una hamburguesa en el bar. Mario estaba muy cansado y le dijo a Lucas, quien prefería seguir tomándose alguna cerveza, que iba subiendo a la habitación.

Abrió la puerta, metió la mano en el bolsillo de la chaqueta vaquera que había guardado en el armario y cogió el sobre. Se dio cuenta de que era la primera vez que leía la letra de su padre.

Hola, hijo:

Espero que cuando leas esto sientas mi abrazo. Tal vez pienses que tuviste un padre demasiado cobarde y egoísta, y quizá lo fui. Lo que es seguro es que intenté hacerlo lo mejor que pude.

Aunque no lo creas, tú me salvaste. Y solo tú puedes salvarte siendo todo lo libre que quieras, lo que yo no pude ser, Mario. No dejes que nadie te lo impida. Lucha por ti, por mí y por que la verdad siempre gane. Tú eres mi gran verdad. El hijo que siempre soñé, el hombre que siempre quise ser.

Perdón por no haber estado a tu lado todos estos años, por tanto dolor y por no haber sabido protegerte, pero aquí estoy siempre acompañándote. En el lado bueno del camino.

Te quiero, Mario.

PAPÁ

P. D.: Hay una canción que me pedías que pusiera en el coche cada mañana, yendo al colegio. «Start Me Up», de los Rolling. ¿Recuerdas? Cuando la escuches, volveremos a cantarla juntos.

72

Gabriel terminaba contrato el 30 de junio de 2030 y tenía que decidir si continuaba en Alemania o regresaba a Argentina a cumplir su epílogo futbolístico. Volver después de una década resultaba vertiginoso, el país seguía inseguro, «sumido en su peor crisis», como dicen que son todas las que ocurren. La inflación había subido en el interior de Gabriel, y el temor a ser asaltado no pasaba por los barrios de Buenos Aires, sino por su memoria. Argentina le iba a llevar al epicentro del terremoto, donde los escombros tenían todavía hedor a muerte. Regresar lo obligaría a caminar sobre ellos y levantar de nuevo cimientos en el vacío. No quedaba nada del Gabriel que salió de allí, tan solo un sentimiento de pertenencia a Estudiantes de La Plata, que se convertía en su única raíz.

—Me voy unos días y decido. Te llamo a la vuelta —avisó a su representante.

En realidad, ya tenía la decisión tomada y, aunque todavía podía conseguir su último gran contrato, sabía que en realidad reconciliarse con el pasado era el primer paso para prosperar en el futuro. Y el presente de Gabriel estaba en Argentina, al fin y al cabo, el lugar donde más feliz había sido.

Cruzó el Río de la Plata hasta Uruguay para instalarse en una de las cabañas frente al mar. Dónde mejor para redimir sus recuerdos y encontrar su propio indulto.

Aquel día llevaba varias horas sin dormir entre festejos, viajes, aviones y cambios horarios. Se acostó poco después del anochecer y alargó el sueño doce horas. No había nada que pudiera despertarlo, y el ruido de la marea le había servido de somnífero. Después de hacerse un café, se sentó frente a aquel océano, y escribió:

Cabo Polonio, junio de 2030

Aunque no lo creas, escribo orgulloso de vos como sé que debes de estarlo de tu hijo. Porque estuve con él y te vi a vos. Tiene tus manos y debo decirte que patea mejor que su padre. Tiene tu honra y camina libre por esta vida, como querías, aunque te extraña mucho. Yo también, todos y cada uno de los días. No era tan fuerte como vos creías, pero me dejaste la entereza suficiente para serlo. Desde entonces, estás en la música, en el silencio, en los libros, en mi piel. No hay nada que pueda mirar que no lo hagás conmigo. Vives en todas las cosas lindas que yo trato de vivir por vos.

Ojalá que todo ahí arriba te sea más leve que acá.

Te perdoné, aunque no lo logré en todos estos años. Lo hice justamente cuando abracé a Mario, y volví a abrazarte a vos.

Descansá tranquilo, querido Álvaro. Nosotros seguiremos dando guerra, con esta paz, por fin, de haber entendido todo. Acá todo está bien.

GABRIEL

Agradecimientos

No sé si será mi única y última oportunidad de escribir un libro. Así que, por si acaso, quiero dejar más que patente las gracias a todos los que algún día, incluso de pequeña, me soltaron frases como «escribes bien». O a mi padre cuando de más mayor llegó a decirme «escribes mejor de lo que hablas». O a mis amigas, que insistían con eso de «tienes que escribir un libro sobre nuestras historias». El caso es que nunca dejé de escribir, aunque siempre pensando que no estaría a la altura. Hasta que, después de los treinta, empecé a entender que no intentar ser eso que siempre soñé sí sería mi gran fracaso. Todavía me asaltan las dudas, pero he descubierto que se diluyen de una forma: escribiendo.

Amo las letras y he perdido el miedo a jugar con ellas. Me ayudó, cómo no, la universidad pública y las escuelas de escritores. Mis profesores, defensores de que no hay arma más feroz que la cultura. Gracias a Borges, Cortázar, Lorca, Machado, Sábato, García Márquez, Benedetti, Isabel Allende, Kerouac, Galeano, Kapuściński, Almudena Grandes, Huxley, Orwell, Hesse... A todos esos autores que me abrieron el corazón y la mente de par en par. A la música, al cine, al teatro, y a todo el arte que conmueve y sacude conciencias. A todos los cronistas que se jugaron la vida por contar lo que sucede en el mundo y a los muchos que la perdieron por el camino.

Gracias, porque me hicieron creer en la verdad y en la libertad. Y no dudar jamás de que elegiría, orgullosa, una y mil veces más, el periodismo, aunque esté más caro que nunca el ejercerlo y más barato venderlo.

Gracias a mi madre por dejarme en la retina el verla con un libro entre las manos cada noche. Por permitirme acostarme tarde para poder terminar alguno de los míos. Gracias a mi padre por traer los periódicos a casa, por llevarme a los campos de fútbol y embarrarme para ser periodista deportiva. Gracias a mi hermano, por haberse quedado cerca de ellos cuando yo quise volar pronto.

Gracias a mis amigos, mi mayor logro, quienes me sostienen siempre con un abrazo, una copa de vino y muchas carcajadas. Gracias a algunos de los hombres que me enseñaron que lo efímero también puede ser eterno.

Gracias al Río de la Plata, que me regaló los momentos más felices de mi vida, y que extraño a cada paso. Menos mal que creé a mi querido protagonista Gabriel Baroli, porque el hacerlo me acercó durante todo este tiempo a Argentina y a Uruguay, que más que mi segunda casa son mi segunda alma y mi inspiración primera.

Y cómo no, gracias a Penguin Random House, la casa de mis sueños. Gracias a David Trías, por abrirme sus puertas con tanta sensibilidad. A Alberto, por guiarme con su ilusión, incluso en silencio. A todos los que me han cuidado con paciencia, sabiendo cuáles son mis tiempos y temores mejor que yo misma.

Gracias al mar, que sigue llevándome a casa siempre que me pierdo.

«Para viajar lejos no hay mejor nave que un libro».
EMILY DICKINSON

Gracias por tu lectura de este libro.

En **penguinlibros.club** encontrarás las mejores recomendaciones de lectura.

Únete a nuestra comunidad y viaja con nosotros.

penguinlibros.club